भीष्म सा

जन्म : 8 अगस्त, 1915 को रावलपिंडी (पाकिस्तान) में।

शिक्षा : हिन्दी-संस्कृत की प्रारम्भिक शिक्षा घर में। स्कूल में उर्दू और अंग्रेजी। गवर्नमेंट कॉलेज, लाहौर से अंग्रेजी साहित्य में एम.ए., फिर पंजाब विश्वविद्यालय से पी-एच.डी.।

बँटवारे से पूर्व थोड़ा व्यापार, साथ-ही-साथ मानद (ऑनरेरी) अध्यापन। बँटवारे के बाद पत्रकारिता, 'इप्टा' नाटक मंडली में काम, बंबई में बेकारी। फिर अम्बाला में एक कॉलेज में तथा खालसा कॉलेज, अमृतसर में अध्यापन। तत्पश्चात् स्थायी रूप से दिल्ली विश्वविद्यालय के ज़ाकिर हुसैन कॉलेज में साहित्य का प्राध्यापन। इस बीच लगभग सात वर्ष 'विदेशी भाषा प्रकाशन गृह', मॉस्को में अनुवादक के रूप में कार्य। अपने इस प्रवासकाल में उन्होंने रूसी भाषा का यथेष्ट अध्ययन और लगभग दो दर्जन रूसी पुस्तकों का अनुवाद किया। क़रीब ढाई साल 'नई कहानियाँ' का सौजन्य-सम्पादन। 'प्रगतिशील लेखक संघ' तथा 'अफ्रो-एशियाई लेखक संघ' से भी सम्बद्ध रहे।

प्रकाशित पुस्तकें : *चीलें, भाग्यरेखा, पहला पाठ, भटकती राख, पटरियाँ, वाङ्चू, शोभायात्रा, निशाचर, पाली, डायन, चीलें* (कहानी-संग्रह); *झरोखे, कड़ियाँ, तमस, बसंती, मय्यादास की माड़ी, कुंतो, नीलू नीलिमा नीलोफ़र* (उपन्यास); *माधवी, हानूश, कबिरा खड़ा बज़ार में, मुआवजे, सम्पूर्ण नाटक* (दो खंडों में) (नाटक); *आज के अतीत* (आत्मकथा); *गुलेल का खेल* (बालोपयोगी कहानियाँ)।

सम्मान : अन्य पुरस्कारों के अलावा *तमस* के लिए 'साहित्य अकादमी पुरस्कार' तथा हिन्दी अकादमी, दिल्ली का 'शलाका सम्मान'।

साहित्य अकादमी के महत्तर सदस्य रहे।

निधन : 11 जुलाई, 2003

भटकती राख

भीष्म साहनी

राजकमल पेपरबैक्स

पहला पुस्तकालय संस्करण
राजकमल प्रकाशन प्राइवेट लिमिटेड द्वारा
1966 में प्रकाशित

राजकमल पेपरबैक्स में
पहला संस्करण : 2018
दूसरा संस्करण : 2025

राजकमल पेपरबैक्स : उत्कृष्ट साहित्य के जनसुलभ संस्करण

राजकमल प्रकाशन प्रा.लि.
1-बी, नेताजी सुभाष मार्ग, दरियागंज
नई दिल्ली-110 002
द्वारा प्रकाशित

शाखाएँ : अशोक राजपथ, साइंस कॉलेज के सामने, पटना-800 006
पहली मंजिल, दरबारी बिल्डिंग, महात्मा गांधी मार्ग, प्रयागराज-211 001
1, अनमोल सोराबजी सन्तुक लेन, धोबी तलाव, मरीन लाइंस, मुम्बई-400 002
वेबसाइट : www.rajkamalprakashan.com
ई-मेल : info@rajkamalprakashan.com

बी.के. ऑफसेट
नवीन शाहदरा, दिल्ली-110 032
द्वारा मुद्रित

मूल्य : ₹ 250

BHATAKTI RAAKH
Stories by Bhishma Sahni

ISBN : 978-93-88183-01-7

माँ को

अनुक्रम

भटकती राख

गाँव में फसल-कटाई पूरी हो चुकी थी। हँसते-चहकते किसान घरों को लौट रहे थे। भरपूर फसल उतरी थी। किसानों के कोठे अनाज से भर गए थे। गृहिणियों के होंठों पर संगीत की धुनें फूट रही थीं। दूर-दूर तक फैली धरती की कोख इससे भी बढ़िया फसल देने के लिए मानो कसमसा रही थी।

रात उतर आई थी और घर-घर में लोग खुशियाँ मना रहे थे। जब एक घर की खिड़की में खड़ी एक किसान युवती, जो देर तक मंत्र-मुग्ध-सी बाहर का दृश्य देखे जा रही थी, सहसा चिल्ला उठी, ''देखो तो खेत में जगह-जगह यह क्या चमक रहा है?''

उसका युवा पति भागकर उसके पास आया। बाहर खेत में जगह-जगह झिलमिल-झिलमिल करते जैसे सोने के कण चमक रहे थे।

''यह क्या झिलमिला रहा है? क्या ये सचमुच सोने के कण हैं?'' पत्नी ने बड़ी व्यग्रता से पूछा।

''सोना कभी यों भी चमकता है? नहीं, यह सोना नहीं है।''

''फिर क्या है?''

उसका पति चुप रहा। उसने स्वयं इन चमकते कणों को पहले कभी नहीं देखा था।

पीछे कोठरी में बैठी किसान की बूढ़ी दादी बोल उठी, ''यह सोना नहीं बेटी, यह राजा की राख है, कभी-कभी चमकने लगती है।''

''राजा की राख! क्या कह रही हो दादी-माँ, कभी राख भी चमकती है?'' किसान की पत्नी ने कहा और लपककर बाहर जाने को हुई।

''मैं इन्हें अभी बटोर लाती हूँ।'' और भागती हुई वह बाहर निकल गई।

खेत की मुँडेर के पास उसे एक कण चमकता नजर आया। युवती पहले तो सहमी-सहमी-सी उसे देखती रही, फिर हाथ बढ़ाकर उसे उठा लिया और

दूसरे हाथ की हथेली पर रख लिया। पर हथेली पर पड़ते ही वह कण जैसे बुझ गया और उसकी चमक जाती रही। किसान की पत्नी के आश्चर्य की सीमा न रही। फिर वह भागती हुई खेत के अन्दर चली गई, जहाँ कुछ दूरी पर एक और कण चमक रहा था। इस बार भी वही कुछ हुआ जो पहले हुआ था। हथेली पर रखते ही वह बुझ गया और उसकी कान्ति समाप्त हो गई।

किसान की पत्नी हत्‌बुद्धि इधर-उधर देखने लगी। खेत में अभी भी जगह-जगह कण चमक रहे थे। बुझे हुए दो ज़र्रों को हाथ में उठाए वह भागती हुई तीसरे कण की ओर गई, पर उसकी भी वही गति हुई, जो पहले दो कणों की हुई थी। कुछ देर बाद किसान युवती ने हथेली पर बुझे हुए तीनों ज़र्रे उठाए, हताश-सी घर लौट आई।

"मगर पहले इतने चमक रहे थे, दादी-माँ, मैं सच कहती हूँ।" उसने उद्विग्न होकर कहा।

"देखा न, यह सोना नहीं है बेटी, राजा की राख है।" बुढ़िया ने दोहराकर कहा।

"राख भी कभी यों चमकती है दादी-माँ, क्या कह रही हो ? और फिर मेरे हाथ पर पड़ते ही बुझ गई। कौन राजा ? किसकी राख ?" युवती ने हैरान होकर बुढ़िया से पूछा।

"जब मैं छोटी थी, तो मैंने अपनी दादी के मुँह से उसका किस्सा सुना था। बहुत पुरानी बात है..."

और बुढ़िया राजा का किस्सा सुनाने लगी :

"कहते हैं, किसी शहर में एक युवक रहा करता था। बड़ा सुन्दर था और बड़ा साहसी था। अपने-माँ-बाप का एक ही बेटा था। उसके माँ-बाप उसे देखते नहीं थकते थे, सगे-सम्बन्धियों की आँखें भी उस पर से हटाए नहीं हटती थीं। सभी को उस पर बड़ा गर्व था। उससे उन्हें बड़ी-बड़ी आशाएँ थीं कि बड़ा होगा, माँ-बाप का नाम रौशन करेगा, बड़ा नाम कमाएगा।

"पर जब वह बड़ा हुआ, तो एक रात अचानक घर से भाग गया। घर में किसी को खबर नहीं हुई। सुबह जब माँ-बाप को पता चला, तो वे बहुत घबराए और उसे ढूँढ़ने निकले। दिन-भर भटकते रहे, आखिर वह उन्हें एक गाँव में किसी झोंपड़े के बाहर खड़ा मिला।

" 'तुम यहाँ क्या कर रहे हो जी ?' माँ ने बिगड़कर पूछा, 'हम दिनभर तुम्हें खोजते रहे हैं।'

"युवक बड़ा सरल-स्वभाव था। उसका दिल शीशे की तरह साफ़ था। माँ की ओर देखकर बोला, 'रात को मैं सो रहा था, माँ, तब मुझे लगा, जैसे बाहर कोई रो रहा है! मैं उठकर बाहर आ गया, मगर वहाँ पर कोई भी नहीं था। पर रोने की आवाज बराबर आ रही थी। मैं उस आवाज के पीछे-पीछे जाने लगा और उसे ढूँढ़ता हुआ यहाँ आ पहुँचा। मैंने देखा, रोने की आवाज इस झोंपड़े में से आ रही थी।'

''बेटे की बात सुनकर माँ चिन्तित-सी उसके चेहरे की ओर देखने लगी।

'' 'अब घर चलो बेटा! दिन-भर न कुछ खाया, न पिया, यहाँ भटक रहे हो।'

'' 'मैं घर नहीं जाऊँगा, माँ!' युवक ने कहा।

'' 'घर नहीं चलोगे, क्यों भला?'

''बेटे ने पहले जैसी सरलता से उत्तर दिया, 'मैं घर कैसे जा सकता हूँ माँ, झोंपड़े में से रोने की आवाज जो आ रही है!'

''और अपने बाप के चेहरे की ओर देखने लगा। बाप को अपने बेटे की आँखों में असीम वेदना नज़र आई। वह देर तक अपने बेटे की ओर देखता रहा। फिर धीरे से अपनी पत्नी के कन्धे पर हाथ रखा और उसे धीरे-धीरे घर की ओर ले जाने लगा।

'' 'तेरा बेटा घर लौटकर नहीं आएगा।' उसने कहा।

''माँ सिर से पाँव तक काँप उठी, 'तो कब लौटेगा?'

'' 'शायद कभी नहीं लौटेगा। जो लोग एक बार यह रोना सुन लेते हैं, वे घर नहीं लौटते।'

''माँ की आँखों में आँसू भर आए और वह फफक-फफककर रोने लगी।

''बूढ़े बाप ने सच ही कहा था। वह युवक, जो एक बार घर से निकला तो फिर लौटकर नहीं आया।''

''फिर क्या हुआ?'' किसान और उसकी युवा पत्नी ने बड़े आग्रह से पूछा।

युवती की हथेली पर अभी भी वे ज़र्रे रखे थे, ज़िन्हें वह खेत में से उठा लाई थी।

दादी-माँ कहने लगी, ''फिर वह बहुत भटका। जहाँ कहीं जाता, वह रुदन बराबर उसके कानों में गूँजता रहता। कहते हैं, उन दिनों देश पर किसी बड़े आततायी का शासन था और प्रजा बड़ी दुखी थी। यह युवक उन लोगों के दल से जा मिला, जो आततायी के साथ लोहा ले रहे थे। उसके बहुत-से साथी मौत के घाट उतार दिये गए। अन्यायी उसे भी बार-बार काल-कोठरी में डाल़ देते। पर काल-कोठरी की मोटी दीवारों में भी उसे झोंपड़ों का रोना सुनाई देता रहता। वहाँ से निकलते ही वह फिर आततायी से जूझने लगता। इस बीच उसके बूढ़े माँ-बाप मर गए, उसकी युवा पत्नी भी मर गई, घर का धन-धान्य भी बहुत-कुछ जाता रहा, पर वह घर नहीं लौटा।

''लोगों ने उसके दिल की थाह पा ली और उससे बेहद प्यार करने लगे। जब भी वह किसी गाँव या शहर में जाता, तो हजारों लोग पलकें बिछाए उसकी राह देखते रहते। वह जो भी कहता, लोग बड़े ध्यान से सुनते। उसके क़दमों की आहट पाते ही जैसे वे नींद से जाग जाते थे।

''फिर आततायियों को मुँह की खानी पड़ी और उसका देश उनके पंजे से निकल आया और देश के लाखों-लाख लोगों ने उसे अपना राजा बना लिया। उनके

दिल का राजा तो वह पहले से था, अब राज्य की बागडोर भी उन्होंने उसके हाथ में दे दी।

" 'अभी तो केवल दासता की बेड़ियाँ टूटी हैं। झोंपड़ों का रुदन तो अभी भी वैसे-का-वैसा बना है।' उसने अपने लोगों से कहा और उस रुदन को शान्त करने के लिए फिर से निकल पड़ा।

"बरसों बीत गए। राजा बूढ़ा हो चला। वह अब भी नगर-नगर, गाँव-गाँव जाता। सहस्त्रों लोगों को स्नेह और विश्वास के साथ अपनी ओर देखते पाकर उसकी आँखें चमक उठतीं और उसके अंग-अंग में स्फूर्ति की लहर दौड़ जाती और वह अपने संघर्ष में जुट जाता। इसी प्रयास में राजा थककर चूर हो गया और एक दिन मर गया।

"लोग बहुत रोए, बहुत दुखी हुए। उनकी आँखों के सामने जैसे अँधेरा छा गया। उन्हें लगा, जैसे उनका राजा सदा के लिए उन्हें छोड़ गया है।

"पर यह कैसे हो सकता था! उनके साथ तो उसका युगों-युगों का प्यार था, युगों-युगों का सम्बन्ध था। वह मरकर भी उनके पास लौट आया।"

"वह कैसे दादी-माँ? मरकर भी कभी कोई लौटता है?"

दादी-माँ ने ठंडी आह भरी और कहने लगी, "मरने से पहले उसने कहा कि मेरी भस्मी को झोंपड़ों के आसपास खेतों में बिखेर देना। कुछ जल में बहा देना।

"और लोगों ने वैसा ही किया, जैसा राजा ने कहा था। चार विमान उड़े और उसकी राख को देश के कोने-कोने में बिखेर आए। फिर हवाएँ चलीं और राख के ज़र्रों को उड़ाकर कहाँ-से-कहाँ ले गईं। कोई ज़र्रा कहीं, तो कोई कहीं जा गिरा।"

"तो क्या यह राजा की राख थी, जो चमक रही थी?" युवती ने आग्रह से पूछा। "मगर हमने इसे पहले तो कभी नहीं देखा!"

दादी-माँ कुछ देर तक चुपचाप बैठी रही, फिर धीरे से बोली, "आज का दिन बड़ा शुभ दिन है। देश में जब सुख-चैन होता है, तो राजा की राख के ज़र्रे चमकने लगते हैं। तब लोग कहते हैं कि राजा की राख मुस्कुरा रही है, वह खुश है, राजा चैन से है।"

"पर जब देश में सुख-चैन न हो तो?"

"तो राजा की राख भटकने लगती है। जब देश पर संकट आता है, झोंपड़ों से रोने की आवाजें आती हैं और देश में आँधियाँ और तूफ़ान उठते हैं, तो राजा की राख बेचैन हो उठती है और लोगों को लगता है, जैसे वह साँय-साँय करती गलियों, सड़कों और राहों पर भटक रही है, झोंपड़ों से लिपट रही है। और जिन लोगों के दिल में दर्द होता है, उन्हें लगता है, जैसे राजा की बेघर राख उनके दिलों पर दस्तक दे रही है, उनसे कुछ कहना चाह रही है। और वे विचलित होकर कहते हैं, 'राजा बेचैन है। जब तक यह रोना बन्द नहीं होगा, तब तक उसे चैन नसीब नहीं होगा।' "

फिर दादी-माँ ने जैसे कृतज्ञता से हाथ जोड़कर कहा, ''तुम सदा यही मनौती माना करो कि राजा की राख सदा चमकती रहे, देश में सुख-चैन बना रहे, वह हमारी खुशियों को देखकर मुस्कुराती रहे...''

रात-भर बुढ़िया राजा की राख की कहानी सुनाती रही। उससे जुड़े देश में उठनेवाले तरह-तरह के संकटों की, बलिदानों की और संघर्षों की कहानी कहती रही।

पौ फट रही थी। पेड़ों पर पक्षी गाने लगे थे। किसान युवती देर तक मंत्रमुग्ध-सी हथेली पर रखे राख के ज़र्रों की ओर देखती रही और फिर बड़ी श्रद्धा से उन्हें अपने माथे पर लगा लिया।

माता-विमाता

पन्द्रह डाउन गाड़ी के छूटने में दो-एक मिनट की देर थी। हरी बत्ती दी जा चुकी थी और सिगनल डाउन हो चुका था। मुसाफिर अपने-अपने डिब्बों में जाकर बैठ चुके थे, जब सहसा दो फटेहाल औरतों में हाथापाई होने लगी। एक औरत, दूसरी की गोद में से बच्चा छीनने की कोशिश करने लगी और बच्चेवाली औरत एक हाथ से बच्चे को छाती से चिपकाए, दूसरे से उस औरत के साथ जूझती हुई, गाड़ी में चढ़ जाने की कोशिश करने लगी।

"छोड़, तुझे मौत खाए, छोड़, गाड़ी छूट रही है..."

"नहीं दूँगी, मर जाऊँगी तो भी नहीं दूँगी..." दूसरी ने बच्चे के लिए फिर से झपटते हुए कहा।

कुछ देर पहले दोनों औरतें आपस में खड़ी बातें कर रही थीं, अभी दोनों छीना-झपटी करने लगी थीं। आस-पास के लोग देखकर हैरान हुए। तमाशबीन इकट्ठे होने लगे। प्लेटफार्म का बावर्दी हवलदार, जो नल पर पानी पीने के लिए जा रहा था, झगड़ा देखकर, छड़ी हिलाता हुआ आगे बढ़ आया।

"क्या बात है? क्या हल्ला मचा रही हो?" उसने दबदबे के साथ कहा।

हवलदार को देखकर दोनों औरतें ठिठक गईं। दोनों हाँफ रही थीं और जानवरों की तरह एक-दूसरी को घूरे जा रही थीं।

दो-एक मुसाफ़िरों को गाड़ी पर चढ़ते देखकर बच्चेवाली औरत फिर गाड़ी की ओर लपकी, लेकिन दूसरी ने झपटकर उसे पकड़ लिया और उसे खींचती हुई फिर प्लेटफार्म के बीचोबीच ले आई। लटकते-से अंगोंवाला, काला, दुबला-सा बच्चा, औरत के कन्धे से लगकर सो रहा था। औरतों की हाथापाई में उसकी पतली लम्बूतरी-सी गर्दन, कभी झटका खाकर एक ओर को लुढ़क जाती, कभी दूसरी ओर को। लेकिन फिर भी उसकी नींद नहीं टूट रही थी।

"मत हल्ला करो, क्या बात है?" हवलदार ने छड़ी हिलाते हुए चिल्लाकर कहा और अपनी पतली बेंत की छड़ी दोनों औरतों के बीच खोंसकर उन्हें छुड़ाने की कोशिश करने लगा।

जो औरत बच्चा छीनने की कोशिश कर रही थी, उसने अपनी बड़ी-बड़ी कातर आँखों से हवलदार की ओर देखा और तड़पकर बोली, ''मेरा बच्चा लिये जा रही है, नहीं दूँगी मैं बच्चा... ।'' और फिर एक बार वह बच्चा छीनने के लिए लपकी।

''गाड़ी छूट रही है। नासपिट्टी, छोड़ मुझे!'' बच्चेवाली औरत ने चिल्लाकर कहा और फिर गाड़ी के डिब्बे की ओर जाने लगी।

हवलदार ने आगे बढ़कर उसका रास्ता रोक लिया।

''इसका बच्चा क्यों लिये जा रही है?'' हवलदार ने कड़ककर कहा।

''इसका कहाँ है! बच्चा मेरा है।''

''वह कहती है, मेरा है। बोलो, किसका बच्चा है?''

''मेरा है,'' दूसरी छोटी उम्र की औरत बोली और कहते ही रो पड़ी। रूखे, अस्त-व्यस्त बालों के बीच उसका चेहरा तमतमा रहा था, लेकिन आँखों में अब भी डर समाया हुआ था। बदहवास और व्याकुल वह फिर बच्चे की ओर बढ़ी।

हवलदार जल्दी-से-जल्दी झगड़ा निपटाना चाहता था। बच्चेवाली औरत से बोला, ''बच्चा इसके हवाले कर दो।''

''क्यों दे दूँ, बच्चा मेरा है... ।''

''तेरे पेट से पैदा हुआ था?''

बच्चेवाली औरत चुप हो गई और घूर-घूरकर दूसरी औरत को देखने लगी।

''बोल, तेरे पेट से पैदा हुआ था?'' हवलदार ने फिर गुस्से से पूछा।

''पेट से पैदा नहीं हुआ तो क्या, दूध तो मैंने पिलाया है। पिछले सात महीने से पिला रही हूँ।''

''दूध पिलाया है तो इससे बच्चा तेरा हो गया? बच्चे को जबरदस्ती लिये जा रही है?''

''जबरदस्ती क्यों ले जाऊँगी, मेरे अपने बच्चे सलामत रहें। इसी से पूछ लो, डायन सामने खड़ी है।'' फिर दूसरी औरत को मुखातिब करके बोली, ''कलमुँही, बोलती क्यों नहीं? मैं तेरे से छीन के ले जा रही हूँ? हवलदारजी, इसने खुद बच्चे को मेरी गोद में डाला है। यह तो इसे जनकर घूरे पर फेंकने जा रही थी, मैंने कहा कि ला, मुझे दे दे, मैं इसे पाल लूँगी। तब से मैं इसे पाल रही हूँ। यह मुझे यहाँ छोड़ने आई थी। यहाँ आकर मुकर गई।''

हवलदार दूसरी औरत की ओर मुड़ा, ''तूने इसे खुद दिया था बच्चा?''

युवा औरत की बड़ी-बड़ी उद्भ्रान्त आँखें कुछ देर तक दूसरी औरत की ओर देखती रहीं, फिर झुक गईं।

''दिया था, पर बच्चा मेरा है, मैं क्यों दूँ? मैं नहीं दूँगी।''

और निस्सहाय-सी फिर दूसरी औरत की ओर देखने लगी। पहले जो आँसू आँखों में फूट पड़े थे, घबराहट के कारण फौरन ही सूख गए।

"तूने दिया था तो अब क्यों वापस लेना चाहती है?"

कातर नेत्र फिर एक बार ऊपर को उठे और उसका सारा बदन काँप गया।

"यह इसे परदेस लिये जा रही है..." और कहते-कहते वह फिर रो पड़ी।

"मैं सदा तेरे पास पड़ी रहूँ?" बच्चेवाली औरत बाँहें पसार-पसारकर आसपास के लोगों को सुनाती हुई बोलने लगी, "मेरे डेरेवाले सभी लोग चले गए हैं। यह मुझे छोड़ती नहीं थी। कहती थी, दस दिन और रुक जा, फिर चली जाना। पाँच दिन और रुक जा, चली जाना। करते-करते महीना हो गया। मैं यहाँ कैसे पड़ी रहूँ? आज गाड़ी चलने लगी तो कलमुँही मुकर गई है।"

"यह तेरे रिश्ते की है?" हवलदार ने पूछा।

"रिश्ते की क्यों होगी जी, यह काठियावाड़ की है, हम बनजारे हैं।"

"तू गाड़ी में कहाँ जा रही है?"

"फीरोजपुर, जी।"

"वहाँ क्या है?"

"हम बनजारे हैं, हवलदारजी! पहले हमारे लोगों ने यहाँ जमीन ली थी, पूरे दो साल हलवाही की है। अब हमें फीरोजपुर में जमीन मिली है। हमारे सभी लोग चले गए हैं, पर यह मुझे छोड़ती नहीं थी।"

हवलदार दुविधा में पड़ गया। एक ने जनकर फेंक दिया, दूसरी ने दूध पिलाकर बड़ा किया—बच्चा किसका हुआ?

"तेरा घर-घाट कोई नहीं है, जो अपना बच्चा इसे दे दिया? तू रहती कहाँ है?" हवलदार ने बच्चे की माँ से पूछा।

"यह कहाँ रहेगी जी, पुल के पास जो फूस के झोंपड़े हैं, यह वहीं पर रहती है। हम भी वहीं पर रहते थे। यह मेरी पड़ोसिन है जी, मजूरी करती है। इसकी तो नाल भी मैंने काटी थी।"

बच्चे की माँ उद्भ्रान्त-सी अपने बच्चे की ओर देखे जा रही थी। लगता, जैसे वह कुछ भी सुन नहीं रही है।

"इसका घरवाला कहाँ है...?"

"इसका घरवाला कोई नहीं जी। यह तो मरदों के पीछे भागती-फिरती है, कोई इसे बसाता नहीं। इसका घरबार होता तो यह बच्चे को जनकर फेंकने क्यों जाती?"

इतने में गार्ड ने सीटी दी।

भीड़ में से छँटकर लोग अपने-अपने डिब्बों की ओर जाने लगे। बनजारन भी डिब्बे की ओर घूमी। बच्चे की माँ ने आगे बढ़कर उसके पाँव पकड़ लिये।

"मत जा, मत ले जा मेरे बच्चे को, मत ले जा!"

कुछेक लोगों को तरस आया। हवलदार ने दृढ़ता से आगे बढ़कर बनजारन से कहा, "बच्चा वापस दे दे। अगर माँ बच्चा नहीं देना चाहती तो तू उसे नहीं ले जा सकती।"

हवलदार की आवाज में दृढ़ता थी। बनजारन को इस निर्णय की आशा नहीं थी। वह छटपटा गई। "मैं क्यों दे दूँ जी, अपने बच्चे को भी कोई देता है? किसको दे दूँ? इसका न घर है, न घाट..."

"गाड़ी छूटनेवाली है, जल्दी करो, बच्चा माँ के हवाले करो वरना हवालात में दे दूँगा।" हवलदार ने अबकी बार कड़ककर कहा।

औरत घबरा गई और किंकर्तव्यविमूढ़-सी आसपास के खड़े लोगों की ओर देखने लगी। फिर अपनी साथिन की ओर देखते हुए चिल्लाकर बोली, "हराजमादी! कुतिया! यहाँ आकर मुकर गई। ले बेगैरत, ले, सँभाल! फिर कहना दूध पिलाने को, जहर पिलाऊँगी—इसे भी और तुझे भी। सात महीने तक अपने बच्चे का पेट काटकर इसे दूध पिलाया है...।" और झटककर बच्चा उसके हाथों में दे दिया और फूट-फूटकर रोने लगी।

माँ ने बच्चा छाती से लगा लिया। बच्चे के मिलते ही वह भी ममता की मारी रोने लगी।

अजीब तमाशा था। दोनों औरतें रोए जा रही थीं। दोनों एक-दूसरे की दुश्मन, दोनों एक ही बच्चे की माताएँ। बेघर लोगों को न हँसने की तमीज होती है, न रोने की। और कलह का कारण, दुबला-पतला, पित्त का मारा बच्चा, अब भी मुट्ठियाँ भींचे सो रहा था।

बनजारन गालियाँ बकती, रोती, बड़बड़ाती गाड़ी में चढ़ गई।

"तुम्हें तुम्हारा बच्चा मिल गया है। यहाँ से चली जाओ फौरन..."

हवलदार ने सोए बच्चे की पीठ पर छड़ी की नोक रखते हुए, धमकाकर कहा, "फौरन चली जाओ यहाँ से!"

बच्चे को छाती से चिपकाए, माँ पीछे हट गई। भीड़ बिखर गई। डिब्बे के दरवाजे में खड़ी बनजारन अभी भी चिल्लाए जा रही थी, "कंजरी, हरामजादी, तूने इसे जनते ही क्यों नहीं मार डाला? जब भी मार डालेगी, तभी मेरे दिल को चैन मिलेगा, नासपिट्टी...!"

बच्चे ने गोद पहचान रखी थी—या तो यह कारण रहा हो या हवलदार के बेंत की नोक लगने के कारण, बच्चा जाग गया और अपनी नन्ही-नन्ही मुट्ठियों से पहले तो अपनी नाक पीसने लगा, फिर आँखें, और थोड़ी देर के बाद अपनी मुट्ठी मुँह में ले जाकर उसे चूसने लगा। औरत अभी भी उदभ्रान्त-सी पीछे हट गई और प्लेटफार्म की दीवार के साथ जा खड़ी हुई।

बच्चा दूध के धोखे में अपनी मुट्ठी चूसता रहा, पर दूध न मिलता देख बिलकुल जग गया और दोनों टाँगें जोर-जोर से पटककर रोने लगा। माँ ने उसे दाएँ कन्धे से हटाकर बाएँ कन्धे के साथ सटा लिया। लेकिन बच्चा और भी जोर-जोर से रोने लगा।

माँ परेशान हो उठी। कभी बच्चे को एक करवट उठाती, कभी दूसरी; कभी दाएँ कन्धे पर उसका सिर रखती, कभी बाएँ पर।

बच्चे का रोना सुनकर डिब्बे के दरवाजे में खड़ी बनजारन फिर चिल्लाने लगी, "मार डाल, तू इसे मार डाल! नासपिट्टी, इसे जहर क्यों नहीं दे देती? दोपहर से इसके मुँह में दूध की बूँद नहीं गई। बच्चा रोएगा नहीं?"

हवलदार छड़ी झुलाता वहाँ से जा चुका था। दो-एक कुलियों को छोड़कर डिब्बे के सामने कोई नहीं था। दूर, पीछे की ओर, नीली वर्दीवाला गार्ड हरी झंडी दिखा रहा था।

गाड़ी ने सीटी दी और चलने को हुई।

बच्चा रोये जा रहा था। माँ ने अपने फटे हुए कुरते की जेब में से मूँगफली के कुछेक दाने निकाले और बच्चे के मुँह में ठूँसने लगी।

"नासपिट्टी, यह क्या उसके मुँह में डाल रही है? मेरे बच्चे को मार डालेगी। कसाइन, कंजरी...!"

और घूमकर पहले एक छोटा-सा टीन का बक्सा और फिर छोटी-सी गठरी प्लेटफार्म पर फेंकी और बड़बड़ाती, गालियाँ बकती हुई गाड़ी पर से उतर आई। "हरामजादी, मेरी गाड़ी छुड़ा दी। मौत खाए तुझे! नासपिट्टी...!"

गाड़ी निकल गई। एक-एक करके कुली स्टेशन के बाहर चले गए। प्लेटफार्म पर मौन छा गया। हवलदार अपनी गश्त पर दूर प्लेटफार्म के दूसरे सिरे तक पहुँच चुका था। लेकिन जब छड़ी झुलाता हुआ वह वापस लौटा, तो प्लेटफार्म के एक कोने में दीवार के साथ सटकर वही दोनों औरतें बैठी थीं। बनजारन अपनी गोद में बच्चे को लिटाए, उसे अपने आँचल से ढके, दूध पिला रही थी और पास बैठी बच्चे की माँ धीरे-धीरे अपने लाड़ले के बाल सहला रही थी।

यादें

ऐनक के बावजूद लखमी को धुँधला-धुँधला नजर आया। कमर पर हाथ रखे, वह देर तक सड़क के किनारे खड़ी रही। यहाँ तक तो पहुँच गई, अब आगे कहाँ जाए, किससे पूछे, क्या करे? सर्दी के मौसम की दोपहर ढलते देर नहीं लगती। अँधेरा हो गया, तो वह कहीं की नहीं रहेगी। इतने में दाईं ओर से एक धूमिल-सा पुंज उसकी ओर बढ़ता नजर आया, जो आगे बढ़ता जाता और कुछ-कुछ स्पष्ट होता जाता था। कोई आदमी है। इससे पूछ देखूँ? परन्तु पुरुष की वह धूमिल-सी काया ऐन उसके सामने पहुँचकर, एक मकान की ओर घूम गई।

"वीरजी, सुनो तो बेटा!...बाबू बनारसीदास का मकान कहाँ है?"

आदमी ठिठक गया। क्षण-भर उसकी आँखें ज़र्जर बुढ़िया पर टिकी रहीं, फिर वह आगे बढ़ आया।

"चाची लखमी?"

"हाय, बच्चा, तूने मुझे झट से पहचान लिया! तू मेरी गोमा का बेटा है? तू मेरा रामलाल है न?"

और पतला हड़ियल हाथ उस आदमी के कन्धे और चेहरे को सहलाने लगा।

"हाय, मैंने अच्छे करम किए थे, जो तू मिल गया! मैं कहूँ, अभी अँधेरा हो गया, तो मैं कहाँ मारी-मारी फिरूँगी? मेरे दिल को ठंड पड़ गई। बच्चा, राजी-खुशी हो? महाराज तुम्हें सलामत रखे!"

बुढ़िया सिर ऊँचा उठाकर, बचे-खुचे दो दाँतों से मुस्कुराती असीसें देने लगी।

"सरीरों के लेखे, बेटा, दुनिया से जाने का वक्त आ गया। मैंने कहा, आँख रहते एक बार अपनी गोमा को तो देख लूँ। कौन जाने, नसीब में फिर मिलना हो या न हो!" फिर कमर पर हाथ रखकर, बड़े आग्रह से बोली, "मुझे उसके पास ले चल, बेटा! घंटे-भर से यहाँ भटक रही हूँ। कोई पूछनेवाला नहीं। मैं कहूँ, मिले बगैर तो मैं जाऊँगी नहीं।"

हाथ का सहारा दिये, रामलाल बुढ़िया को अन्दर ले चला।

"अरी गोमा, कहाँ छिपी बैठी है? देख तो, कौन आया है?" घर के अन्दर कदम रखते हुए, चाची लखमी बतख की तरह किकियाई और खिलखिलाकर हँस पड़ी।

"कुछ नजर नहीं आता, बच्चा! आँखों में मोतियाबिन्द उतर आया है। एक आँख मारी गई है। सारे वक्त, लगता है, धूल उड़ रही है।"

बुढ़िया साँस लेने के लिए रुकी। फिर रास्ता टटोलती, धीरे-धीरे बरामदा पार करने लगी।

"डॉक्टर नरसिंगदास ने आँखों का ऑपरेशन किया। एक आँख ही मारी गई। मैंने कहा, चल मना, एक तो बच गई! भला हो डॉक्टर का, एक तो छोड़ दी! दोनों फोड़ देता, तो मैं कुछ कर सकती थी बेटा? आगे क्या खबर! क्या मालूम, कल ही अन्धी हो जाऊँ! मैंने सोचा, आँख रहते तो अपनी गोमा को जरूर देख आऊँगी।"

बुढ़िया धीरे-धीरे चलती, कहीं अन्धकार और कहीं प्रकाश के पुंजों को लाँघती हुई, आगे बढ़ने लगी।

"अरी गोमा, देख तो, तुझसे कौन मिलने आया है! मक्कड़ साधे कहाँ बैठी है?"

अपने आगमन की स्वयं सूचना देते हुए, चाची लखमी किकियाई और फिर हँसने लगी। उसकी आवाज मकान के कमरों में गूँजकर लौट आई। कोई जवाब नहीं आया।

"बालकराम सेठी की सलहज है न, बेचारी बड़ी अच्छी है। मुझे ताँगे पर बिठाकर यहाँ तक छोड़ गई। मैं परबस जो हुई, बेटा! बूढ़ा आदमी परबस हो जाता है।"

रामलाल ने बुढ़िया को रसोईघर की बगल में एक छोटी-सी कोठरी के सामने लाकर खड़ा कर दिया और पाँव की ठोकर से दरवाजा खोल दिया।

कोठरी में घुप्प अँधेरा था। रामलाल ने आगे बढ़कर, बिजली का बटन दबाया। एक अन्धा-सा बल्ब टिमटिमाने लगा।

"अरी गोमा, मचली बनी बैठी है? बोलती क्यों नहीं?"

कोठरी की सामनेवाली दीवार के सहारे एक बूढ़ी औरत खाट पर पाँव लटकाए बैठी थी, पर वह लखमी को अभी तक नजर नहीं आई। कोठरी में खाट के पायताने के साथ जुड़ा हुआ एक कमोड रखा था और साथ में एक टीन का डिब्बा। बुढ़िया ने एक पटरे पर पाँव रखे थे। टाँगों पर, जो सूजन के कारण बोझिल हो रही थीं, दो-दो जोड़े फटे मोजों के चढ़े थे। कोठरी में से पेशाब, मैले कपड़ों और बुढ़ापे की गन्ध आ रही थी। इन लोगों के अन्दर आ जाने पर दो चूहे, जो बुढ़िया की खाट पर ऊधम मचा रहे थे, भागकर अपने बिलों में घुस गए।

"कौन है?" धीमी-सी आवाज आई।

"पहचान तो, कौन है?" लखमी बोली।

बुढ़िया चुप रही। फिर सहसा घुटनों पर से दोनों हाथ उठाकर, आगे की ओर बढ़ाते हुए बोली, "आवाज तो लखमी की लगती है। लखमी, तू आई है?"

"और कौन होगा?"

अन्धे बल्ब की रोशनी में लखमी की आँख के सामने गोमा का आकार उभरने में काफी देर लगी। स्थूल देह, उलझे हुए इने-गिने सफेद बाल, चौड़ा झुर्रियों-भरा चेहरा, जिसमें से दो कान्तिहीन आँखें सामने की ओर देखे जा रही थीं।

लखमी के काँपते हाथ हवा को टटोलते हुए, गोमा के कन्धों तक जा पहुँचे और दोनों स्त्रियाँ एक-दूसरी से चिपट गईं।

जब अलग हुईं, तो देर तक अपने दुपट्टों में नाक सुड़कती और आँखें पोंछती रहीं। रामलाल ने आगे बढ़कर, कोने में रखा एक पीढ़ा उठाया और माँ की खाट के सामने रख दिया।

"बैठो चाची!" और लखमी को दोनों कन्धों से पकड़कर धीरे से पीढ़े पर बिठा दिया।

"मैं उठ नहीं सकती, लखमी! खाट के साथ जुड़ी हूँ। तू देख ही रही है। जाना मुझे था, चले वह गए। मेरा धागा लम्बा है। जल्दी टूटता नजर नहीं आता। पिछले करम अभी भोगने बाकी हैं।"

दोनों औरतें देर तक आमने-सामने बैठी, दुपट्टों में सिसकती रहीं।

"मैं कहती हूँ, हे भगवान, अब तुझे मुझसे क्या लेना है? इतनी बड़ी दुनिया है तेरी। मुझे यहाँ तेरा कौन-सा काम करना रह गया है? तू मुझे सँभाल क्यों नहीं लेता? पर नहीं, वह नहीं सुनता। तब मैं कहती हूँ, अच्छा, कर ले जो करना चाहता है। कभी तो मुझ पर तरस खाएगा।"

लखमी ने मुँह पर से दुपट्टा हटाते हुए कहा, "जब से दिल्ली आई हूँ, दिल तड़पता रहा है कि कब गोमा से मिलूँगी, कब गोमा से मिलूँगी!"

देर तक दोनों औरतें सिर हिलाती और आहें भरती रहीं। फिर गोमा अपने बेटे की ओर सिर घुमाकर बोली, "बेटा, लखमी तेरी चाची लगती है। पहचाना इसे या नहीं?"

इस पर लखमी हुमककर बोल उठी, "हाय, इसी ने तो मुझे पहचाना! मैं अन्धी क्या पहचानूँगी? यही तो मुझे अन्दर लाया!"

"मैंने झट पहचान लिया, माँ! कौशल्या के ब्याह पर मिली थीं। बहुत मुद्दत हो गई।"

"बेटा, लखमी के साथ मैंने बड़े अच्छे दिन बिताए हैं।"

"इसे क्या मालूम! यह तब पैदा ही कहाँ हुआ था?"

रामलाल के बाल कनपटियों पर सफेद हो रहे थे और एक छोटी-सी गोल-

मटोल तोंद पतलून की पेटी में कसी, बाहर निकलने के लिए हाँफ रही थी। अपनी बलगमी देह के कारण रामलाल सारा वक्त मुँह से साँस ले रहा था।

"उस वक्त तेरी गोद में शामा थी और मेरी विद्या बस यही चार-पाँच साल की रही होगी। क्यों, लखमी ?"

"हाय, विद्या मेरी आँखों के सामने आ गई, बिलकुल गुड़िया जैसी! कैसी खिडूली थी!" कहते हुए लखमी दुपट्टे के छोर से फिर आँखें पोंछने लगी।

"कोई किस-किसको याद करे ? तेरी सुरसती किसी से कम थी ? यों हँसती-हँसती चली गई। शामा किसी से कम थी ?"

"छोटी कहाँ है ?"

"वह जालन्धर में रहती है। वहाँ उसका घरवाला नौकरी करता है।"

"उसका भी घर-बाहर अब भरा-पूरा होगा ?"

"उसके घर दो बेटे, दो बेटियाँ हैं।"

"अच्छा है, सुख से रहें! भगवान अपनी दया बनाए रखे!"

गोमा ने फिर अपने बेटे की ओर मुँह फेरा। "बेटा, हमने बड़े अच्छे दिन बिताए हैं। गली-मुहल्लेवालियाँ कहें, 'अरी, तुम सगी बहनें हो, रिश्ते की हो, कौन हो, जो तुम्हारा आपस में इतना प्यार है ?' मैं जवाब दूँ, 'हम बहनें ही नहीं, बहनों से भी ज्यादा हैं।' " खाट पर बैठी गोमा ने चहककर कहा और अपने सूखे झुर्रियों-भरे मुँह पर हाथ फेरने लगी, मानो अकड़ी हुई झुर्रियाँ हँसने से खुलने लगी हों!

"हम एक ही घर में रहती थीं। एक तरफ मेरी रसोई थी, दूसरी तरफ इसकी। सामने आँगन में छोटा-सा कुआँ था, पर हम सदा कुएँ के पास बैठकर रसोई करती थीं।"

कुएँ की बात सुनकर, लखमी उचककर बोली, "ऐसा मीठा पानी था उसका कि तुम्हें क्या बताऊँ! छोटी-सी कुईं थी, इतनी-सी। बैठी-बैठी मैं उसमें से डोलची लटकाकर पानी निकाल लेती थी।"

बुढ़िया गोमा ने हाथ उठाकर एक सूखी सफेद लट पीछे हटाई, जो उत्तेजना के कारण माथे पर लुढ़क आई थी।

"दोपहर को इसका मालिक बैंक से आता और तेरे पिताजी—स्वर्ग में वासा हो उनका—दफ्तर से आते। खाना खाने बैठते, तो दोनों एक-दूसरे से कुश्तियाँ करते। खाना परोसने में थोड़ी-सी भी देर हो जाती तो थालियाँ खनकाने लगते।"

गोमा फिर हँसने लगी। उसकी स्थूल देह थिरक-थिरक गई। हँसने पर उसकी छाती में से उठनेवाली खर्र-खर्र की आवाज और भी ऊँची हो गई।

"इधर उनके आने का वक्त होता, उधर हम भागती हुई रोटियाँ लगवाने चली जातीं। हमारे घर से तीन गलियाँ छोड़कर एक झूरी बैठती थी। क्या नाम था उसका लखमी ?"

खाट पर से लटकती टाँगें, जिन पर फटे हुए मोजे चढ़े थे, उत्साह से हिलने लगीं। फर्श पर एक कोने में एक चूहे ने बिल में से सिर निकाला और इधर-उधर झाँकने लगा।

"बन्तो नाम था उसका। मर-खप गई होगी। अब कहाँ बैठी होगी! 'बन्तो, बन्तो' कहकर सभी बुलाते थे उसे।"

"हाँ, वन्तो! हाय, कैसी आँखों के सामने आ गई है! रोज लखमी की और मेरी दौड़ लग जाती कि तन्दूर तक पहले कौन पहुँचती है। यह मुझसे ज्यादा फुर्तीली थी। तब भी बड़ी पतली थी। चंगेरें बगल में दबाए, हम ऐसी भागतीं कि हवा से बातें करती जातीं। बन्तो कहती, 'अरी, शरम बेच खाई है, जो गलियों में नंगे सिर भागती फिरती हो?' " गोमा कहे जा रही थी। "यह हरे रंग की घघरी पहनती थी, जिसके नीचे सफेद गोटा लगा रहता था। क्यों लखमी? और मैं हमेशा काले रंग की घघरी पहनती थी। हम हँसती-बतियाती गली-गली जातीं और सारे शहर का चक्कर लगा आती थीं।"

इस पर लखमी ने आगे झुककर कहा, "अरी गोमा, याद है, जब भागसुद्दी के घर से भाँग पी आई थी?" और दुपट्टे की ओट में अपने दो दाँतों को छिपाती हुई हँसने लगी।

गोमा भी हँसने लगी। हँसते-हँसते गोमा को खाँसी आ गई और खाँसी का दौरा देर तक उसे परेशान करता रहा। फिर आँखें पोंछकर, लखमी की ओर उँगली से इशारा करती हुई, अपने बेटे से कहने लगी, "इसे हर वक्त शरारतें ही सूझती रहती थीं। इसी ने मुझे भाँग पिलाई थी। चल, चुप रह, नहीं तो तेरी सारी पोल खोल दूँगी।"

लखमी मुँह पर हाथ रखे, बतख की तरह किकियाये जा रही थी।

"यह मुझे भागसुद्दी के घर ले गई," गोमा कहने लगी, "मुझसे बोली, 'आ, तुझे साग के पकौड़े खिलाऊँ।' मुझे क्या मालूम कि उनमें क्या भरा था? खाने की देर थी कि मैं तो तरह-तरह के तमाशे करने लगी। कभी गाती, कभी हाथ मटकाती। फिर मैं हँसने लगी। हँसने क्या लगी कि मेरी हँसी रुके ही नहीं। हँसती ही जाती थी। मेरी हँसी यों भी एक बार शुरू हो जाए, तो बन्द होने को नहीं आती थी। मुझे नहीं मालूम कि मैं कब भागसुद्दी के घर से निकली। मुझे इतना याद है कि गली में मुझे रुक्मणी मिली। रुक्मणी याद है, लखमी? वही ट्रंकोंवाले श्यामलाल की घरवाली! कहने लगी, 'हाय री गोमा, तुझे क्या हो गया है? पागलों की तरह हँसे जा रही है?' बस जी, उसका यह कहना था कि मेरी हँसी बन्द हो गई। 'हाय, मुझे क्या हो गया है? हाय, मुझे क्या हो गया है?' मैं बोलने लगी, और अन्दर-ही-अन्दर मेरा दिल गोते खाने लगा। ऐसी बुरी मेरी हालत हुई कि तुम्हें क्या बताऊँ! और इस सारी शरारत की जड़ तेरी यह चाची थी जो तेरे सामने बैठी है।"

"तू कौन-सी कम थी? नहले पर दहला थी। शेखों के खेत में से मूलियाँ कौन तोड़ता था? मुझसे न बुलवा, नहीं तो तेरे बेटे के सामने तेरी सारी करतूतें गिना दूँगी।"

"बता दे, अब छिपाकर क्या करेगी?" गोमा ने हँसकर कहा। फिर रस ले-लेकर सुनाने लगी, "चौबीस घंटे हम एक साथ रहती थीं। सवेरे मुँह-अँधेरे तालाब पर नहाने जातीं। कुछ नहीं, तो तीन मील दूर रहा होगा तालाब। फिर सतगुरु की धर्मशाला में माथा टेकने जातीं और साग-सब्जी लेकर पौ फटने तक घर भी पहुँच जातीं।"

रामलाल कभी एक के मुँह की ओर और कभी दूसरी के मुँह की ओर देखता हुआ, सोच रहा था कि ये किन लोगों की चर्चा किए जा रही हैं? कौन थी वह, जो भागती हुई गलियाँ लाँघ जाती थी और हँसने लगती तो हँसती ही जाती थी, हँसती ही जाती थी?

चाची लखमी कुछ कहने जा रही थी, जब रामलाल बीच में बोल उठा, "चाय पिओगी, चाची लखमी? चाय मँगवाऊँ?"

"हाय, क्यों नहीं पिऊँगी? तेरे घर आकर चाय नहीं पिऊँगी?" कहते-कहते लखमी भाव-विह्वल हो उठी, "तेरी तो राह देख-देखकर आँखें थक गई थीं हमारी। तुझे तो हमने तरस-तरसकर लिया है, बेटा! लाखों पर तेरी क़लम हो! तूने हमें बहुत इन्तजार कराया। आ तो, तेरा मुँह चूम लूँ! आ, मेरे बच्चे!"

लखमी उठ खड़ी हुई और रास्ता टटोलती हुई रामलाल की ओर बढ़ आई। फिर लार-सने होंठ कभी रामलाल की नाक को, कभी माथे को, कभी गालों को चूमने लगे। "तेरी माँ ने कैसे-कैसे दिन देखे हैं, बेटा, तुझे क्या मालूम! चार बहनों के बाद तू आया था। हर बार जब तेरी माँ प्रसूत में होती, तो तेरा ताऊ बाहर खाट बिछाकर बैठ जाता और हर बार गालियाँ बकता हुआ उठ जाया करता। बड़ा गुस्सैल आदमी था। एक-एक करके चारों का दाना-पानी दुनिया से उठ गया। तब तू आया। सलामत रहो बेटा! जुग-जुग जिओ!"

रामलाल दीवार के साथ पीठ लगाए खड़ा सिर हिलाता रहा। फिर लखमी के दोनों कन्धे पकड़ धीरे से उसे पीढ़े पर बिठा दिया और कुछ खाने का सामान लेने बाहर चला गया। जब लौटकर आया, तो दोनों सहेलियाँ गा रही थीं। लखमी की किकियाती आवाज और गोमा की खरखराती आवाज से कोठरी गूँज रही थी। खाट पर बैठी उसकी माँ आँखें बन्द किए दोनों हाथों से अपने सूजे हुए घुटनों पर ताल दे रही थी :

जेठ माया दा माण न करिए,
माया काग बन्हेरे दा,
पल विच आवे, छिन विच जावे,
सैर करे चौफेरे दा।...

पर दो ही पंक्तियाँ गाने के बाद गोमा का दम फूलने लगा और उसे खाँसी आ गई।

"हाय, नहीं गाया जाता," उसने कहा।

पर खाँसी रुकने पर वह फिर अगली पंक्ति गाने लगी :

हाड़ होश कर दिल विच बन्दे,
काल नागरा वजदा ई,
ए दुनिया भाँडे दी न्यायी,
जो घड़िया सो भजदा ई।...

सहसा दोनों रुक गईं। गीत का बहुत-सा हिस्सा दोनों को भूल चुका था।

"छोड़ गोमा, मुझे विराग के गीत अच्छे नहीं लगते। चल, वह गीत गाएँ, जो सुखदेई गाया करती थी। हाय, कैसा मीठा गाती थी!" लखमी ने कहा, और नया राग छेड़ दिया।

गोमा कुछ देर तक अपनी फूली साँस को ठिकाने पर लाने के लिए रुकी रही, फिर वह भी साथ गाने लगी।

गाना सुनकर सारा घर जाग गया। रामलाल का छोटा बेटा अपने एक दोस्त का हाथ पकड़े, दरवाजे के बाहर पहुँच गया और सहमी आँखों से कभी दादी की ओर, तो कभी दूसरी बुढ़िया की ओर देखने लगा। रसोई का नौकर जो अभी-अभी दोपहर की छुट्टी बिताकर घर लौटा था, दरवाजे की ओट में खड़ा, पूरी बत्तीसी निकाले गाना सुनने लगा।

गोमा को बार-बार खाँसी आने लगती। वह खाँसती भी जाती और बीच-बीच में गाती भी जाती। आखिर उसका दम फिर फूल गया और वह चुप हो गई।

खोखली, खरज आवाजें सहसा बन्द हो जाने से घर-भर में मौन छा गया। बच्चे एक-दूसरे की ओर देखकर हँसे और खेलने के लिए बाहर भाग गए।

सहसा लखमी बोल उठी, "हाय, मेरी कैसी मत मारी गई है! शाम पड़ गई, तो मैं कहीं की न रहूँगी। जिसके आसरे आई हूँ, वह छोड़कर चली गई, तो मेरा क्या बनेगा?" फिर रामलाल की ओर मुँह करके, बड़े आग्रह से बोली, "बच्चा, मुझे बालकराम सेठी के घर तक छोड़ आएगा? इधर तेरे ही मुहल्ले में उसका घर है न?"

"छोड़ आऊँगा चाची! पर बैठो न! अभी तो आई हो!"

"नहीं, बच्चा, अब बहुत देर हो गई है। अँधेरे से मैं बहुत डरती हूँ।" और घुटनों से हाथों को दबाए, 'हाय रामजी' कहकर, उठ खड़ी हुई, "मैं तीन बार हड्डियाँ तुड़वा चुकी हूँ, बच्चा! एक दिन सड़क पर जा रही थी। पीछे से किसी साइकिलवाले ने आकर टक्कर मार दी। मैं औंधे मुँह जा गिरी। भला हो लोगों का जो उन्होंने मुझे खाट पर डालकर घर पहुँचा दिया। कुछ न पूछो, अपने बस की बात

थोड़े ही है। घरवाले सारा वक्त कहते रहते हैं, 'लखमी, तेरे पाँव घर पर नहीं टिकते। तेरा मरना एक दिन सड़क पर होगा।...' " बुढ़िया किकियाई। फिर गोमा की ओर देखकर बोली, "गोमा, तू भी अंग हिलाती रहा कर। बैठ गई, तो बैठ ही जाएगी।"

गोमा सिर हिलाकर बोली, "अंग न हिलाऊँ, तो दो दिन न जी पाऊँ, लखमी! इस हालत में भी मैंने कुछ नहीं तो दस सेर रुई कातकर दी है। पूछ ले इसी से। तेरे सामने खड़ा है।"

लखमी पैर घसीटती कोठरी के बीचोबीच पहुँच गई और रामलाल की ओर हाथ बढ़ाकर बोली, "रात पड़ गई है, बच्चा! मैं रात से बहुत डरती हूँ। रात बूढ़ों की दुश्मन होती है। मुझे बालकराम सेठी के घर तक छोड़ आ।" फिर गोमा की ओर घूम गई और हाथ जोड़कर बोली, "अच्छा, गोमा, अब संजोगी मेले। अब मैं फिर नहीं आऊँगी। अब अगले जन्म में मिलेंगी। मेरा कहा-सुना माफ करना, बहन!" और आगे बढ़कर फिर उसकी छाती से चिपट गई।

थोड़ी देर बाद रामलाल लखमी का हाथ थामे, उसे बाहर ले जाने लगा। लखमी की अब भी साँस फूल रही थी और टाँगें लरज-लरज जाती थीं।

कोठरी में से बाहर निकलते हुए, रामलाल ने बिजली बुझा दी और दरवाजा बन्द कर दिया। कोठरी में घुप्प अँधेरा छा गया और सूना मौन फिर चारों ओर से घिरने लगा।

बीवर

शौक की कोई कीमत नहीं—न परख, न सीमा। यह तो मन की मौज है, जिस चीज पर आ जाए। बच्चे गहरी शाम गए तक मिट्टी से खेलते हैं, तो यह भी शौक है। लोग कुत्ते पालते हैं और पक्षी पालते हैं और सदियों पुराने खँडहरों के टुकड़े ढो-ढोकर अपने घर सजाते हैं, तो यह भी शौक है। और पुराने जमाने में बादशाह लोग देश-विदेश की सुन्दरियों से अपने हरम भर लिया करते थे, तो यह भी शौक था, मन की मौज थी।

और इसी मन की तरंग में एक दिन मेरे भाई एक पिल्ला खरीद लाए। छोटा, सुबक-सा पिल्ला, बर्फ के-से सफेद बाल, दुनिया में आँखें खोले उसे कुछ ही दिन हुए थे। कहने लगे, अनारकली में एक आदमी बहुत-से पिल्ले आठ-आठ आने में बेच रहा था, मुझे अच्छा लगा, मैं ले आया। लाहौर पुराना शहर है और पुरानी वज़ा के लोग वहाँ बहुत रहते हैं, जो पैसे कमाने के ढंग भी खूब जानते हैं। वह शख्स इन्हें बेच भी ऐन अनारकली बाजार में रहा था, जहाँ लाहौर के शौकीनों की भीड़ लगी रहती है। यों तो स्वयं अनारकली भी, वह महिला जिसके नाम पर इस बाजार का नाम रखा गया है, एक बादशाह के शौक की ही चीज़ थी। देखिए, कैसी अमर हो गई!

हम दोनों उस पिल्ले पर रीझ उठे। पढ़ाई का जमाना था, माँ-बाप लाहौर से दो सौ मील की दूरी पर रहते थे, कोई पूछनेवाला न था, इसलिए पिल्ले क्यों न पालते! एकाध दिन तो पिल्ला नए घर में घबराया-सा रहा, रात-भर किकियाता और नाली के रास्ते अपने माँ-बाप के पास जाने की कोशिश करता रहा, लेकिन शीघ्र ही वह हमारा हाथ पहचानने लगा और हमारे साथ हिल-मिल गया। कभी अपने नन्हे-नन्हे दूधिया दाँतों से हमारी पतलून पकड़ता, कभी उलट जाता, कल्लोलें करता, हमारे पाँवों के बीच अपना घर-सा बनाने लगता। कुत्ते का सारा अनुराग चरणों पर ही न्यौछावर होता है, यह पिल्ला भी हमारे पाँवों के इर्द-गिर्द चक्कर लगाने लगा।

हमने भी उसकी खातिरदारी में कोई कसर उठा नहीं रखी। उसके लिए बढ़िया चमड़े का कालर बनवाया गया, जिस पर पीतल के दो सितारे चमकते थे। एक

झालर कोट बनवाया गया, काला रंग और लाल बॉर्डर, जो उसके बर्फ के-से सफेद बदन पर खूब बैठता था। उसकी पूँछ कटवाई गई, जिसका उन दिनों फैशन था और उसका नाम 'बीवर' रखा गया—न मोती, न जैक। बीवर किसी पशु या पक्षी के नाम पर नहीं रखा गया था, बल्कि एक नाटक के नायक के नाम पर था, जो उन्हीं दिनों हमारे कॉलेज में खेला जा रहा था और जिसमें हम दोनों भाई स्त्रियों का पार्ट कर रहे थे। नायक का पार्ट नाटक-मंडली के अध्यक्ष ने खुद अपने लिए सँभाल लिया था और हमें स्त्रियों के पार्ट दिये थे। इसीलिए कुछ ईर्ष्यावश, कुछ व्यंग्य में, हमने पिल्ले का नाम बीवर रखा। मगर इस छोटी-सी तफसील का हमारे पिल्ले की कहानी से कोई विशेष सम्बन्ध नहीं।

देखते-ही-देखते बीवर बड़ा होने लगा। कुत्ते शिशुपन से सीधे जवानी में प्रवेश करते हैं। कुछ महीनों में ही इस पर जवानी फूटने लगी। वह कद निकालने लगा, उसकी गर्दन में तनाव आया, आँखें काली और पैनी निकलीं, कान खड़े रहते, जो कुत्ते के सौन्दर्य में चार चाँद लगा देनेवाली चीज है। किसी आवाज को सुनने के लिए जब वह चौकन्ना होकर खड़ा होता, तो फौज का कमांडर क्या खड़ा होता होगा! हमें उम्मीद न थी कि अठन्नी का कुत्ता इतना जोबन पकड़ेगा।

हम उस दिन का बड़ी बेताबी से इन्तजार करने लगे, जब बीवर बड़ा होगा और हम उसे माल रोड पर घुमाने ले जाया करेंगे, जब हम भी कुत्तोंवाले कहलाएँगे, साहब लोग देखेंगे और कहेंगे कि वाह, कोई-कोई हिन्दुस्तानी भी खूब कुत्ते पालना जानते हैं! हमने उसे गेंद के पीछे भागना सिखाया, कमरे में आकर दहलीज पर बैठना सिखाया, यहाँ तक कि मुँह में चिट्ठी तक ले जाने की मश्क कराने लगे।

आखिर एक रोज हम उसे यूनिवर्सिटी क्लब ले गए। यूनिवर्सिटी क्लब वह जगह थी, जहाँ कॉलेजों के बाँके एक-दूसरे पर रौब गाँठने आया करते थे। कपड़ों का रौब, नए तराश की मूँछों का रौब, अंग्रेजी लहजे में बोलने का रौब...किसी के बाप को गवर्नर के सेक्रेटरी ने टेलीफोन किया था, इसका रौब...किसी का बाप रायबहादुर हो गया था, उसका रौब...गरज कि रौब गाँठने के लिए उससे बेहतर जगह न थी। यहाँ पर दो लड़कों के पास कुत्ते भी थे—दत्त के पास और चोपड़ा के पास। दत्त इस बात पर ऐंठता था कि उसका बाप यह कुत्ता विलायत से लाया था और चोपड़ा इस बात पर कि उसे यह कुत्ता एक मेम ने दिया था, जो विलायत जा रही थी।

हमारे बीच यह तय हुआ कि मैं बीवर को सजा-धजाकर सीधा अपनी साइकिल के साथ दौड़ाता हुआ क्लब ले जाऊँगा और भाई मुझे वहीं पर मिलेंगे। मैं तो वक्त पर पहुँच गया, लेकिन भाई मुझे नजर नहीं आए। बीवर को साथ लेकर मैं अन्दर गया और यहीं पर एक छोटी-सी घटना घटी, जिसने बीवर की जिन्दगी का रुख बदल दिया।...मुझे याद है, अन्दर के हॉल कमरे में, अपनी रोज की जगह पर 'लांगा वकील' बैठा था। वह एक लँगड़ा युवक था, जो वकालत पढ़ता था और सब उसे

'लांगा वकील' कहकर बुलाते थे। एक दूसरा लड़का, रेडियो सैट के सिरहाने बैठा नए-नए स्टेशन लगा रहा था। भाई वहाँ पर भी नहीं थे।

मैं और बीवर दोनों हॉल कमरे की दहलीज पर खड़े थे। सहसा बीवर उचक गया। नई जगह थी, पहली बार एक क्लब में आया था, रीति-रिवाज से वाकिफ न था, भूल कर बैठा। जो लड़का रेडियो सैट पर बैठा नए-नए स्टेशन लगा रहा था, उसने कोई घुंडी घुमाई, जिससे किसी स्थान पर से सहसा ऊँची-ऊँची आवाज में तक़रीर होने लगी। बीवर सुनते ही ऊँचा-ऊँचा भूँकने लगा। 'लांगा वकील' ने कुत्ते का भूँकना सुना, तो हड़बड़ाकर इधर-उधर देखा। ऐन उसी वक्त, दुर्भाग्यवश, हॉल कमरे के दूसरे दरवाजे पर बीवर को भाई खड़े नजर आ गए और वह सीधा उनकी तरफ भाग खड़ा हुआ। 'लांगा वकील' की कुर्सी के पास से होकर वह सीधा उनके पास जा पहुँचा। 'लांगा वकील' चिल्लाया, 'हाय माँ!' और उछलकर कुर्सी पर चढ़ गया। उसे खयाल था कि कुत्ता उसी पर झपटा है और अभी फिर लौटकर आएगा। उसका चेहरा पीला पड़ गया और हाथ काँपने लगे। बस, इतना कुछ ही हुआ। मगर 'लांगा वकील' को हमारे कुत्ते से चिढ़ हो गई। उसने आव देखा न ताव, सीधे कार्यकारिणी की मीटिंग बुलवा ली और प्रस्ताव रखा कि कुत्तों को क्लब के अन्दर न आने दिया जाए, एक बोर्ड लगा दिया जाए कि कुत्ते बाहर बँधे रहें। प्रस्ताव जायज था बेशक और लांगा के हक में बहुमत भी था, लेकिन एक बात जो उसने मीटिंग में कही, वह निहायत भद्दी और नाजायज थी। उसने कहा कि चोपड़ा और दत्त के कुत्ते शाइस्ता हैं, मालिकों के साथ चुपचाप बैठे रहते हैं, सिर नहीं उठाते, मगर इन भाइयों का कुत्ता कोई नस्ली कुत्ता नहीं है। न मालूम कहाँ से पकड़ा हुआ है! क्या मालूम, कब किसी को काट खाए!

मीटिंग खत्म होते-होते बात सारे क्लब में फैल गई और बीवर बदनाम होने लगा। बीवर क्या, हम बदनाम होने लगे। बजाय रौब पड़ने के उलटा हमें झेंप-सी होने लगी। कुछेक दोस्तों ने कुत्ते की नस्ल के बारे में पूछा और हम खिसियाकर रह गए। किसी ने पूछा, कहाँ से लाए हो, तो भी हम खिसियाकर रह गए। हमारे बाप-दादा ने कभी कुत्ते नहीं पाले थे, हमें उनकी कोई पहचान नहीं थी। हम तो कुत्ते से कुत्ते के नाते, सच्चे प्रजातंत्रवादियों की तरह प्यार करते थे। हमें क्या मालूम था कि यह गुल खिलेगा?

उस रात जब हम घर लौटे, तो भाई निराश-से थे। बोले, "यार, यह कुत्ता नस्ली नहीं है। मुझे डर है, बेचनेवाले ने हमारे साथ धोखा किया है।"

"नस्ली नहीं है, तो क्या हुआ? देखने में तो अच्छा है।" मैंने कहा, "सबसे तेज भागता है। हम इसे दो-चार बातें सिखा देंगे, ठीक हो जाएगा।"

पर बात बनी नहीं। दूसरे दिन से ही हमारे मन में हीनता का-सा भाव आने लगा। हमें महसूस होने लगा कि हम भूल कर बैठे हैं, एक आवारा कुत्ते को पाल

रहे हैं। कुत्ता नस्ली हो तो रौब है और जो गैर-नस्ली हो तो बदनामी है, जग-हँसाई है। हम हैरान थे कि हमें पहले इसका खयाल क्यों नहीं आया?

हमने उसे अपने साथ बाहर ले जाना छोड़ दिया। जिस घर में हम रहते थे, उसके एक तरफ साहबों के बँगले थे। दरअसल एक ही मालिक-मकान के वे बँगले भी थे और बाग भी था। हमें देसी होते हुए भी मकान इसलिए मिल गया था कि मालिक-मकान का बेटा हमारा सहपाठी था, वरना उस जमाने में कोई देसी आदमी साहब बनने का कितना ही दावा क्यों न करे, साहब लोग अपने इलाके में उसे नहीं रहने देते थे।

इस नई स्थिति की बीवर को खबर नहीं थी। वह अब भी बड़े चाव से उछलकर मिलता और पूरे आत्म-समर्पण से दोस्ती निभाता। उसमें अपनी गरिमा थी, मस्ती थी। जिस आजादी से वह सिर ऊँचा किए साथ-साथ दौड़ता, जिस चतुराई से वह गेंद पर लपकता, यह देखने की चीज थी। लापरवाह और मौजी तबीयत का जीव था। अब भी पहले की तरह अलमस्त घूमता था। उसे तो अपनी नस्ल का कोई खयाल ही नहीं था। पर मनुष्य का मन तो, आप जानते हैं, बड़े कोमल तन्तुओं का बना होता है। अगर एक बार उसमें गाँठ पड़ जाए तो सारा सन्तोष जाता रहता है।

और कुछ ही दिन बाद एक और घटना घटी, जिसने हमें परेशान कर दिया।

एक रोज शाम के वक्त बारिश हो रही थी। हम दोनों क्लब में गए। जब लौटकर आए तो देखा कि कुत्ता घर में नहीं है। अक्सर वह, धूप हो या बारिश कमरे के बाहर बैठा हमारा इन्तजार किया करता था। हमने आस-पास देखा, बँगलों के पास से होकर सड़क तक देख आए, मगर बीवर कहीं नहीं मिला। हम सोच ही रहे थे कि क्या करें, किससे पूछें, जब बीवर फाटक के पास से अन्दर आता हुआ नजर आया। नजदीक आया, तो हमने देखा कि उसके मुँह में चिट्ठी थी। देखकर खुशी हुई। पहले बीवर हमारी चिट्ठियाँ मुँह में रखकर लोगों के पास ले जाया करता था, अब लोगों की चिट्ठियाँ हम तक भी पहुँचाने लगा।

पर चिट्ठी खोली, तो दिल बैठ गया। चिट्ठी पड़ोस की एक बुढ़िया मेम की ओर से थी। उसने शिकायत की थी कि हमारा कुत्ता उसके दो कुत्तों के साथ मेल-जोल बढ़ाने की कोशिश कर रहा है। अगर यह कुत्ता फिर उसके यार्ड में आया, तो अच्छा न होगा...वग़ैरह-वग़ैरह।

चिट्ठी पढ़कर पहले तो बड़ी झल्लाहट हुई, फिर मन बेहद खिन्न हो उठा। पहले क्लब में नक्कू बने थे, अब मुहल्ले में भी नक्कू बनने लगे थे।

"हटाओ जी, इस नहूसत को! कहाँ की बला मोल ले ली!" भाई खीजकर बोले।

दरअसल जिस मेम की वह चिट्ठी थी, वह खुद नस्ली नहीं थी, करांटन थी और एक बँगला किराये पर लेकर बेकरी चला रही थी, और कुछ कमरों में होटल-सा बना रखा था। मगर हम सोचने लगे कि आज तो इस करांटन ने चिट्ठी लिखी

है, कल किसी खालिस अंग्रेज ने म्युनिसिपैलिटी को शिकायत कर दी, तो हमारी क्या रह जाएगी!

उस रात हम दोनों भाइयों की एक लम्बी बैठक हुई कि किस तरह इस कुत्ते से पिंड छुड़ाया जाए। कभी सोचते—किसी को दे दें; कभी उस दुष्ट की याद आती, जिसने यह कुत्ता बेचकर हमारा अपमान करवाया था कि कहीं मिले तो उसे पकड़ें और कुत्ता भी उसके हवाले करें। पर अन्त में यही निश्चय हुआ कि मैं दूसरे ही दिन सवेरे इसे अपने साथ दूर नहर के पास ले जाऊँ और वहाँ जाकर छोड़ आऊँ।

लाहौर में नहर का इलाका बिलकुल अलग-थलग है। वहाँ पर हर तरह के जुर्म होते हैं। किसी को नहर में डुबोना हो या खुद डूबना हो, जुए के पैसे बाँटने हों या कोई औरत भगाकर ले जानी हो या अफीम का व्यापार करना हो—लाहौर में नहर का किनारा सबसे उचित स्थान है। वहाँ काली-काली मूँछोंवाले लोग चादरें कंधों पर रखे आम घूमते नज़र आते हैं।

चुनाँचे दूसरे रोज पौ फटने से पहले ही मैंने साइकिल उठाई और बीवर को खोलकर ले चला और दिन चढ़ते-चढ़ते नहर के पुल पर जा पहुँचा।

उस समय यदि मैं नहर के पुल पर खड़ा होकर बीवर को सहसा नहर में धक्का दे देता, तो यह एक हाथ की सफाई होती। क्षण-भर में एक बहुत बड़ी समस्या का हल हो जाता। न उसे सोचने का मौका मिलता, न मुझे। पर मैं चूक गया। मैं पुल लाँघकर, उसे नहर के पार खुले मैदान में ले गया, जहाँ पर जगह-जगह नरसल और झाड़ियाँ उग रही थीं। एक घनी झाड़ी के पास जाकर मैं रुक गया। पहले चेन खोली, फिर उसका कालर उतार लिया। बीवर ने आँख उठाकर मेरी ओर इस तरह देखा, मानो मैं कोई नया खेल उसे सिखाने जा रहा हूँ, अभी उसे पुचकारूँगा और उसकी पीठ थपथपाऊँगा। पर चेन खोलते ही मैंने एक रस्सी उसके गले में बाँधी जो मैं साथ लेकर आया था और रस्सी का दूसरा सिरा झाड़ी से बाँध दिया। फिर फौरन घूमकर साइकिल उठाई और वहाँ से भाग खड़ा हुआ।

मैं घर लौट आया। हम दोनों भाइयों ने चैन की साँस ली। मैंने उसके बर्तन फेंक दिये, उसका कोट जमादार को दे दिया और उस कोठरी को, जिसमें वह रहता था, फिनाइल से धुलवा दिया। मगर दिन में दो-एक बार वह मुझे याद जरूर आया। एक बार सोचा कि यदि उसके सामने रोटी का टुकड़ा डाल आया होता तो अच्छा था। फिर सोचता, अगर कालर चेन लगे रहते तो क्या था, कोई उस पर पत्थर तो नहीं फेंकता! किसी-किसी वक्त उसकी कल्लोलें याद आतीं। पर सच तो यह है कि उस वक्त यदि कोई मुझसे पूछता कि कहो तो बीवर को लौटा लाऊँ, तो मैं हाथ जोड़कर कहता कि बिलकुल नहीं, मैं तो केवल अनुकम्पा का रस ले रहा था।

उस दिन शाम को हमने पहली बार सूट पहने और बिना किसी झेंप-संकोच के क्लब में गए। मगर अफसोस! जब लौटकर आए, तो बीवर कमरे के सामने खड़ा

था और अपने पंजों से बार-बार दरवाजे पर दस्तक दे रहा था। हमें देखते ही वह भागकर हमारे पास आ गया और हमारे कदमों में लोटने लगा—कभी हमारा हाथ चाटता और कभी दोनों अगली टाँगें उठाए, उछल-उछलकर हमारे ऊपर चढ़ने की कोशिश करने लगता।

''भूल हुई,'' भाई कहने लगे, ''नहर को तो यहाँ से सीधी सड़क जाती है। यह रस्सी तुड़ाकर सड़क पर आ गया होगा और वहाँ से सीधा भागता हुआ घर लौट आया है। इसे किसी ऐसे इलाके में छोड़ना चाहिए था, जहाँ से इसे लौटने का रास्ता नहीं मिल पाता।''

चुनाँचे दूसरे दिन, मैं उसी तरह पौ फटने से पहले उसे बिलकुल दूसरी दिशा में, लाहौर शहर का पूरा गुंजान-आबाद इलाका लाँघकर, रावी नदी के किनारे पर छोड़ आया। वहाँ से लौटना मुश्किल था, क्योंकि रास्ते में सड़कों और गलियों का एक विस्तृत जाल-सा बिछा था।

पहले दिन की तरह आज भी हम आश्वस्त महसूस करने लगे। लेकिन शाम होते-होते बीवर वहाँ से भी लौट आया। हम परेशान हो उठे। फिर तो एक होड़-सी चल पड़ी। मैं उसे रोज सुबह कभी लाहौर के एक सिरे पर, कभी दूसरे सिरे पर छोड़ आता, कभी शहालमी दर-दरवाजे की तंग गलियों में, कभी रेलवे स्टेशन के पास, पर वह शाम को हाँफता हुआ घर पहुँच जाता।

तीन-चार रोज में ही बीवर के जिस्म पर खुजली होने लगी। कोई अजीब-से काले-काले कीड़े हमें उसके सफेद बालों में बैठे हुए नजर आने लगे। हम घबरा उठे कि यह छूत की बीमारी कहीं से ले आया है, जो सारी बस्ती में फैलाएगा और हमें वहाँ से निकलवाएगा।

उन्हीं दिनों हमारे क्लब का सालाना डिनर था। सुबह मैं बीवर को दूर शाहदरे के पास, जहाँगीर के मक़बरे में छोड़ आया था। खयाल था कि लौटेगा भी तो दो दिन में। शाम के वक्त हम दोनों भाई काले सूट पहने, घर से पैदल डिनर के लिए चल पड़े, क्योंकि साइकिल चलाने से पतलून के घुटने निकल आते हैं। क्लबघर रोशनी से जगमगा रहा था। हम टहलते हुए मैदान में दाखिल हुए। वहाँ और बहुत-से यार-दोस्त खड़े थे। सहसा हमारे दिल को धक्का-सा लगा। ऐन हमारे पीछे-पीछे बीवर चला आ रहा था। हम क्लब के मैदान में दाखिल हो चुके थे और कुछेक दोस्तों से दुआ-सलाम भी शुरू हो गई थी। हम दोनों मुड़े।

''भागो यहाँ से!'' भाई ने कहा।

पर भागकर कहाँ जाते?

ऐन उसी वक्त वह सज्जन भी, जिन्होंने नाटक में बीवर का पार्ट खेला था, अपनी छोटी-सी मोटर में आ पहुँचे, जो उन्होंने मैदान के एक सिरे पर खड़ी कर दी। इधर बीवर कभी भाई की टाँगों के इर्द-गिर्द घूम रहा था, कभी मेरी, मानो अपने सारे दुःख-दर्द की दास्तान सुनाना चाहता हो! उधर हम थे कि जमीन में गड़े जा रहे

थे। हम उसे अपने पास से हटाने की कोशिश करें और वह हटे ही नहीं। इधर मैदान बिजली की रोशनी में जगमग कर रहा था।

एक बार भाई ने चिल्लाकर कहा, ''बीवर!''

इस पर बीवर और नाटक के नायक दोनों ठिठक गए और एक साथ ही भाई के चेहरे की ओर देखने लगे।

भाई की परेशानी और मेरी झेंप चरम सीमा तक जा पहुँचीं। मुझे और तो कुछ नहीं सूझा, मैंने एक लात जमाई, जो कुत्ते की पसलियों में जाकर लगी। अक्सर कुत्ते बड़ी फुरती से हट जाते हैं, पर बीवर थका हुआ था और दुबला हो रहा था, फिर लात खाने की उसे आशा न थी। एक हल्की-सी चीख उसके मुँह से निकली और वह पीछे हट गया। नाटक का नायक क्षण-भर हत्‌बुद्धि-सा वहाँ खड़ा रहा, फिर कुछ बड़बड़ाता हुआ, मोटर की चाभी जेब में डालते हुए क्लब की ओर जाने लगा। हमारे डिनर पर पानी फिर गया। भाई कुत्ते को पीछे की ओर यूनिवर्सिटी हॉल के पास ले गए, जहाँ अँधेरा था और मैं क्लब के चपरासी से रस्सी माँगने गया। जैसे-तैसे यूनिवर्सिटी-हॉल के पिछवाड़े एक झाड़ी से हमने उसे बाँधा और डिनर खाने गए। लेकिन हॉल में भी बैठे डरते रहे कि कहीं वहाँ पर भी वह न आ पहुँचे।

उस रोज मुझे यकीन हो गया कि कुत्ते में आत्मसम्मान नहीं होता। जो आत्मसम्मान होता, तो वह अपनी हैसियत पहचान लेता और गली के कुत्तों से जाकर मिल जाता या हमें काट खाता। लेकिन अपनी इज्जत का तो उसे खयाल नहीं था, उल्टे हमारी इज्जत मिट्टी में मिला रहा था।

हम डिनर पर से जल्दी ही उठ आए, इस डर से कि कहीं सबके साथ बाहर निकले और आगे बीवर को खड़े पाया तो क्या करेंगे? भागकर मैं एक ताँगा बुला लाया जिसे हम यूनिवर्सिटी हॉल के पीछे ले गए। बीवर को उसमें छिपाया और अँधेरी सड़कों पर से होते हुए घर पहुँचे।

दूसरे दिन इतवार था। मुझमें अब इतनी हिम्मत न थी कि फिर पाँच मील का चक्कर काटूँ और उसे कहीं छोड़ आऊँ और इस तरकीब पर से हमारा विश्वास भी उठने लगा था।

इधर बीवर दुबला होने लगा था। अब चलते-चलते खड़ा हो जाता, अँगड़ाइयाँ लेता, झींकता, छींकता और हमने देखा कि उसकी खाल पर के बाल, जो हमें किसी जमाने में रेशमी लगे थे, जगह-जगह से उड़ने लगे थे। ऐन कान के पीछे एक चटाख नजर आया, फिर एक गर्दन के पास भी।

उस रोज हमारी संकटकालीन बैठक हुई। मुझे याद है, हम जामुन के पेड़ के नीचे कुर्सियों पर बैठे थे और सामने बीवर बँधा था और एकटक हमारी ओर देख रहा था, मानो कह रहा हो, 'इस जनम में तो तुम्हें छोड़कर नहीं जाऊँगा, मालिक! कर लो जो जुगत कर सकते हो।'

इस बैठक में दो मुख्य निश्चय किए गए। एक तो यह कि उसे खाना देना बिलकुल बन्द कर दिया जाए। दूसरे यह कि बाहरवाला फाटक हर वक्त बन्द रहे, और उसे बाग की तरफ निकाल दिया जाए और जब भी वह अन्दर आने की कोशिश करे, लात या जूते या पत्थर से उसे बाग की ओर धकेल दिया जाए। इसी तरह से इसका मोह भंग होगा। अतः निश्चयानुसार मैंने उसी वक्त उसकी चेन खोली, पिछले दरवाजे की ओर ले जाकर उसे एक लात जमाई और एक पत्थर उठाकर, वापस कुर्सी पर आ बैठा। उस रोज दोपहर तक मैं वहाँ बैठा चाँदमारी करता रहा। बार-बार वह अन्दर आता और बार-बार मैं उस पर पिल पड़ता। दोपहर तक दरवाजे के पास कितने ही जूते और पत्थर जमा हो गए।

पर इस तरकीब का सचमुच असर हुआ। दो ही दिन में उसने घर के अन्दर घुसना छोड़ दिया। अब वह घर के आस-पास ही मँडराता। कभी चकोतरे के पेड़ के नीचे जा बैठता, कभी माली की औज़ारोंवाली कोठरी के पास। जब कभी हम बाग की ओर जाते, तो हमें देखते ही वह उठ खड़ा होता। उसके सारे बदन में कँपकँपी-सी होती, उसकी जीभ निकल आती और साँस तेज होने लगती। पर वह एक कदम भी आगे न बढ़ता था। हम भी या तो मुँह फेर लेते या भागकर घर के अन्दर घुस जाते।

आखिर एक दिन वह सहसा अपने-आप ही कहीं चला गया। हमें विश्वास नहीं होता था, लेकिन वह न बाग में था, न ही आसपास कहीं नजर आ रहा था। ऐसा जान पड़ता था, जैसे उसे अक्ल आ गई हो या वैराग्य हो गया हो! जब सात-आठ दिन तक वह कहीं नजर नहीं आया, तो हम निश्चिन्त हो गए और उसे भूलने लगे और मन में से हीनता का भाव, जो उसके कारण आ गया था, दूर होने लगा।

पन्द्रह-बीस रोज के बाद एक दिन हम जामुन के पेड़ के नीचे फिर बैठे चाय पी रहे थे, जब माली का बेटा भागता हुआ आया और कहने लगा, "साहब, बीवर को कमेटीवाले गोली से मारने जा रहे हैं! आइए, चलिए!"

हमने एक-दूसरे की ओर देखा। फिर भाई कहने लगे, "वह तो अब यहाँ पर नहीं है, उसे तो गए भी पन्द्रह-बीस रोज हो गए हैं।"

"नहीं साहब, बीवर ही है! अगर आप उन्हें कहेंगे कि कुत्ता हमारा है तो नहीं मारेंगे, अस्पताल में ले जाएँगे।"

"अस्पताल में क्यों ले जाएँगे?"

"क्योंकि प्राइवेट कुत्तों को खुजली हो जाए तो उन्हें अस्पताल में रखते हैं।"

"अच्छा, तुम चलो, हम आते हैं।"

माली का बेटा चला गया। हम नहीं उठे। वहाँ जाने का मतलब था, जान-बूझकर बला मोल लेना। जब खुदा-खुदा करके मुसीबत से छुटकारा मिल रहा था, तो हम क्यों बीच में पड़ते?

हम चुप तो हो रहे, लेकिन हमारे कान गोली की आवाज की ओर लगे हुए थे कि कब धाँय की आवाज हो। इससे भाई व्याकुल हो उठे। मिनट-भर बाद ही बोले, "जाओ यार, देखो, कुछ हो सके तो कर लेना। मगर मुझसे पूछने नहीं आना, और कुत्ते को भी मत लाना।"

मैंने उन्हें समझाया, "सवाल सिद्धान्त का है। आप भावुकता में न पड़िए। इस वक्त उसे मरने दें। उसके लिए भी यही अच्छा है, हमारे लिए भी।"

मगर भाई नहीं माने और मुझे भेज दिया।

मैं बाग लाँघकर पिछवाड़े के मैदान में पहुँचा, जहाँ किसी जमाने में कब्रिस्तान हुआ करता था। अब भी वहाँ कुछेक टूटी-फूटी कब्रें पड़ी हैं। सचमुच वहाँ पर वह बुढ़िया मेम खड़ी थी, जो लाहौर शहर के बूढ़े और बीमार घोड़ों और कुत्तों को मारती फिरती थी। उसके साथ दो देसी आदमी भी थे। उन दो में से एक आदमी, मुझे ऐसा जान पड़ा कि उस करांटन मेम का बैरा है, जिसने हमें चिट्ठी भेजी थी। शायद था, शायद नहीं था। मैं निश्चय से नहीं कह सकता था। पर मैंने समझा कि जरूर करांटन ने रिपोर्ट की होगी और उसका बैरा इस ताक में रहा होगा कि कब कुत्ता नजर आए और पकड़वा दे।

मैं नजदीक पहुँचा। दूसरे आदमी ने कुत्ते को रस्सी से बाँध रखा था।

बीवर ही था। पर कितना दुबला हो गया था! बाल झर रहे थे। साँस लेता, तो पेट की एक-एक पसली नजर आती। इन्हीं पन्द्रह-बीस दिनों में वह बूढ़ा हो गया था। मेरी आहट पाते ही उसने घूमकर मेरी ओर देखा। उसके सारे बदन में कँपकँपी हुई। वह उछलने को भी हुआ, फिर शायद उसे याद आ गया कि उछलना मुझे पसन्द नहीं और वह वहीं-का-वहीं बैठा मेरी ओर ताकता रहा।

माली का बेटा, जो कुछ फासले पर खड़ा था, मेरे पीछे-पीछे चला आया।

"तुम यहीं ठहरो," मैंने कहा और उसे वहीं रोक दिया।

पास जाने पर मेम ने मुझसे पूछा, "क्या यह आवारा कुत्ता तुम्हारा है?"

यह सवाल मुझे बहुत बुरा लगा। आवारा है, तो मेरा कैसे हो सकता है? क्या हम आवारा कुत्ते रखनेवाले हैं? आवारा शब्द मेरे कलेजे में तीर की तरह लगा। मेम साहब ने हमें क्या समझ रखा है! मैंने अंग्रेजी में जवाब दिया ताकि उन्हें पता चल जाए कि हम आवारा कुत्ते पालनेवाले नहीं हैं, उन्हीं की जात के साथ बैठने-उठनेवाले लोग हैं।

"नो, नो, मैडम," मैंने कहा, "मेरे पास कुत्ता जरूर था, मगर वह तो मैंने बहुत दिन हुए, अपने एक शिकारी दोस्त को दे दिया था।" मैंने हँसकर कहा, "वह उसे शिकार के लिए रखना चाहता था।"

"तो यह कुत्ता तुम्हारा नहीं है?"

मुझे लगा, जैसे वह दूसरा आदमी मेरी ओर देख रहा है। मैंने उसकी ओर मुड़कर कहा, "क्यों भाई, तुमने तो हमारा कुत्ता देखा था, यह वह तो नहीं है?"

"मैंने आपका कुत्ता नहीं देखा, साहब, मैं तो म्युनिसिपैलिटी में काम करता हूँ।"

मैं निश्चिन्त हो गया। छूटते ही बोला, "नहीं-नहीं, यह कुत्ता मेरा नहीं है। यह तो कोई आवारा कुत्ता है। आपको पहले दरयाफ़्त कर लेना चाहिए था, मैडम! मैं गवर्नमेंट कॉलेज में पढ़ता हूँ। इस कुत्ते के न पट्टा है, न नाम, यह मेरा कैसे हो सकता है?"

मेम ने मेरी ओर एक बार सारपूर्ण आँखों से देखा, फिर एक आदमी से बोली, "ले चलो, उस पेड़ के नीचे।"

वे बीवर को ले चले। मैं वहीं पर खड़ा रहा। बीवर जाने से पहले मेरी ओर देख रहा था। क्षण-भर के लिए हमारी आँखें भी मिलीं। उसकी आँखें मानो कह रही थीं, यह कहने की क्या जरूरत थी, मालिक कि मैं आपका कुत्ता नहीं हूँ? आप यों भी मुझे इन कसाइयों के हवाले कर देते, तो क्या मैं कुछ कहता? इनकार करना तो मेरे खून में ही नहीं है!...फिर उसने गर्दन फेर ली और धीरे-धीरे उनके पीछे सिर झुकाए जाने लगा।

खून का रिश्ता

खाट की पाटी पर बैठा चाचा मंगलसेन हाथ में चिलम थामे सपने देख रहा था। उसने देखा कि वह समधियों के घर बैठा है और वीरजी की सगाई हो रही है। उसकी पगड़ी पर केसर के छींटे हैं और हाथ में दूध का गिलास है जिसे वह घूँट-घूँट करके पी रहा है। दूध पीते हुए कभी बादाम की गिरी मुँह में जाती है, कभी पिस्ते की। बाबूजी पास खड़े समधियों से उसका परिचय करा रहे हैं, 'यह मेरा चचाजाद छोटा भाई है, मंगलसेन!' समधी मंगलसेन के चारों ओर घूम रहे हैं। उनमें से एक झुककर बड़े आग्रह से पूछता है, 'और दूध लाऊँ, चाचाजी? थोड़ा-सा और?'...'अच्छा, ले आओ, आधा गिलास...' मंगलसेन कहता है और तर्जनी से गिलास के तल में से शक्कर निकाल-निकालकर चाटने लगता है...।

मंगलसेन ने जीभ का चटखारा लिया और सिर हिलाया। तम्बाकू की कड़वाहट से भरे मुँह में भी मिठास आ गई, मगर स्वप्न भंग हो गया। हल्की-सी झुरझुरी मंगलसेन के सारे बदन में दौड़ गई और मन सगाई पर जाने के लिए ललक उठा।

यह स्वप्नों की बात नहीं थी, आज सचमुच भतीजे की सगाई का दिन था। बस, थोड़ी देर बाद ही सगे-सम्बन्धी घर आने लगेंगे, बाजा बजेगा, फिर आगे-आगे बाबूजी, पीछे-पीछे मंगलसेन और घर के अन्य सम्बन्धी—सभी सड़क पर चलते हुए समधियों के घर जाएँगे।

मंगलसेन के लिए खाट पर बैठना असम्भव हो गया। बदन में खून तो छटाँक-भर था, मगर ऐसा उछलने लगा कि बैठने नहीं देता था।

ऐन उसी वक्त कोठरी में सन्तू आ पहुँचा और खाट पर बैठकर मंगलसेन के हाथ में से चिलम लेते हुए बोला, "तुम्हें सगाई पर नहीं ले जाएँगे, चाचा!"

चाचा मंगलसेन के बदन में सिर से पाँव तक लरजिश हुई। पर यह सोचकर कि सन्तू खिलवाड़ कर रहा है, बोला, "बड़ों के साथ मजाक नहीं किया करते, कई बार कहा है। मुझे नहीं ले जाएँगे, तो क्या तुम्हें ले जाएँगे?"

''किसी को भी नहीं ले जाएँगे। वीरजी कहते हैं, सगाई डलवाने सिर्फ बाबूजी जाएँगे, और कोई नहीं जाएगा।''

''वीरजी आए हैं?'' चाचा मंगलसेन के बदन में फिर लरजिश हुई और दिल धक्-धक् करने लगा। सन्तू घर का पुराना नौकर था, क्या मालूम, ठीक ही कहता हो!

''ऊपर चलो, सब लोग खाना खा रहे हैं।'' सन्तू ने चिलम के दो कश लगाए, फिर चिलम को ताक पर रखा और बाहर जाने लगा। दरवाजे के पास पहुँचकर उसने फिर एक बार घूमकर हँसते हुए कहा, ''तुम्हें नहीं ले जाएँगे, चाचा, लगा लो शर्त, दो-दो रुपए की शर्त लगती है?''

''बस, बक-बक नहीं कर। जा, अपना काम देख!''

ऊपर रसोईघर में सचमुच बहस चल रही थी। सन्तू ने गलत नहीं कहा था। रसोईघर में एक तरफ, दीवार के साथ पीठ लगाए बाबूजी बैठे खाना खा रहे थे। चौके के ऐन बीच में वीरजी और मनोरमा, भाई-बहन, एक साथ, एक ही थाली में खाना खा रहे थे। माँजी चूल्हे के सामने बैठी पराँठे सेंक रही थीं। माँजी बेटे को समझा रही थीं, ''यही मौके खुशी के होते हैं, बेटा! कोई पैसे का भूखा नहीं होता। अकेले तुम्हारे पिताजी सगाई डलवाने जाएँगे तो समधी भी इसे अपना अपमान समझेंगे।''

''मैंने कह दिया, माँ, मेरी सगाई सवा रुपए में होगी और केवल बाबूजी सगाई डलवाने जाएँगे। जो मंजूर नहीं हो तो अभी से...''

''बस-बस, आगे कुछ मत कहना!'' माँ जी ने झट टोकते हुए कहा। फिर क्षुब्ध होकर बोलीं, ''जो तुम्हारे मन में आए, करो। आजकल कौन किसी की सुनता है! छोटा-सा परिवार और इसमें भी कभी कोई काम ढंग से नहीं हुआ। मुझे तो पहले ही मालूम था, तुम अपनी करोगे...''

''अपनी क्यों करेगा, मैं कान खींचकर इसे मनवा लूँगा!'' बाबूजी ने बेटे की ओर देखते हुए बड़े दुलार से कहा।

पर वीरजी खीज उठे, ''क्या आप खुद नहीं कहा करते थे कि ब्याह-शादियों पर पैसे बर्बाद नहीं करने चाहिए? अब अपने बेटे की सगाई का वक्त आया तो सिद्धान्त ताक पर रख दिये! बस, आप अकेले जाइए और सवा रुपया लेकर सगाई डलवा लाइए।''

''वाह जी, मैं क्यों न जाऊँ? आजकल बहनें भी जाती हैं!'' मनोरमा सिर झटककर बोली, ''वीरजी, तुम इस मामले में चुप रहो!''

''सुनो, बेटा, न तुम्हारी बात, न मेरी,'' बाबूजी बोले, ''केवल पाँच या सात सम्बन्धी लेकर जाएँगे। कहोगे तो बाजा भी नहीं होगा। वहाँ उनसे कुछ माँगेंगे भी नहीं। जो समधी ठीक समझें, दे दें, हम कुछ नहीं बोलेंगे।''

इस पर वीरजी तुनककर कुछ कहने जा ही रहे थे, जब सीढ़ियों पर मंगलसेन के कदमों की आवाज आई।

"अच्छा, अभी मंगलसेन से कोई बात नहीं करना। खाना खा लो, फिर बातें होती रहेंगी।" माँजी ने कहा।

पचास बरस की उम्र के मंगलसेन के बदन के सभी चूल ढीले पड़ गए थे। जब चलता तो उचक-उचककर हिचकोले खाता हुआ और जब सीढ़ियाँ चढ़ता तो पाँव घसीटकर, बार-बार छड़ी ठकोरता हुआ। जब भी वह सड़क पर जा रहा होता, मोड़ पर का साइकिलवाला दुकानदार हमेशा मंगलसेन से मजाक करके कहता, 'आओ, मंगलसेनजी, पेच कस दें!' और जवाब में मंगलसेन हमेशा उसे छड़ी दिखाकर कहता, 'अपने से बड़ों के साथ मजाक नहीं किया करते। तू अपनी हैसियत तो देख!'

मंगलसेन को अपनी हैसियत पर बड़ा नाज था। किसी जमाने में फौज में रह चुका था, इस कारण अब भी सिर पर खाकी पगड़ी पहनता था। खाकी रंग सरकारी रंग है, पटवारी से लेकर बड़े-बड़े इंस्पेक्टर तक सभी खाकी पगड़ी पहनते हैं। इस पर ऊँचा खानदान और शहर के धनीमानी भाई के घर में रहना, ऐंठता नहीं तो क्या करता?

दहलीज पर पहुँचकर मंगलसेन ने अन्दर झाँका। खिचड़ी मूँछें सस्ता तम्बाकू पीते रहने के कारण पीली हो रही थीं। घनी भौंहों के नीचे दाईं आँख कुछ ज्यादा खुली हुई और बाईं आँख कुछ ज्यादा सिकुड़ी हुई थी। सामने के तीन दाँत गायब थे।

"भौजाईजी, आप रोटियाँ सेंक रही हैं? नौकरों के होते हुए..."

"आओ मंगलसेनजी, आओ, ज़रा देखो तो यहाँ कौन बैठा है!"

"नमस्ते, चाचाजी!" वीरजी ने बैठे-बैठे कहा।

"उठकर चाचाजी को पालागन करो, बेटा, तुम्हें इतनी भी अक्ल नहीं है!" बाबूजी ने बेटे को झिड़ककर कहा।

वीरजी उठ खड़े हुए और झुककर चाचाजी को पालागन किया। चाचाजी झेंप गए।

कोने में बैठा सन्तू, जो नल के पास बर्तन मलने लगा था, कन्धे के पीछे मुँह छिपाए हँसने लगा।

"जीते रहो, बड़ी उम्र हो!" मंगलसेन ने कहा और वीरजी के सिर पर इस गम्भीरता से हाथ फेरा कि वीरजी के बाल बिखर गए।

मनोरमा खिलखिलाकर हँसने लगी।

"सगाईवाले दिन वीरजी खुद आ गए हैं—वाह-वाह!"

"बैठ जा, बैठ जा, मंगलसेन, बहुत बातें नहीं करते," बाबूजी बोले।

"आप मेरी जगह पर बैठ जाइए, चाचाजी, मैं दूसरी चटाई ले लूँगा।" वीरजी ने कहा।

''दो मिनट खड़ा रहेगा तो मंगलसेन की टाँगें नहीं टूट जाएँगी!'' बाबूजी बोले, ''यह खुद भी चटाई पकड़ सकता है। जाओ मंगलसेन, जरा टाँगें हिलाओ और अपने लिए चटाई उठा लाओ।''

माँजी ने दाँत-तले होंठ दबाया और घूर-घूरकर बाबूजी की ओर देखने लगीं, ''नौकरों के सामने तो मंगलसेन के साथ इस तरह रुखाई से नहीं बोलना चाहिए। आखिर तो खून का रिश्ता है, कुछ लिहाज करना चाहिए।''

मंगलसेन छज्जे पर से चटाई उठाने गया। दरवाजे के पास पहुँचकर, नौकर की पीठ के पीछे से गुजरने लगा, तो सन्तू ने हँसकर कहा, ''वहाँ नहीं है, चाचाजी, मैं देता हूँ, ठहरो। एक ही बर्तन रह गया है, मलकर उठता हूँ।''

सन्तू निश्चिन्त बैठा, कन्धों के बीच सिर झुकाए बर्तन मलता रहा।

मनोरमा घुटनों के ऊपर अपनी ठुड्डी रखे, दोनों हाथों से अपने पैरों की उँगलियाँ मलती हुई, कोई वार्ता सुनाने लगी, ''दुकानदारों की टाँगें कितनी छोटी होती हैं, भैया, क्या तुमने कभी देखा है?'' अपने भाई की ओर कनखियों से देखकर हँसती हुई बोली, ''जितनी देर वे गद्दी पर बैठे रहें, ठीक लगते हैं, पर जब उठें तो सहसा छोटे हो जाते हैं—इतनी छोटी-छोटी टाँगें! आज मैं एक दुकान पर सूटकेस लेने गई...''

''उठो, सन्तू, चटाई ला दो। हर वक्त का मजाक अच्छा नहीं होता।'' चाचा मंगलसेन सन्तू से आग्रह करने लगा।

''वहाँ खड़े क्या कर रहे हो, मंगलसेन? चलो, इधर आओ! उठ सन्तू, चटाई ले आ, सुनता नहीं तू? इसे कोई बात कहो तो कान में दबा जाता है!'' माँ बोलीं।

सन्तू की पीठ पर चाबुक पड़ी। उसी वक्त उठा और जाकर चटाई ले आया। माँजी ने चूल्हे के पास दीवार के साथ रखी दो थालियों में से एक थाली उठाकर मंगलसेन के सामने रख दी।

मैले रूमाल से हाथ पोंछते हुए मंगलसेन चटाई पर बैठ गया। थाली में आज तीन भाजियाँ रखी थीं, चपातियाँ खूब गरम-गरम थीं।

सहसा बाबूजी ने मंगलसेन से पूछा, ''आज रामदास के पास गए थे? किराया दिया उसने या नहीं?''

मंगलसेन खुशी में था। उसी तरह चहककर बोला, ''बाबूजी, वह अफीमची कभी घर पर मिलता है, कभी नहीं। आज घर पर था ही नहीं।''

''एक थप्पड़ मैं तेरे मुँह पर लगाऊँगा, तुमने क्या मुझे बच्चा समझ रखा है?''

रसोईघर में सहसा सन्नाटा छा गया। माँ ने होंठ भींच लिये। मंगलसेन की पुलकन सिहरन में बदल गई। उसका दायाँ गाल हिलने-सा लगा, जैसे चपत पड़ने पर सचमुच हिलने लगता है।

''छह महीने का किराया उस पर चढ़ गया है, तू करता क्या रहता है?''

नुक्कड़ में बैठे सन्तू के भी हाथ बर्तनों को मलते-मलते रुक गए। भाई-बहन फर्श की ओर देखने लगे। हाय, बेचारा! मनोरमा ने मन-ही-मन कहा और अपने पैरों की उँगलियों की ओर देखने लगी। वीरजी का खून खौल उठा। चाचाजी गरीब हैं न, इसीलिए इन्हें इतना दुत्कारा जाता है...

"और पराँठा डालूँ, मंगलसेनजी?" माँ ने पूछा।

मंगलसेन का कौर अभी गले में ही अटका हुआ था। दोनों हाथों से थाली को ढँकते हुए हड़बड़ाकर बोला, "नहीं, भौजाईजी, बस जी!"

"जब मेरे यहाँ रहते यह हाल है, तो जब मैं कभी बाहर जाऊँगा तो क्या हाल होगा? मैं चाहता हूँ, तू कुछ सीख जाए और किराए का सारा काम सँभाल ले। मगर छह महीने तुझे यहाँ आए हो गए, तूने कुछ नहीं सीखा।"

इस वाक्य को सुनकर मंगलसेन के सर्द लहू में थोड़ी-सी हरारत आई।

"मैं आज ही किराया ले आऊँगा, बाबूजी! न देगा तो जाएगा कहाँ? मेरा भी नाम मंगलसेन है!"

"मुझे कभी बाहर जाना पड़ा, तो तुम्हीं को काम सँभालना है। नौकर कभी किसी को कमाकर नहीं खिलाते। जमीन-जायदाद का काम करना हो तो सुस्ती से काम नहीं चलता। कुछ हिम्मत से काम लिया करो।"

मंगलसेन के बदन में झुरझुरी हुई। दिल में ऐसा हुलास उठा कि जी चाहा, पगड़ी उतारकर बाबूजी के कदमों पर रख दे। हुमककर बोला, "चिन्ता न करो जी, मेरे होते यहाँ चिड़ी फड़क जाए तो कहना! डर किस बात का? मैंने लाम देखी है, बाबूजी! बसरे की लड़ाई में कप्तान रस्किन था हमारा। कहने लगा, देखो मंगलसेन, हमारी शराब की बोतल लारी में रह गई है। वह हमें चाहिए। उधर मशीनगन चल रही थी। मैंने कहा, अभी लो, साहब! और अकेले मैं वहाँ से बोतल निकाल लाया। ऐसी क्या बात है..."

मंगलसेन फिर चहकने लगा।

मनोरमा मुस्कुराई और कनखियों से अपने भाई की ओर देखकर धीमे से बोली, "चाचाजी की दुम फिर हिलने लगी!"

मंगलसेन खाना खा चुका था। उठते हुए हँसकर बोला, "तो चार बजे चलेंगे न सगाई डलवाने?"

"तू जा, अपना काम देख, जो जरूरत हुई तो तुम्हें बुला लेंगे।" बाबूजी बोले।

चाचा मंगलसेन का दिल धक्-से रह गया। सन्तू शायद ठीक ही कहता था, मुझे नहीं ले चलेंगे। उसे रुलाई-सी आ गई, मगर फिर चुपचाप उठ खड़ा हुआ। बाहर जाकर जूते पहने, छड़ी उठाई और झूलता हुआ सीढ़ियों की ओर जाने लगा।

वीरजी का चेहरा क्रोध और लज्जा से तमतमा उठा। मनोरमा को डर लगा कि बात और बिगड़ेगी, वीरजी कहीं बाबूजी से न उलझ बैठें। माँजी को भी बुरा लगा। धीमे से कहने लगीं, "देखो जी, नौकरों के सामने मंगलसेन की इज्जत-आबरू का

कुछ तो खयाल रखा करो। आखिर तो खून का रिश्ता है। कुछ तो मुँह-मुलाहिजा रखना चाहिए। दिन-भर आपका काम करता है।''

''मैंने उसे क्या कहा है?'' बाबूजी ने हैरान होकर पूछा।

''यों रुखाई के साथ नहीं बोलते। वह क्या सोचता होगा? इस तरह बेआबरूई किसी की नहीं करनी चाहिए।''

''क्या बक रही हो? मैंने उसे क्या कहा है?'' बाबूजी बोले। फिर सहसा वीरजी की ओर घूमकर कहने लगे, ''अब तू बोल, भाई, क्या कहता है? कोई भी काम ढंग से करने देगा या नहीं?''

''मैंने कह दिया, पिताजी, आप अकेले जाइए और सवा रुपए लेकर सगाई डलवा लाइए।''

रसोईघर में चुप्पी छा गई। इस समस्या का कोई हल नजर नहीं आ रहा था। वीरजी टस-से-मस नहीं हो रहे थे।

सहसा बाबूजी ने सिर पर से पगड़ी उतारी और सिर आगे को झुकाकर बोले, ''कुछ तो इन सफेद बालों का खयाल कर! क्यों हमें रुसवा करता है?''

वीरजी गुस्से में थे। चाचा मंगलसेन गरीब हैं, इसीलिए उसके साथ ऐसा बुरा व्यवहार किया जाता है। यह बात उसे खल रही थी। मगर जब बाबूजी ने पगड़ी उतारकर अपने सफेद बालों की दुहाई दी तो सहम गया। फिर भी साहस करके बोला, ''यदि आप अकेले नहीं जाना चाहते तो चाचाजी को साथ ले जाइए। बस, दो जने चले जाएँ।''

''कौन-से चाचा को?'' माँजी ने पूछा।

''चाचा मंगलसेन को।''

कोने में बैठे सन्तू ने भी हैरान होकर सिर उठाया। माँ झट से बोलीं, ''हाय-हाय, बेटा, शुभ-शुभ बोलो! अपने रईस भाइयों को छोड़कर इस मरदूद को साथ ले जाएँ? सारा शहर थू-थू करेगा!''

''माँजी, अभी तो आप कह रही थीं, खून का रिश्ता है। किधर गया खून का रिश्ता? चाचाजी गरीब हैं, इसीलिए?''

''मैं कब कहती हूँ, यह न जाए! यह भी जाए, लेकिन और सम्बन्धी भी तो जाएँ। अपने धनी-मानी सम्बन्धियों को छोड़ दें और इस बहुरुपिए को साथ ले जाएँ, क्या यह अच्छा लगेगा?''

''तो फिर बाबूजी अकेले जाएँ,'' वीरजी परेशान हो उठे, ''मैंने जो कहना था, कह दिया! अब जो तुम्हारे मन में आए, करो, मेरा इससे कोई वास्ता नहीं।'' और उठकर रसोईघर से बाहर चले गए।

बेटे के यों उठ जाने से रसोईघर में चुप्पी छा गई। माँ और बाप दोनों का मन खिन्न हो उठा। ऐसा शुभ दिन हो, बेटा घर पर आए और यों तकरार होने लगे! माँ का दिल टूक-टूक होने लगा।

उधर बाबूजी का क्रोध बढ़ रहा था। उनका जी चाहता था, कह दे—जा, फिर मैं भी नहीं जाऊँगा। भेज दे, जिसको भेजना चाहता है। मगर यह वक्त झगड़े को लम्बा करने का न था।

सबसे पहले माँ ने हार मानी, ''क्या बुरा कहता है! आजकल लड़के माँ-बाप के हजारों रुपए लुटा देते हैं। इसके विचार तो कितने ऊँचे हैं! यह तो सवा रुपए में सगाई करना चाहता है। तुम मंगलसेन को ही अपने साथ ले जाओ। अकेले जाने से तो अच्छा है।''

बाबूजी बड़बड़ाए, बहुत बोले, मगर आखिर चुप हो गए। बच्चों के आगे किस माँ-बाप की चलती है? और चुपचाप उठकर अपने कमरे में जाने लगे।

''जा सन्तू, मंगलसेन को कह, तैयार हो जाए।'' माँजी ने कहा।

मनोरमा चहक उठी और भागी हुई वीरजी को बताने चली गई कि बाबूजी मान गए हैं।

मंगलसेन को जब मालूम हुआ कि अकेला वही बाबूजी के साथ जाएगा, तो कितनी ही देर तक वह कोठरी में उचकता और चक्कर लगाता रहा। बदन का छटाँक-भर खून फिर उछलने लगा। जी चाहा कि सन्तू से उसी वक्त शर्त के दो रुपए रखवा ले। 'क्यों न हो, आखिर मुझसे बड़ा सम्बन्धी है भी कौन? मुझे नहीं ले जाएँगे तो किसे ले जाएँगे? मैं और बाबूजी ही इस घर के कर्ता-धर्ता हैं और कौन है?' जितना ही अधिक वह इस बात पर सोचता, उतना ही अधिक उसे अपने बड़प्पन पर विश्वास होने लगता। आखिर उसने कोने में रखी ट्रंकी को खोला और कपड़े बदलने लगा।

घंटा-भर बाद जब मंगलसेन तैयार होकर आँगन में आया, तो माँजी का दिल बैठ गया—यह सूरत लेकर समधियों के घर जाएगा? मंगलसेन के सिर पर खाकी पगड़ी, नीचे मैली कमीज के ऊपर खाकी फौजी कोट, जिसके धागे निकल रहे थे और नीचे धारीदार पाजामा और मोटे-मोटे काले बूट। माँ को रुलाई आ गई। पर यह अवसर रोने का नहीं था। अपनी रुलाई को दबाती हुई वह आगे बढ़ आईं।

''मनोरमा, जा, भाई की अलमारी में से एक धुला पाजामा निकाल ला।'' फिर बाबूजी के कमरे की ओर मुँह करके बोलीं, ''सुनते हो जी, अपनी एक पगड़ी इधर भेज देना। मंगलसेन के पास ढंग की पगड़ी नहीं है।''

मंगलसेन का कायाकल्प होने लगा। मनोरमा पाजामा ले आई। सन्तू बूट पालिश करने लगा। आँगन के ऐन बीचोबीच एक कुर्सी पर मंगलसेन को बिठा दिया गया और परिवार के लोग उसके आसपास भाग-दौड़ करने लगे। कहीं से मनोरमा की दो सहेलियाँ भी आ पहुँची थीं। मंगलसेन पहले से भी छोटा लग रहा था। नंगा सिर, दोनों हाथ घुटनों के बीच जोड़े वह आगे की ओर झुककर बैठा था। बार-बार उसे रोमांच हो रहा था।...

मंगलसेन का स्वप्न सचमुच साकार हो उठा। समधियों के घर में उसकी वह आवभगत हुई कि देखते बनता था। मंगलसेन आरामकुर्सी पर बैठा था और पीछे एक आदमी खड़ा पंखा झल रहा था। समधी आगे-पीछे, हाथ बाँधे घूम रहे थे। एक आदमी ने सचमुच झुककर बड़े आग्रह से कहा, ''और दूध लाऊँ, चाचाजी? थोड़ा-सा और?''

और जवाब में मंगलसेन ने कहा, ''हाँ, आधा गिलास ले आओ।''

समधियों के घर की ऐसी सज-धज थी कि मंगलसेन दंग रह गया और उसका सिर हवा में तैरने लगा। आवाज ऊँची करके बोला, ''लड़की कुछ पढ़ी-लिखी भी है या नहीं? हमारा बेटा तो एम.ए. पास है।''

''जी, आपकी दया से लड़की ने इसी साल बी.ए. पास किया है।''

मंगलसेन ने छड़ी से फर्श को ठकोरा, फिर सिर हिलाकर बोला, ''घर का काम-धन्धा भी कुछ जानती है या सारा वक्त किताबें ही पढ़ती रहती है?''

''जी, थोड़ा-बहुत जानती है।''

''थोड़ा-बहुत क्यों?''

आखिर सगाई डलवाने का वक्त आया। समधी बादामों से भरे कितने ही थाल लाकर बाबूजी और मंगलसेन के सामने रखने लगे। बाबूजी ने हाथ बाँध दिये, ''मैं तो केवल एक रुपया और चार आने लूँगा। मेरा इन चीजों में विश्वास नहीं है। हमें अब पुरानी रस्मों को बदलना चाहिए। आप सलामत रहें, आपका सवा रुपया भी मेरे लिए सवा लाख के बराबर है।''

''आपको किस चीज की कमी है, लालाजी, पर हमारा दिल रखने के लिए ही कुछ स्वीकार कर लीजिए!''

बाबूजी मुस्कुराए, ''नहीं महाराज, आप मुझे मजबूर न करें। यह उसूल की बात है। मैं तो सवा ही रुपया लेकर जाऊँगा। आपका सितारा बुलन्द रहे! आपकी बेटी हमारे घर आएगी, तो साक्षात् लक्ष्मी विराजेगी!''

मंगलसेन के लिए चुप रहना असम्भव हो रहा था। हुमककर बोला, ''एक बार कह जो दिया जी कि हम सवा रुपया ही लेंगे। आप बार-बार तंग क्यों करते हैं?''

बेटी के पिता हँस दिये और पास खड़े अपने किसी सम्बन्धी के कान में बोले, ''लड़के के चाचा हैं, दूर के। घर में टिके हुए हैं। लालाजी ने आसरा दे रखा है।''

आखिर समधी अन्दर से एक थाल ले आए, जिस पर लाल रंग का रेशमी रूमाल बिछा था और बाबूजी के सामने रख दिया। बाबूजी ने रूमाल उठाया, तो नीचे चाँदी के थाल में चाँदी की तीन चमचम करती कटोरियाँ रखी थीं—एक में केसर, दूसरी में रांगला धागा, तीसरी में एक चमकता चाँदी का रुपया और चमकती चवन्नी। इसके अलावा तीन कटोरियों में तीन छोटे-छोटे चाँदी के चम्मच रखे थे।

“आपने आखिर अपनी ही बात की,” बाबूजी ने हँसकर कहा, “मैं तो केवल सवा रुपया लेने आया था...” मगर थाल स्वीकार कर लिया और मन-ही-मन कटोरियों, थाल और चम्मचों का मूल्य आँकने लगे।

मनोरमा और उसकी सहेलियाँ छज्जे पर खड़ी थीं, जब दोनों भाई सड़क पर आते दिखाई दिये। मंगलसेन के कन्धे पर थाल था—लाल रंग के रूमाल से ढँका हुआ और आगे-आगे बाबूजी चले आ रहे थे।

वीरजी अब भी अपने कमरे में थे और पलंग पर लेटे किसी नॉवल के पन्नों में अपने मन को लगाने का विफल प्रयास कर रहे थे। उनका माथा थका हुआ था, मगर हृदय धूमिल भावनाओं से उद्वेलित होने लगा था। क्या प्रभा मेरे लिए भी कोई सन्देश भेजेगी? सवा रुपए में सगाई डलवाने के बारे में वह क्या सोचती होगी? मन-ही-मन तो जरूर मेरे आदर्शों को सराहती होगी। मैंने एक गरीब आदमी को अपनी सगाई डलवाने के लिए भेजा। इससे अधिक प्रत्यक्ष प्रमाण मेरे आदर्शों का क्या हो सकता है?

“लाख-लाख बधाइयाँ, भौजाईजी!” घर में कदम रखते ही मंगलसेन ने आवाज लगाई।

मनोरमा और उसकी सहेलियाँ भागती हुई जंगले पर आ गईं। बाबूजी गम्भीर मुद्रा बनाए, आँगन में आए और छड़ी कोने में रखकर अपने कमरे में चले गए।

मनोरमा भागती हुई नीचे गई और झपटकर थाल चाचा मंगलसेन के हाथ से छीन लिया।

“कैसी पगली है! दो मिनट इन्तजार नहीं कर सकती।”

“वाह जी, वाह!” मनोरमा ने हँसकर कहा, “बाबूजी की पगड़ी पहन ली तो बाबूजी ही बन बैठे हैं! लाइए, मुझे दीजिए। आपका काम पूरा हो गया।”

माँजी की दोनों बहनें जो इस बीच आ गई थीं, माँजी से गले मिल-मिलकर बधाई देने लगीं। आवाज सुनकर वीरजी भी जंगले पर आ खड़े हुए और नीचे आँगन का दृश्य देखने लगे। थाल पर रखे लाल रूमाल को देखते ही उनका रोम-रोम पुलकित हो उठा। सहसा ही वह ससुराल की चीजों से गहरा लगाव महसूस करने लगे। इस रूमाल को जरूर प्रभा ने अपने हाथ से छुआ होगा। उनका जी चाहा कि रूमाल को हाथ में लेकर चूम लें। इस भेंट को देखकर उनका मन प्रभा से मिलने के लिए बेताब होने लगा।

माँजी ने थाल पर से रूमाल उठाया। चमकती कटोरियाँ, चमकता थाल, बीच में रखे चम्मच। वीरजी को महसूस हुआ, जैसे प्रभा ने अपने गोरे-गोरे हाथों से इन चीजों को करीने से सजाकर रखा होगा।

“पानी पिलाओ, सन्तू।” चाचा मंगलसेन ने आँगन में कुर्सी पर बैठते हुए, टाँग के ऊपर टाँग रखकर, सन्तू को आवाज लगाई।

इतने में माँजी को याद आई, "तीन कटोरियाँ और दो चम्मच? यह क्या हिसाब हुआ? क्या तीन चम्मच नहीं दिये समधियों ने?" फिर बाबूजी के कमरे की ओर मुँह करके बोलीं, "अजी सुनते हो! तुम भी कैसे हो, आज के दिन भी कोई अन्दर जा बैठता है?"

"क्या है?" बाबूजी ने अन्दर से ही पूछा।

"कुछ बताओ तो सही, समधियों ने क्या कुछ दिया है?"

"बस, थाल में जो कुछ है, वही दिया है। तेरे बेटे ने मना जो कर दिया था।"

"क्या तीन कटोरियाँ थीं और दो चम्मच थे?"

"नहीं तो, चम्मच भी तीन थे।"

"चम्मच तो यहाँ सिर्फ दो रखे हैं।"

"नहीं-नहीं, ध्यान से देखो, जरूर तीन होंगे। मंगलसेन से पूछो, वही थाल उठाकर लाया था।"

"मंगलसेनजी, तीसरा चम्मच कहाँ है?"

मंगलसेन सन्तू को सगाई का ब्यौरा दे रहा था, "समधी हमारे सामने हाथ बाँधे यों खड़े थे, जैसे नौकर हों! लड़की बड़ी सुशील है, बड़ी सलीकेवाली है, बी.ए. पास है, सीना-पिरोना भी जानती है..."

"मंगलसेनजी, तीसरा चम्मच कहाँ है?"

"कौन-सा चम्मच? वहीं थाल में होगा।" मंगलसेन ने लापरवाही से जवाब दिया।

"थाल में तो नहीं है।"

"तो उन्होंने दो ही चम्मच दिये होंगे। बाबूजी ने थाल लिया था।"

"हमें बेवकूफ बना रहे हो, मंगलसेनजी, तुम्हारे भाई कह रहे हैं—तीन चम्मच थे!"

इतने में बाबूजी की गरज सुनाई दी, "इसीलिए मेरे साथ गए थे कि चम्मच गँवा आओगे? कुछ नहीं तो पाँच-पाँच रुपए का एक-एक चम्मच होगा।"

मंगलसेन ने उसी लापरवाही से कुर्सी पर से उठकर कहा, "मैं अभी जाकर पूछ आता हूँ। इसमें क्या है? हो सकता है, उन्होंने दो ही चम्मच रखे हों!"

"वहाँ कहाँ जाओगे? बताओ, चम्मच कहाँ है? सारा वक्त तो थाल पर रूमाल रखा रहा।"

"बाबूजी, थाल तो आपने लिया था, आपने चम्मच गिने नहीं थे?"

"मेरे साथ चालाकी करता है? बदजात! बता, तीसरा चम्मच कहाँ है?"

माँजी चम्मच खो जाने पर विचलित हो उठी थीं। बहनों की ओर घूमकर बोलीं, "गिनी-चुनी तो समधियों ने चीजें दी हैं, उनमें से भी अगर कुछ खो जाए, तो बुरा तो आखिर लगता ही है!"

"कैसा ढीठ आदमी है, सुन रहा है और कुछ बोलता नहीं!" बाबूजी ने गरजकर कहा।

चम्मच खो जाने पर अचानक वीरजी को बेहद गुस्सा आ गया। प्रभा ने चम्मच भेजा और वह उन तक पहुँचा ही नहीं। प्रभा के प्रेम की पहली निशानी ही खो गई।

वीरजी सहसा आवेश में आ गए। वीरजी ने आव देखा न ताव, मंगलसेन के पास जाकर उसे दोनों कन्धों से पकड़कर झिंझोड़ दिया।

"आपको इसीलिए भेजा था कि आप चीजें गँवा आएँ?"

सभी चुप हो गए। सकता-सा छा गया। वीरजी खिन्न-से महसूस करने लगे कि मुझसे यह क्या भूल हो गई और झेंपकर वापस जाने लगे।

"तुम बीच में मत पड़ो, बेटा! अगर चम्मच खो गया है तो तुम्हारी बला से! सबका धर्म अपने-अपने साथ है। एक चम्मच से कोई अमीर नहीं बन जाएगा!"

"जेब तो देखो इसकी।" बाबूजी ने गरजकर कहा।

मौसियाँ झेंप गईं और पीछे हट गईं। पर मनोरमा से न रहा गया। झट आगे बढ़कर वह जेब देखने लगी। रसोईघर की दहलीज पर सन्तू हाथ में पानी का गिलास उठाए रुक गया और मंगलसेन की ओर देखने लगा। चाचा मंगलसेन खड़ा कभी एक का मुँह देख रहा था, कभी दूसरे का। वह कुछ कहना चाहता था, मगर मुँह से एक शब्द भी नहीं निकल रहा था।

एक जेब में से मैला-सा रूमाल निकला, फिर बीड़ियों की गड्डी, माचिस, छोटा-सा पैंसिल का टुकड़ा।

"इस जेब में तो नहीं है।" मनोरमा बोली और दूसरी जेब देखने लगी। मनोरमा एक-एक चीज निकालती और अपनी सहेलियों को दिखा-दिखाकर हँसती।

दाईं जेब में कुछ खनका। मनोरमा चिल्ला उठी, "कुछ खनका है, इसी जेब में है, चोर पकड़ा गया! तुमने सुना, मालती?"

जेब में टूटा हुआ चाकू रखा था, जो चाबियों के गुच्छे से लगकर खनका था।

"छोड़ दो, मनोरमा! जाने दो, सबका धर्म अपने-अपने साथ है। आपसे चम्मच अच्छा नहीं है, मंगलसेनजी, लेकिन यह सगाई की चीज थी।"

मंगलसेन की साँस फूलने लगी और टाँगें काँपने लगीं, लेकिन मुँह से एक शब्द भी नहीं निकल पा रहा था।

"दोनों कान खोलकर सुन ले, मंगलसेन!" बाबूजी ने गरजकर कहा, "मैं तेरे से पाँच रुपए चम्मच के ले लूँगा, इसमें मैं कोई लिहाज नहीं करूँगा।"

मंगलसेन खड़े-खड़े गिर पड़ा।

"बधाई, बहनजी!" नीचे आँगन में से तीन-चार स्त्रियों की आवाज एक साथ आ गई।

मंगलसेन गिरा भी अजीब ढंग से। धम्म-से जमीन पर जो पड़ा तो उकड़ूँ हो गया, और पगड़ी उतरकर गले में आ गई। मनोरमा अपनी हँसी रोके न रोक सकी।

"देखो जी, कुछ तो खयाल करो। गली-मुहल्ला सुनता होगा। इतनी रुखाई से भी कोई बोलता है!" माँजी ने कहा, फिर घबराकर सन्तू से कहने लगीं, "इधर आओ सन्तू, और इन्हें छज्जे पर लिटा आओ।"

वीरजी फिर खिन्न-सा अनुभव करते हुए अपने कमरे में चले गए। 'मैंने जल्दबाजी की, मुझे बीच में नहीं पड़ना चाहिए था। इन्होंने चम्मच कहाँ चुराया होगा, जरूर कहीं गिर गया होगा।'

बाबूजी नीचे अपने कमरे में चले गए। शीघ्र ही घर में ढोलक बजने की आवाज आने लगी। मनोरमा और उसकी सहेलियाँ आँगन में कालीन बिछवाकर बैठ गईं। ढोलक की आवाज सुनकर पड़ोसिनें घर में बधाई देने आने लगीं।

ऐन उसी वक्त गलीवाले दरवाजे के पास एक लड़का आ खड़ा हुआ। संकोचवश वह निश्चय नहीं कर पा रहा था कि अन्दर जाए या वहीं खड़ा रहे। मनोरमा ने देखते ही पहचान लिया कि प्रभा का भाई, वीरजी का साला है। भागी हुई उसके पास जा पहुँची और शरारत से उसके सिर पर हाथ फेरने लगी।

"आओ, बेटाजी, अन्दर आओ, तुम यहाँ पड़ोस में रहते हो न?"

"नहीं, मैं प्रभा का भाई हूँ।"

"मिठाई खाओगे?" मनोरमा ने फिर शरारत से कहा और हँसने लगी।

लड़का सकुचा गया।

"नहीं, मैं तो यह देने आया हूँ।" उसने कहा और जाकेट की जेब में से एक चमकता, सफेद चम्मच निकाला और मनोरमा के हाथ में देकर उन्हीं कदमों वापस लौट गया।

"हाय, चम्मच मिल गया! माँजी, चम्मच मिल गया!"

पर माँजी सम्बन्धियों से घिरी खड़ी थीं। मनोरमा रुक गई और माँ से नजरें मिलाने की कोशिश करते हुए, हाथ ऊँचा करके चम्मच हिलाने लगी। चम्मच को कभी नाक पर रखती, कभी हवा में हिलाती, कभी ऊँचा फेंककर हाथ में पकड़ती, मगर माँजी कुछ समझ ही नहीं रही थीं।...

छज्जे पर सन्तू ने मंगलसेन को खाट पर लिटाया और मुँह पर पानी का छींटा देते हुए बोला, "तुम शर्त जीत गए। बस, तनख्वाह मिलने पर दो रुपए नकद तुम्हारी हथेली पर रख दूँगा।"

बात की बात

"भिड़ गए! भिड़ गए! भिड़ गए!..."

कालू कसाई ने दुकान के तख्ते पर बैठे-बैठे जाँघ पर हाथ मारा और कूदकर सड़क की ओर भाग चला। रास्ते में एक बार वह हवा में उछला, जैसे कबड्डी में पारी देनेवाले उछलते हैं। सड़क पर लोग भिड़ जाएँ और वह दुकान पर बैठा रहे, यह कैसे हो सकता था?

शाम के झुटपुटे में, सड़क की ओर से, किसी के मुँह पर चाँटा पड़ने की आवाज आई थी। देखते-ही-देखते भीड़ इकट्ठी होने लगी थी।

कालू कसाई की दुकान से कुछ दूर वसाखासिंह हलवाई बैठता था। मुहल्ले का चौधरी था। वसाखासिंह ने भी चाँटे की आवाज सुनी और गद्दी पर हिलने लगा। दुकान पर ग्राहक बैठा था और वसाखासिंह उसके लिए दूध ठंडा कर रहा था। पर उससे भी न रहा गया। गरम दूध की बाटी ग्राहक के हाथ में थमाते हुए, अपनी मैली धोती सँभालते वह चौकी पर से उतर आया। एक जूते में पाँव रखा और दूसरे को साथ घसीटते हुए सड़क की ओर लपक चला।

"मोची फिर गर्मी खा गया होगा। साला कभी दम नहीं लेने देता!" वह बड़बड़ाया।

मैदान में कुछ लड़के अब भी गोलियाँ खेल रहे थे। शोर सुनकर वे भी सड़क की ओर दौड़े। उन्हें बिना माँगे देखने को नया खेल मिल रहा था।

झगड़ा जोबन पर था। भीड़ के बाहर खड़े लोग एड़ियाँ उठा-उठाकर अन्दाज लगा रहे थे कि अन्दर क्या हो रहा है। किनारे पर खड़े लोग मिनट-आधा मिनट तक रुकते, फिर आगे बढ़ जाते। उनकी जगह और लोग आकर खड़े हो जाते।

भीड़ के कारण ट्रैफिक रुकने लगा था। एक मोटर को रास्ता नहीं मिला और वह खड़ी हो गई।

"यह देख लो," मोटर में बैठे हुए सज्जन अपने साथी से बोले, "ट्रैफिक जैम हो रहा है, लेकिन किसी को कोई परवाह नहीं। यह बात तुम्हें यूरोप में कहीं भी देखने को नहीं मिलेगी।"

सड़क के दूसरी ओर एक ताँगा भी रुक गया। फूले हुए गालों और लटकती मूँछोंवाले ताँगेवाले के मन में झगड़े का कारण जानने की ललक उठी। बड़े इत्मीनान से लगाम छोड़कर पायदान पर खड़ा हो गया।

"ओ बाबूजी! ए मोतियाँवालयो!" उसने सामने खड़े एक आदमी को पुकारकर कहा, "क्या मामला है? किसकी पिटाई हो रही है?"

बाबू ने घूमकर देखा, लेकिन बिना जवाब दिये फिर भीड़ में देखने लगा।

"लो, बाबूजी नाराज हो गए!" ताँगेवाले ने कहा और अब की सीट के ऊपर चढ़कर खड़ा हो गया।

"ओ...टोपी! ओ बाबूजी टोपीवालयो!"

उसने दूसरे किसी बाबू को आवाज लगाई, जिसने सिर पर काले रंग की टोपी पहन रखी थी और एड़ियाँ उठाए, झाँक-झाँककर अन्दर देख रहा था। मगर टोपीवाले ने भी उपेक्षा से ताँगेवाले की ओर देखा और बिना जवाब दिये सिर फेर लिया।

ताँगे की पिछली सीट पर बैठी सवारी चिल्लाई, "तुम चलोगे या यहाँ तमाशा देखोगे?"

"अभी चलते हैं बाबू साहब, दो मिनट ज़रा समझ तो लें, बात क्या है?"

"अच्छा, तो तुम समझो, हम जा रहे हैं।" और ताँगे में से उतरने लगा।

दूर, सड़क के किनारे-किनारे मिस्टर गुलाबराय अपनी पत्नी के साथ चले आ रहे थे। घूमने निकले थे। भीड़ देखकर ठिठक गए। भीड़ उन्हें चुम्बक की तरह खींचती थी। भीड़ देख लेते थे तो चप्पल झाड़कर उसकी ओर भागते थे। पास से गुजरते हुए उचक-उचककर अन्दर देखने लगे। परन्तु पत्नी का भीड़ में दम घुटता था।

"अब रुक क्यों गए? जो बात करोगे, दिल दुखानेवाली ही करोगे। खड़े क्यों हो गए?"

गुलाबराय चल पड़े, परन्तु सिर अब भी बार-बार भीड़ की ओर घूम जाता था। आखिर उनसे न रहा गया। गिड़गिड़ाकर पत्नी से बोले, "देखो रानी, तुम कम्पनी बाग के दरवाजे तक पहुँचोगी तो मैं तुमसे आकर मिल जाऊँगा। ज़रा देखना चाहता हूँ कि हुआ क्या है।"

पत्नी झल्लाई और सिर झटककर, बड़बड़ाती हुई आगे बढ़ गई।

गुलाबराय के पहुँचने तक भीड़ के अन्दर की गाँठ ढीली पड़ चुकी थी। कहीं छाता-छड़ी नहीं उठ रहे थे, घूँसे-थप्पड़ों की आवाज भी नहीं आ रही थी। मामूली-सी तू-तू, मैं-मैं चल रही थी।

गुलाबराय कोहनियाँ मारते हुए भीड़ के अन्दर जाने लगे। तरह-तरह के वाक्य उनके कानों में पड़ रहे थे, 'औरत को मोटर में भगाकर ले जा सकते हैं तो रिक्शे में भी बिठाकर ले जा सकते हैं...हमारे मुहल्ले में एक आदमी औरत को साइकिल के पीछे बिठाकर भगा ले गया था...'

'शहर को गन्दा कर रहे हैं,' किसी दूसरे ने कहा।

गुलाबराय का कौतूहल जागा। मामला ढंग का मालूम पड़ता था।

"क्या हुआ है?" गुलाबराय ने तनिक झुककर एक आदमी से पूछा, जो मूँगफली छील-छीलकर खा रहा था।

"गर्मी खा गए, और क्या!"

"सुनते हैं, कोई लड़की-वड़की भगाकर ले गए हैं?" गुलाबराय ने उत्सुकता से पूछा।

"हमने तो नहीं सुना," मूँगफली का छिलका थूकते हुए उस आदमी ने कहा।

"तो आप नहीं जानते, क्या बात हुई है?"

"अभी तक तो नहीं जानते।"

"तो खड़े देख क्या रहे हो, भले आदमी?"

"हम क्या देखेंगे, भीड़ देखी, रुक गए। लो, चले जाते हैं।" और उन्हीं कदमों भीड़ में से बाहर जाने लगा।

गुलाबराय भीड़ के अन्दर और दो कदम घुस गए। हवा में घुटन थी। जून महीने की शाम। हर कोई अपनी गर्दन पोंछ रहा था और रूमाल या पगड़ी के पल्ले से अपने को हवा कर रहा था। धूल उड़-उड़कर मुँह के अन्दर जा रही थी। झगड़नेवाले अभी भी गुलाबराय से दूर थे।

"अरे मारो गोली, हमें क्या लेना-देना?" एक नाटे-से नंगे सिरवाले आदमी ने कहा और अपने साथी को खींचता हुआ भीड़ में से बाहर जाने लगा।

"क्या हुआ है?" गुलाबराय ने उससे भी पूछा।

"मालूम नहीं साहब, किसी कोट-पतलूनवाले ने मोची को थप्पड़ मार दिया है। क्यों मारा है, यह हम नहीं जानते।"

"बाबू ने मोची को क्यों मारा?" गुलाबराय ने उसी तरह झुककर साथ खड़े अधेड़ उम्र के आदमी से पूछा, जो दुकानदार नजर आता था।

"मोची ने ज्यादा पैसे माँगे होंगे, और क्या? पहले पैसे नक्की कर लो तो झगड़ा नहीं होता। बाद में ये लोग जरूर झगड़ा करते हैं।"

"क्या इतनी-सी बात हुई है?"

"यही हुआ होगा, और क्या! मोची कोई सोना थोड़े तौल रहा होगा!"

गुलाबराय ने झाँककर अन्दर देखा। कहीं कोई लड़की-वड़की नजर नहीं आ रही थी। उन्हें निराशा-सी होने लगी। बहुत ही मामूली-सी बात पर झगड़ा हुआ जान पड़ता था। जी में आया, लौट चलें, मगर इतनी दूर आए तो थोड़ा और सही।

पीछे से किसी ने ऊँची आवाज में कहा, "यारो! बताओ तो, बात क्या हुई है?"

जवाब में कोई मनचला बोला, "बात हुई है, बैंगन।"

पीछे खड़े कुछ लोग हँस दिये।

इस पर कोई दूसरा मनचला बोला, ''बेटा पैदा हुआ है मामाजी के घर!''

इस पर फिर लोग हँसे। लगता था, कोई मनचलों की टोली सड़क पर टहलने निकली थी, भीड़ देखकर रुक गई है।

''बात कुछ भी नहीं, साहब, मुझसे पूछिए।'' एक छोटी-छोटी आँखोंवाले स्थूलकाय आदमी ने गुलाबराय से कहा। ''यह पतलूनवाला लड़का रिक्शे में जा रहा था। रिक्शेवाले का झगड़ा यहाँ किसी खोंचेवाले से हो गया। इधर यह मोची और पतलूनवाला आपस में उलझ गए।''

बात गुलाबराय की समझ में नहीं आई, ''क्यों भला?''

''यह तो मालूम नहीं। पतलूनवाले बाबू ने थप्पड़ मारा। कहता है, मोची ने उसे गाली दी।''

गुलाबराय ने अपने सामने खड़े दो आदमियों की गर्दनों के बीच से झाँककर अन्दर देखा। दो युवक आमने-सामने खड़े, आँखें तरेरकर एक-दूसरे की ओर देख रहे थे। एक का चेहरा काला, पतला-सा था, बालों पर धूल, पतली-पतली मूँछों पर धूल और चेहरे पर भी धूल की परत जमी थी। गले में काले धागे से कंठी बँधी थी। यही मोची होगा, गुलाबराय ने समझ लिया। यही झगड़े का वीर नायक होगा, जिसे चप्पल पड़ी थी। दूसरा पन्द्रह-सोलह साल का शहरी युवक था—सफेद कमीज, सफेद पतलून, कोई कॉलेज या स्कूल का विद्यार्थी जान पड़ता था। मोची ने लड़के की कमीज पकड़ रखी थी और लड़के ने उसकी कलाई। सफेद धोबी की धुली कमीज गर्दन के नीचे से फट गई थी। दोनों की साँस फूल रही थी।

''मैंने छोड़ दिया, नहीं तो नाली में तेरा सिर घुसेड़ देता,'' पतलूनवाला लड़का तुनककर कह रहा था।

''अरे जा-जा, अपना रास्ता पकड़! बहुत देखे हैं तेरे जैसे! अब बूढ़े को कुछ कह के देख!'' मोची ने फूलती साँस से कहा।

''फिर वही बात!'' मोची के ऐन पीछे खड़े एक स्थूलकाय सरदारजी बोले। यही वसाखासिंह हलवाई था। ''चिड़ी जितनी तेरी जान है और बड़े आदमियों के गले पड़ता है! इन्हीं के जूते गाँठता है और इन्हीं से उलझता फिरता है!'' फिर आसपास खड़े लोगों की ओर देखते हुए कहने लगा, ''इनसान को चाहिए कि अपनी बिसात देखे। भाई, तू छोटा आदमी है, तू छोटा बनकर रह, तुझे लड़ाई-झगड़े से ऐसा क्या मतलब...क्यों साहब, मैं ठीक कह रहा हूँ?''

दो-एक आदमियों ने सिर हिलाया। इससे प्रोत्साहित होकर वसाखासिंह ने अपना उपदेश जारी रखा, ''रिक्शेवाले की और बूढ़े की आपस में बात हो रही है, तेरे बीच में आने का क्या मतलब? शरीफ आदमी को चाहिए, अपना काम देखे।'' कहते-कहते वसाखासिंह की धोती ढीली पड़ गई। बड़ी बेतकल्लुफी से कुरते का पल्ला दाँतों के नीचे दबाकर वह दोनों हाथों से धोती कसने लगा।

"बूढ़ा कौन?" गुलाबराय ने वसाखासिंह से पूछा।

वसाखासिंह ने गुलाबराय के बदन पर कोट-पतलून देखा तो अदब से जवाब दिया, "बाबूजी, बात कुछ भी नहीं। यहाँ बूढ़ा खोंचेवाला बैठता है, रिक्शेवाले ने बत्ती जलाने के लिए उससे माचिस माँगी। अच्छा, उसने देने से इनकार कर दिया। मैं तो कहूँगा, उसकी भी गलती है। क्या चीज है माचिस? भाई, तू दे दे। लेकिन उसने नहीं दी। यह बाबूजी रिक्शे में बैठे थे। यह गर्मी खा गए। अब शाम का वक्त है, झूठ क्यों बोलें, हमें मालूम नहीं, उन्होंने बूढ़े से क्या कहा या क्या नहीं कहा। उधर हमारा यह मोची बड़-बड़ करता जा पहुँचा और बाबूजी के गले पड़ने लगा। अब मैं इसे कह रहा हूँ, भाई, तू अपना काम देख, तू क्यों हर किसी से लड़ता फिरता है?"

"तुम अच्छे हो सरदारजी! उलटे मोची को बुरा-भला कहे जा रहे हो। जिसने उसे चाँटा मारा, उसे कुछ कहते ही नहीं!" एक काला-सा युवक बोला जो मोची के ऐन पीछे खड़ा था। यह कालू कसाई था, "अब कोई इसे हाथ लगाकर तो देखे, हम उसे समझ लेंगे।" फिर पतलूनवाले लड़के से बोला, "अब हिम्मत हो तो उठाओ हाथ मोची पर, हम भी देख लें।"

"एक दिन तेरे भी होश ठिकाने आ जाएँगे, कालू! तू भी बहुत उछल-उछलकर बातें करने लगा है," वसाखासिंह बोला।

दोनों एक-दूसरे की ओर आँखें तरेरकर देखने लगे। एक तीसरे झगड़े का समाँ बँधने लगा।

पीछे से किसी ने ऊँची आवाज में कहा, "अरे यारो, कुछ बताओ तो, बात क्या हुई है?"

जवाब में फिर वही मनचला बोला, "बात हुई है, बैंगन!"

फिर दूसरा बोला, "गुस्सा थूक दो बाबू! शाम के वक्त गुस्सा नहीं करते। रात को शैतान आता है।"

फिर किसी ने मोची से कहा, "ओ मोची, जा, पेशाब कर ले, ठीक हो जाएगा।"

बहुत-से लोग हँसने लगे। भीड़ छँटने लगी।

गुलाबराय को अभी भी सन्तोष नहीं हो रहा था। कालू कसाई और वसाखासिंह को उलझते देखकर वह झगड़े की तह तक पहुँचने में और भी असमर्थ हो रहे थे।

"रिक्शेवाला कहाँ है?" उन्होंने बिना किसी व्यक्ति-विशेष को सम्बोधन किए पूछा।

"यह रहा," रिक्शेवाला गुलाबराय की बगल में खड़ा था। पसीने से तर कुरता पहने, एक पतला-सा लड़का, माथे पर से अपने बाल झटक-झटककर हटा रहा था।

"क्या बात हुई है?" गुलाबराय ने उससे पूछा।

"ओह जी, कोई बात नहीं हुई बाबूजी! बूढ़ा मेरी जान-पहचान का है।"

"तो उसने माचिस क्यों नहीं दी?"

"ओह जी," रिक्शेवाला मुस्कुराकर बोला, "कहता था, दो पैसे की मूँगफली लो, तब माचिस दूँगा। रिक्शा चलाते वक्त कौन मूँगफली खा सकता है? कोई केला-अमरूद हो तो खा भी ले। पहले यह केले लगाया करता था तो दो-दो आने के केले खा जाता था। अब मैं रिक्शा चलाऊँ कि मूँगफली छील-छीलकर खाऊँ!"

"फिर बाबू से क्यों झगड़ा हुआ?"

"बाबू को जल्दी पहुँचना था जी, उसने बूढ़े से बदकलामी की।"

"बूढ़ा कहाँ है?"

"यहीं कहीं होगा।"

"वह रहा," भीड़ में खड़े एक छोटे-से लड़के ने कहा।

वसाखासिंह अब भी लोगों को साक्षी बनाकर मोची को उपदेश दे रहा था। मिस्टर गुलाबराय को एक ओर सड़क के किनारे बूढ़ा खोंचेवाला नजर आया। झुटपुटे में वह साफ नजर नहीं आ रहा था। गुलाबराय भीड़ में से निकलकर उसके पास जा पहुँचे। कोट-पतलनूवाले आदमी को अपने पास आते देखकर बूढ़े के दोनों हाथ अपने-आप छाती पर जुड़ गए।

बूढ़ा सामने खड़ा था। बहुत ही थुलथुल देह थी। धूल-मिट्टी के कारण सिर के सफेद बाल मटमैले हो रहे थे। पंजाबी ढंग की अधगजी धोती घुटनों तक चढ़ी थी। गरदन सामने की ओर झुकी हुई।

"क्या बात हुई है बाबाजी?"

"कोई बात नहीं हुई, माई-बाप! मैंने कुछ नहीं कहा।" फिर वास्कट की जेब में से माचिस निकालकर दिखाते हुए बोला, "दस दिन माचिस लिये नहीं हुए, यह आधी रह गई है। मेरे पास रहे तो माचिस पूरा डेढ़ महीना निकालती है। इनको रोज देने लगूँ तो कितने दिन चलेगी?"

बूढ़े की देह थुलथुल हो रही थी—थुलथुल और बलगमी।

"मेरी अक्ल मारी गई बाबूजी, मैं क्या करूँ?" वह कहता गया। "यही एक-दो घंटे बिक्री के होते हैं। मैं माचिस दे देता तो यह टंटा तो न खड़ा होता। अब शाम टल गई तो धेले की बिक्री नहीं होगी।"

अनायास गुलाबराय की नजर उसके खोंचे पर पड़ी। खोंचे में एक तरफ मूँगफली और दूसरी तरफ भुने हुए चने रखे थे। कुल सौदा आठ आने से ज्यादा का नहीं होगा।

गुलाबराय का मन खिन्न हो उठा। जी में आया, अपनी माचिस निकालकर बूढ़े को दे दें। मगर इतनी देर तक धूल में खड़े रहने के कारण सिगरेट पीने की इच्छा हो रही थी, इसलिए माचिस देने से रुक गए।

एक माचिस की तीली के लिए इतना बावेला मचा है, वह सोच रहे थे और उनकी आँखें कभी बूढ़े बाबा को और कभी उसके खोंचे को देख रही थीं।

सहसा भीड़ में से आवाज आई, "सिपाही आ रहा है, सिपाही!"

सब सिर बाईं ओर को घूम गए। सचमुच बावर्दी सिपाही सड़क पर चला आ रहा था। ज्यों-ज्यों सिपाही आगे बढ़ता जाता, भीड़ में अपने-आप उसके लिए रास्ता बनता जाता, जैसे चाकू की नोक तरबूज को सीधा काटती हुई निकल जाती है। सिपाही अधेड़ उम्र का, ढीला-ढाला, थका हुआ-सा आदमी था। तोंद बढ़ी हुई और पगड़ी दाएँ कान की ओर झुकी हुई। धूल उड़ाता चला आ रहा था।

"अब बात हुई न एक ढंग की!" भीड़ में पीछे से आवाज आई।

"सरकार मौके पर आई है! ओ सरदारा! तू रोज कहता था, सरकार नहीं देखी, गोरमेंट नहीं देखी। देख, सरकार आ रही है!" किसी मनचले ने सिपाही की ओर इशारा करते हुए अपने मित्र से कहा।

सिपाही को देखकर भीड़ के बचे-खुचे लोग फिर इकट्ठे हो गए। जहाँ पहले शिथिलता आ रही थी, अब कसमसाव आने लगा। पतलूनवाले लड़के ने सिपाही को देखा तो आगे बढ़ आया। अभी सिपाही दूर ही था कि वह चिल्लाया, "कांस्टेबल, इसे पकड़ लो, इसने मेरी कमीज फाड़ डाली है।"

कुछ लोग हँस दिये।

आन-की-आन में कालू कसाई ने, जो अभी तक मोची की तरफदारी कर रहा था, मोची ही की गरदन पर थप्पड़ दे मारा, "निकल यहाँ से सूअर की दुम! कितनी बार समझाया, अपना काम देखा कर। चल, हट यहाँ से!"

मोची ने सिर नहीं उठाया, चुपचाप गर्दन मलता हुआ वहाँ से सरक गया। फिर कालू कसाई पतलूनवाले लड़के की ठुड्डी पर हाथ रखकर बोला, "आप बड़े आदमी हैं बाबूजी! वह तो पागल है। आप दो थप्पड़ मुझे मार लें।"

"वह जा रहा है कांस्टेबल, उसे पकड़ो!" लड़का फिर चिल्लाया।

मगर वसाखासिंह ने भी उसकी ठुड्डी पर हाथ रख दिया, "जाने दो बाबूजी! छोटे आदमियों से मुँह नहीं लगाते। ...कोई बात नहीं हवलदार साहब! लड़के-लड़के आपस में उलझ गए हैं।" वसाखासिंह ने कांस्टेबल से कहा।

पर कांस्टेबल ने पूछताछ शुरू कर दी। सारा किस्सा उसे फिर से सुनाया जाने लगा।

"रिक्शेवाला कहाँ है?" सिपाही ने कहा।

"रिक्शेवाले! पेश हो जाओ गोरमेंट के सामने!" पीछे से आवाज आई।

रिक्शेवाला पेश हुआ। सिपाही ने जाँच की। फिर बूढ़े खोंचेवाले के बारे में पूछा।

"खोंचेवाले! पेश हो जाओ गोरमेंट के सामने।" फिर आवाज आई।

थुलथुल, पिलपिल बूढ़ा, गर्मी में भी ठिठुरता हुआ, सिपाही के सामने हाथ बाँधकर खड़ा हो गया।

"उठाओ खोंचा वहाँ से!" सिपाही ने कड़ककर कहा।

"यही ग्राहक का वक्त है माई-बाप! दो-चार पैसे इसी वक्त कमा पाता हूँ।"

"सड़क के किनारे खोंचेवाले नहीं बैठ सकते।"

"छोड़ दो हवलदार साहब! यही उसकी ग्राहकी का वक्त है!" कालू कसाई भी मिन्नतें करने लगा।

"उठाओ! उठाओ! सड़क के किनारे खोंचेवाले नहीं बैठ सकते! उठाओ, वरना मैं चालान करूँगा!" और सिपाही पेटी में खोंसी अपनी कॉपी निकालने लगा।

बूढ़े ने फिर गिड़गिड़ाने के लिए मुँह खोला, लेकिन सिपाही का हाथ पेटी की ओर जाते देख चुप हो गया और खोंचा सिर पर रखकर सड़क पार करने लगा।

"अब बात हुई न! सरकार ने जड़ को पकड़ा है। देखा सरदारा, गोरमेंट का इन्साफ? कानून कानून है आखिर!" मनचले ने पीछे से कहा।

रात घिरने लगी थी। सिपाही ने भीड़ को बिखर जाने का हुक्म दिया और बाहर जाने लगा। भीड़ बिखरने लगी।

गुलाबराय को सहसा पत्नी की याद आई; जेब में से माचिस निकाली, सिगरेट सुलगाई और कम्पनी बाग की ओर लपक चले।

लेनिन का साथी

दफ्तर में पहुँचा तो सेक्शन-चीफ मिले। मिलते ही कहने लगे, ''कल शाम को एक लेक्चर का प्रबन्ध किया गया है—यहीं पर, हमारे ही हॉल में होगा। आप जरूर आइए!''

लेक्चर का नाम सुनते ही मैंने टालने की कोशिश की। कोई गाना-बजाना हो तो कोई आए, अब लेक्चर सुनने तीन मील से कौन आए? मैंने यतीमों का-सा मुँह बनाया और पेट पर हाथ रखकर बोला, ''सेहत ठीक नहीं है। शाम को थोड़ा घूमूँ नहीं तो काम नहीं कर सकता।''

पर सेक्शन-चीफ ने आदत के मुताबिक मेरे बाजू पर अपना हाथ रखकर, मुस्कुराते हुए सिर हिलाया और आँखें मिचमिचाईं। इस क्रिया को वह अपना ब्रह्मास्त्र समझते हैं और कहने लगे, ''एक सज्जन लेनिन के बारे में अपने संस्मरण सुनाएँगे।''

मैं सोच में पड़ गया। रूस में क्रान्ति को हुए चालीस बरस से अधिक समय बीत चुका है। धीरे-धीरे वे लोग आँखों से ओझल हो रहे हैं, जिन्होंने स्वयं उसमें भाग लिया था। जब ये गिने-चुने लोग खत्म हो जाएँगे तो विश्व-इतिहास की एक महत्त्वपूर्ण घटना का उल्लेख केवल किताबों में पढ़ने को मिलेगा या स्मारकों और किंवदन्तियों में। इतिहास के अन्वेषी चश्मे लगाए और कलमें पकड़े, चिट्ठियाँ, दस्तावेज और कागजों के पुर्जे इकट्ठे करते फिरेंगे। इसलिए उस काल के एक जीते-जागते कार्यकर्ता की बातें सुनने का लोभ मैं सँवरण न कर सका।

''मैं जरूर कोशिश करूँगा।'' मैंने कहा और वहाँ से रुख्सत हुआ।

हमारे दफ्तर का हॉल, यदि उसे हॉल कहा जाए तो, जमीन के नीचे है। पिछली शताब्दी में शायद वहाँ कोई शराबखाना रहा होगा या जुआ-खाना, मैं नहीं जानता। वहाँ तक जाने के लिए पहले एक बरामदा लाँघना पड़ता है और फिर सीढ़ियाँ उतरनी पड़ती हैं। अक्सर जब कोई जलसा या कन्सर्ट इस हॉल में हो तो बरामदा लाँघते वक्त ही तालियों या गाने-बजाने की आवाज कानों में पड़ती है और कदम अपने-आप तेज हो जाते हैं। पर आज मैं बरामदा भी लाँघ गया, सीढ़ियाँ भी उतर गया, मगर

कोई आवाज नहीं आई। कहीं कोई भूल तो नहीं हो गई, मैंने सोचा, फिर भी दबे पाँव चलता हुआ हॉल के दरवाजे तक जा पहुँचा। अन्दर झाँककर देखा तो हॉल करीब-करीब खाली था, केवल हॉल के परले सिरे पर दसेक आदमी कुर्सियों पर बैठे थे और उनके सामने एक मेज के पीछे एक वयोवृद्ध बैठा बातें कर रहा था। मैं सोच में पड़ गया, अन्दर जाऊँ या न जाऊँ? क्या यही वक्ता महोदय हैं? क्या इतने-से सुननेवालों के लिए मेरे सेक्शन-चीफ इतना आग्रह कर रहे थे?

पर मैं अन्दर चला गया और चुपचाप जाकर वक्ता के सामने दूसरी पंक्ति में बैठ गया। वक्ता की उम्र पैंसठ के करीब रही होगी। सिर पर बाल नहीं थे। निस्तेज, थका हुआ चेहरा; निस्तेज ही बड़ी-बड़ी आँखें, जो कभी मेज पर अपने सामने रखे कागजों पर झुक जातीं, कभी उठकर दाईं ओर बैठे श्रोताओं के चेहरों की ओर देखतीं। माथे पर पसीने की हल्की नमी और चेहरा पीला और शिथिल-सा। अपने श्रोताओं के चेहरों पर उसकी नजर ज्यादा देर तक न टिक पाती। झेंपकर या तो वह दीवार को देखने लगता या पन्नों को। जाहिर था कि वह पेशेवर वक्ता नहीं था, भाषण देना उसका धन्धा नहीं था। तो यह था लेनिन का साथी? सोचकर मन में कुछ निराशा-सी हुई।

उसके चेहरे की ओर देखते हुए हठात् मेरी नजर पीछे स्टेज की ओर गई, जहाँ दूर पिछली दीवार के साथ, कुछ-कुछ अँधेरे में, गहरे लाल पर्दों के बीच, लेनिन की सफेद मूर्ति खड़ी थी। वही चिर-परिचित, छोटी-छोटी पैनी आँखें, ऊँचा ललाट, चेहरे पर दृढ़ता का भाव, नस-नस में तनाव...न चाहते हुए भी मन इन दो पुरुषों की तुलना करने लगा। लेनिन कहाँ और यह कहाँ! क्या यह आदमी सदा ऐसा निस्तेज-सा रहा था?

जब मैं बैठा तो वह कह रहा था, "यह 'सोवियत' शब्द भी हम ही लोगों ने प्रचलित किया। जिस डिस्पैच में पहली बार इस शब्द का प्रयोग हुआ था, वह मैंने ही टाइप किया था। उन दिनों इस शब्द पर हमारी बहुत बहसें हुआ करती थीं। हम ऐसा शब्द चाहते थे, जिससे सामूहिकता का भी अर्थ निकले और परिषद् का भी। अन्त में मुझे याद है, मैंने बिना किसी से पूछे, एक अंग्रेज़ी डिस्पैच में यह शब्द लिखकर भेज दिया। भेजने के बाद अपने साथियों को बताया। साथी बहुत बिगड़े, पर डिस्पैच जा चुका था। पढ़नेवाले जरूर हैरान हुए होंगे कि यह क्या शब्द है। पर मेरे पीछे और लोगों ने भी इसी शब्द का प्रयोग करना शुरू कर दिया और शब्द टिक गया और धीरे-धीरे प्रचलित होने लगा। आज 'सोवियत' शब्द!..." हल्की-सी मुस्कान उसके होंठों पर आई। दोनों हाथ खोलकर, सिर तनिक टेढ़ा करके, उसने कन्धे बिचकाए, मानो कह रहा हो कि यह शब्द संसार का बच्चा-बच्चा जानता है और यह शब्द मैंने प्रचलित किया था...।

मेरे आसपास बैठे लोग भी मुस्कुराने लगे।

वक्ता ने फिर कागजों की ओर देखा, क्षण-भर कुछ पढ़ता रहा, फिर सिर ऊँचा उठाकर बोला, ''जहाँ पर हम लोग काम करते थे, वहाँ पर कमीसार लोग आज घूमते नजर आते थे। यह मैं बैठा हूँ, और सामने वे जा रहे हैं। उन दिनों विदेशमंत्री मैट्रोपोल होटल में रहा करते थे। उनका कमरा गुम मार्केट की ओर खुलता था। गन्दे-से उस बेचारे के कपड़े, उलझे हुए बाल, कई-कई दिन की दाढ़ी, खड़े-खड़े ही बयान लिखवाता रहता। वह बोलता जाता, एक साथी, साथ-साथ अनुवाद करता जाता और मैं कुछ ही मिनटों में मसौदा टाइप करके कमीसार की मेज पर रख देता। उन दिनों हम घंटों काम करते थकते नहीं थे। बस, दिन में आधे घंटे की छुट्टी हुआ करती थी, जिसमें हम भोजन करते थे। जो हम सब खाते, वही लेनिन भी खाते थे— डबल रोटी का हरे-से रंग का टुकड़ा! मैं नहीं जानता कि वह डबल रोटी हरे रंग की क्यों हुआ करती थी और हैरिंग मछली, बस। यही हम सबको मिलता था।...''

समझते देर न लगी कि यह सज्जन उन दिनों टाइपिस्ट रहे होंगे। उनकी उम्र को देखते हुए अन्दाज लगाना कठिन नहीं था कि क्रान्ति के समय यह बीस-बाईस वर्ष के युवक रहे होंगे। क्या अब भी टाइपिस्ट हैं?

उसने अपने कागजों के नीचे से एक पतला-सा पैम्फ़लेट निकाला, जो कुछ-कुछ पीला पड़ने लगा था। उसे हाथों में पकड़े कुछ एक क्षण उसकी ओर देखता रहा, फिर मुस्कुराकर बोला, ''हमारे साथ उन दिनों काम करनेवालों में तीन अंग्रेज थे। एक उनमें से फिलिप्स प्राइस था। आपने नाम सुना होगा, बाद में उसने बड़ी ख्याति प्राप्त की, बहुत बड़ा लेखक बना। वह भी हमारे साथ काम करता था। उन्हीं दिनों आया था। उसी ने यह पैम्फ़लेट क्रान्ति के बारे में लिखा था। मैंने ही उसकी पहली कॉपी टाइप करके निकाली थी। कहीं-कहीं पर तो मैंने उसकी गलतियाँ भी ठीक की थीं और उसने मेरे संशोधन स्वीकार कर लिये थे।''

सुनते ही मुझे कुछ शर्म-सी आने लगी। जिस ढंग से वह अपने संस्मरण सुना रहा था, लगता था, जैसे अपनी तुच्छता को ही वह बड़प्पन माने हुए है। शायद आजकल इस आदमी की उपयोगिता इसी में है कि कभी-कभी स्कूलों, कॉलेजों, प्रकाशन-गृहों इत्यादि में जाए, यहाँ यह लेनिन के साथ अपने सम्पर्क के संस्मरण सुनाए, थोड़ी देर के लिए हलके-से उजाले में आए और फिर अँधेरे में, जन-प्रवाह में खो जाए।

''जिस हॉल कमरे में हम काम करते थे,'' वह कह रहा था, ''उसके साथ ही जुड़वाँ लेनिन का दफ्तर था। हॉल में अक्सर लेनिन आया-जाया करते थे। कभी-कभी इसी हॉल में बैठकें भी हुआ करतीं, जिनमें लेनिन भाषण देते। मैं कोई भी ऐसा अवसर हाथ से न जाने देता था। मैं एक कोने में जाकर खड़ा हो जाता और लेनिन को एकटक देखता रहता। इतना ही नहीं, जहाँ कहीं भी मुझे मालूम होता कि लेनिन जाएँगे, मैं भागकर वहाँ जा पहुँचता। एक बार लेनिन पेट्रोग्राद से मास्को में आए।

हजारों लोग उनका स्वागत करने के लिए इकट्ठे हो गए। मैं उनकी मोटर के पीछे-पीछे लगभग पाँच मील तक भागता रहा। जुलूस में मैंने उन्हें तीन जगह पर देखा...''

उसकी आवाज में कुछ-कुछ स्फूर्ति आने लगी और वह बिना पन्नों की ओर देखे बोलता गया, ''लेनिन को देखकर यह कोई नहीं कह सकता था कि यही लेनिन महान हैं। सिर पर मामूली-सी टोपी होती, जैसी मजदूर लोग पहनते हैं—न कोई रौब, न बनावट। सदा अकेले घूमना पसन्द करते थे। अगर कोई सुरक्षा पुलिस का आदमी उनके साथ हो लेता तो बेहद नाराज होते। रोज बड़ी रात तक उनके दफ्तर में रोशनी रहती। मैं बार-बार उठकर खिड़की में से उनके दफ्तर की ओर देखता रहता। स्मोल्नी में भी ऐसा ही था, क्रेम्लिन में भी ऐसा ही। जब क्रेम्लिन में उनका दफ्तर दूसरी मंजिल पर हो गया, तो भी जहाँ मैं काम करता था, वहाँ से उनके दफ्तर की खिड़की नजर आती थी। बड़ी रात तक उसमें रोशनी रहती और मैं खड़ा-खड़ा उसे देखा करता। मैंने मन में ठान ली थी, जब तक वह दफ्तर में रहेंगे, मैं भी रहूँगा। काम करने की आदत मैंने उन्हीं से सीखी है...''

वक्ता की निस्तेज आँखों में हल्की-सी चमक आई। जान पड़ने लगा, जैसे एक के बाद दूसरी घटना उसकी आँखों के सामने घूमने लगी है, ''एक बार मैं और मेरे साथी मेज पर बैठे काम कर रहे थे। इतने में बरामदे के सिरे वाला दरवाजा खुला और लेनिन अन्दर आ गए। उनके साथ एक और आदमी भी था। उनकी वही चिर-परिचित मुद्रा, एक हाथ पतलून की जेब में, सिर एक ओर को टेढ़ा, दूसरा हाथ हिला-हिलाकर बातें कर रहे थे। मैंने मन में ठान ली कि आज उनके साथ जरूर बात करूँगा। मैंने झट दोस्तों से कहा कि आज मैं लेनिन से बातें करूँगा। उन्होंने समझाया, वह डाँट पड़ेगी कि उम्र-भर याद करोगे। पर मैंने सिर हिला दिया, देखा जाएगा। उस वक्त मैं लेनिन का ही एक भाषण टाइप कर रहा था। मैंने एक जगह पैंसिल का निशान लगाया और निश्चय किया कि उनसे इसका मतलब पूछूँगा। मैंने आँख उठाकर देखा। लेनिन आधा बरामदा लाँघ आए थे और अब एक जगह खड़े होकर उस आदमी से बातें कर रहे थे। फिर वह आदमी उनसे अलग होकर वापस लौट गया और लेनिन अकेले बरामदा लाँघने लगे। मैं अपनी जगह पर से उठ खड़ा हुआ, पर ज्योंही उठा, मेरी टाँगें काँपने लगीं। पर मैंने साहस किया और लेख उठाए बरामदे में आ खड़ा हुआ। मेरा दिल धक्-धक् करने लगा। जब वह पास पहुँचे, तो मुझे वहाँ खड़े देखकर रुक गए और मुस्कुराकर बोले, 'कहो, क्या है?' मैं क्या कहता? बड़ी मुश्किल से हकलाते हुए बोला, 'जी, दो-एक जगह आपके भाषण में कुछेक शब्द हैं, जो साफ नहीं। मैंने सोचा, कहीं गलती न हो जाए, आपसे पूछ लूँ।' और मैंने पैंसिल के निशान वाली जगह दिखा दी। लेनिन ने वे शब्द पढ़े, फिर मेरी ओर देखा और मुस्कुराए, फिर घूमकर मेरे साथियों की दिशा में देखा, जहाँ मेज पर बैठे मेरे तीन साथी हमारी ओर देख रहे थे। वह हँसने लगे और मेरा कन्धा थपथपाकर

बोले, 'शब्द ठीक लिखे हैं, कोई गलती नहीं। बेशक, जाकर अपने साथियों को बतला दो और शर्त जीत लो!' "

वक्ता रुक गया और हमारी ओर बिलकुल बच्चों के-से विजयोल्लास के साथ मुस्कुराते हुए देखा, मानो कह रहा हो, 'देखो, मैंने लेनिन से बात करके दिखा दिया!' उसका मन आज भी उस सफलता पर बल्लियों उछल रहा था।

"इसके बाद लेनिन मुझे पहचानने लगे। जब भी कहीं मैं नजर आ जाता था तो मेरी ओर देखकर मुस्कुरा देते थे। मेरे अभिवादन का उत्तर जरूर देते थे—सिर हिलाकर या मुस्कुराकर, कभी-कभी हाथ भी उठाकर। वह भीड़ में हों या अकेले या किसी दफ्तर के बरामदे में, जरूर मुझ पर आँख पड़ते ही सिर हिलाते थे। मैं भी, जब भी मुझे पता चलता कि वह कहीं जा रहे हैं, उनके सामने जा खड़ा होता।"

वक्ता की आवाज कुछ-कुछ तेज और भावुक होने लगी। उसने अपनी टिप्पणियों की ओर देखा और तनिक रुककर बोला, "लेनिन ने एक बार मेरा कोट फाड़ दिया!" यह कहकर उसने श्रोताओं की ओर इस दृष्टि से देखा, मानो भाषण का यह चरम-बिन्दु हो! "मास्को में एक कपड़ा मील है। यह लेनिन का निर्वाचन-क्षेत्र था। उसी मील के प्रतिनिधि के रूप में वह निर्वाचित हुए थे। वहाँ वह भाषण देने के लिए गए। उन दिनों वह सर्वोच्च सोवियत के प्रधान थे। अचानक ही जब वह भाषण देकर मंच पर से उतरे, तो लोगों ने उन्हें कन्धों पर उठा लिया। मैं भी वहीं पर था और दाईं ओर की दीवार के साथ सटकर भाषण सुन रहा था। पहले तो मैं वहीं खड़ा रहा, फिर जब मैंने लेनिन को कन्धों पर बैठे देखा, तो मैं भी उत्तेजित हो उठा और उन्हें अपने कन्धों पर बिठाने के लिए भीड़ के अन्दर घुस गया और लोगों को धक्के देता, कोहनियाँ मारता उनके पास जाने लगा। बड़ी मुश्किल से आखिर मैं उनके पास पहुँच गया और अन्य लोगों के साथ-साथ तालियाँ बजा-बजाकर उनका अभिनन्दन करने लगा। इतने में उन्होंने नीचे उतर जाने का निश्चय किया। मैं ऐन सटकर उनके पास खड़ा था। जब वह उतर रहे थे, तो उनके बूट की एड़ी मेरे कोट की जेब से अटक गई और मेरी जेब फट गई। फटी भी तो नीचे तक, सारी-की-सारी। जब वह नीचे उतरे तो उन्होंने भी देखा। फिर मेरी ओर देखकर, मुझे पहचानकर लेनिन हँस पड़े और उँगली झटककर बोले, 'मिल गया मजा! ठीक ही हुआ! तुम्हारे साथ ऐसा ही होना चाहिए था!' और मुड़कर भीड़ में से बाहर जाने लगे। धीरे-धीरे भीड़ छँट गई। मैं अपना कोट देखता हुआ घर लौटा। कोई और दिन होता और इस तरह कोट फट जाता, तो मैं झल्ला उठता, दिल में डरता कि माँ से डाँट पड़ेगी। लेकिन आज मैं खुश-खुश, बेधड़क घर लौट रहा था। घर पहुँचा तो माँ ने देखकर पूछा, 'यह क्या कर आए हो?' मैंने सिर उठाकर जवाब दिया, 'मैंने नहीं किया, लेनिन ने किया है।' "

वक्ता फिर विजयोल्लास के साथ हमारी ओर देखने लगा। उसके पीले, पिलपिले चेहरे पर रंगत आ गई थी और आँखों में लड़कपन की-सी चमक थी।

फिर वह सहसा चुप हो गया। एक बार उसने पन्नों को उलटा–पलटा। फिर सिर झुकाए मेज की ओर देखता रहा और काफी देर तक इसी तरह बैठा रहा मानो कुछ कहना चाहता हो और कह न पा रहा हो! धीरे से उसने मेज पर से नजर उठाई। एक क्षीण, काँपती हुई–सी मुस्कान उसके होंठों पर आई और वह धीमी–सी आवाज में बोला, ''फिर लेनिन मर गए। उनके मरने की खबर जब मुझे मिली, तो मैं कीव में था। खबर को सुनते ही मैं बेचैन हो गया और सड़क पर आ गया। हजारों लोग कीव की सड़कों पर जमा हो रहे थे। मैं किंकर्तव्यविमूढ़ कभी एक जगह जा खड़ा होता, कभी दूसरी जगह। मैं हैरान हो रहा था कि ये लोग मेरे साथ शोक प्रकट क्यों नहीं कर रहे हैं? मेरे साथ ऐसा अजनबियों का–सा व्यवहार क्यों कर रहे हैं? क्या ये नहीं जानते कि मैं लेनिन का साथी हूँ? लेनिन की मौत मेरे लिए जाती सदमा थी, बहुत गहरा सदमा और...''

वक्ता की आवाज लरज गई, मानो उसके लिए बोलना कठिन हो रहा हो! मुश्किल से वह सँभल पाया और एक क्षीण–सी मुस्कान के साथ बोला, ''पर मैं आज तक उस मोसोलियम में नहीं गया, जहाँ लेनिन की देह रखी है। मुझे मेरे साथी पिछले पैंतीस वर्ष से कहते आ रहे हैं कि जाओ और जाकर देख आओ। वे कहते हैं, लेनिन ऐसे लेटे हैं, जैसे सोये हों, आराम कर रहे हों! पर मैं वहाँ नहीं गया। मैं जा नहीं सकता। मैं लेनिन को मरा हुआ नहीं देख सकता। मेरे मन में जो चित्र हैं, वे जीते–जागते लेनिन के चित्र हैं। मैं उन्हें वैसे ही सँजाये रखना चाहता हूँ...''

वक्ता के होंठों में फिर हल्का–सा कम्पन हुआ। उसकी आवाज भर्रा आई और फिर बहुत धीमी पड़ गई। वह कुछ बुदबुदाया और फिर कुर्सी की पीठ के साथ लगकर चुप हो गया।

पीछे, ऐन उसके सिर के पीछे, गहरे लाल पर्दों के बीच लेनिन की सफेद प्रस्तर–मूर्ति थी। मूर्ति का रुख सामने दीवार की ओर था। ऐसा लगता था, जैसे कान लगाकर लेनिन भी इसका भाषण सुनते रहे हों, और मुस्कुरा रहे हों, मानो उन्हें याद न आ रहा हो कि यह आदमी कौन था और इसे कब देखा था!

सिफारिशी चिट्ठी

पुनर्वास मंत्रालय का क्लर्क त्रिलोकीनाथ खाने की छुट्टी के समय, कुछेक अन्य क्लर्कों के साथ दफ्तर के सामने खड़ा चाट खा रहा था, जब एक छोटी-सी घटना घटी जो एक क्लर्क की जिन्दगी में सालों में एकाध बार ही घटती है। उसे किसी बड़े आदमी ने पहचान लिया! पहचाना ही नहीं, बगलगीर भी हुआ। बगलगीर ही नहीं, पूरे पाँच मिनट तक त्रिलोकी बाबू के कन्धे पर हाथ रखे बतियाता भी रहा, मुस्कुराता भी रहा और जब मोटर में बैठकर जाने लगा तो अपनी नोटबुक निकालकर त्रिलोकी बाबू का नाम-पता भी लिखकर ले गया।

लोग कहते हैं—आदमी बदलता है, दुनिया नहीं बदलती। पर यह गलत है। खड़े-खड़े त्रिलोकी बाबू की आँखों के सामने दुनिया बदल गई। धूप खिल उठी, आकाश खिल उठा, सड़क पर आते-जाते लोगों की चहल-पहल में मेले का-सा समाँ बँध गया। लोग कहते हैं—इनसान हवा में उड़ नहीं सकता, पर बाबू त्रिलोकीनाथ को पंख लग गए। जब लौटकर दफ्तर की ओर आया तो सचमुच मन हवा में तैर रहा था। ईर्ष्या-भरी आँखों की दसियों जोड़ियाँ उसके बड़प्पन को निहार रही थीं, और तो और, खिड़की में खड़े सुपरिंटेंडेंट ने भी देख लिया था कि त्रिलोकी बाबू कोई छोटा-मोटा आदमी नहीं है, बड़े-बड़ों से हाथ मिलाने की हैसियत रखता है।

सोमवार का दिन था और दफ्तर का काम खत्म हुआ चाहता था। बाबू त्रिलोकीनाथ इठलाता हुआ-सा दफ्तर में पहुँचा, तैरती नजर से उसने अपनी फाइलों की ओर देखा, तैरती नजर से ही आसपास बैठे क्लर्कों को भी देखा जो सहसा बौने हो गए थे और जो अभी भी त्रिलोकी बाबू की ओर देखे जा रहे थे। त्रिलोकी बाबू मेज पर बैठे, पर बैठा न गया। फाइल खोली पर उस पर से आँखें फिसल-फिसल जातीं। दफ्तर की किसी बात पर मन ही न टिकता था और दिल था कि बराबर कोई धुन बजाए चला जा रहा था!

शाम होते-होते बाबू त्रिलोकी कुछ धरती पर उतरा, पर दिल में मीठी-मीठी धूप अभी भी खिल रही थी। घर पहुँचा तो दरवाजे पर कुन्तो मिली। कुन्तो उसकी पत्नी थी। तीन बच्चों की माँ होने के बावजूद उसकी आँखें चमकती थीं और घुँघराले बालों की एकाध लट माथे पर सदा झूलती रहती थी।

"सुबह डिब्बा ले जाते तो लौटते हुए वनस्पति तो लेते आते।"

त्रिलोकी ने ढाढ़स बँधाते हुए कुन्तो की कुहनी पर हाथ रखा। अनहोनी बात! त्रिलोकी दफ्तर से लौटकर सीधे मुँह कभी बात नहीं करता था, और तो और, कुन्तो को पति की मूँछों के नीचे एक फरफराती-सी मुस्कुराहट भी नजर आई।

खाट पर बैठकर बूट उतारने के बाद फटे हुए बदबूदार मोजों को बूटों में खोंसते हुए बाबू त्रिलोकीनाथ ने लापरवाही से कहा, "आज खन्ना साहब मिले थे, बड़ी अच्छी नजर से मिले थे।"

"कौन-से खन्ना साहब?"

"वे जो शिक्षा-विभाग में डायरेक्टर हुआ करते थे। अब रिटायर हो गए हैं। किसी जमाने में मेरे प्रोफेसर रह चुके हैं..."

कुन्तो क्षण-भर के लिए पति के चेहरे की ओर देखती रही, फिर धीरे से बोली, "सुबह डिब्बा ले गए होते तो घर में वनस्पति तो होता। इस वक्त तो दाल छौंकने के लिए भी घर में घी नहीं है।" और उठकर रसोईघर की ओर जाने लगी।

"तुम भागी कहाँ जा रही हो, खन्ना साहब सेक्रेटरी से मेरी सिफारिश करने जा रहे हैं। आज हमारे दफ्तर ही आए थे। उन्होंने नोट-बुक में मेरा नाम-पता भी लिख लिया है। कहने लगे, तुम्हें तरक्की जरूर मिलनी चाहिए।"

कुन्तो ने चलते हुए ही मुड़कर देखा और बोली, "जब करेंगे तो देखा जाएगा। अभी से क्यों नाचने लगूँ?" और रसोईघर की ओर बढ़ गई।

त्रिलोकी कहता गया, "बड़े प्यार से मिले। मुझे पहचानते ही बगलगीर हो गए। जब उन्हें मालूम हुआ कि मैं चौदह साल से क्लर्की कर रहा हूँ, तो उनकी आँखों में आँसू आ गए।"

इस पर कुन्तो हँस पड़ी और रसोईघर के दरवाजे में आकर खड़ी हो गई।

"सच, आँसू आ गए?"

"हाँ, तो उनकी आँखें नम हो रही थीं। वे मेरे प्रोफेसर रह चुके हैं न! कहने लगे, तुम जैसा होनहार चौदह साल से क्लर्की में बैठा है! मैं अपने जमाने में कॉलेज का सबसे अच्छा विद्यार्थी हुआ करता था..."

"मैं जानती हूँ," कुन्तो बीच में ही बोल उठी, "तुमने मैडल जीता। हॉकी के कप्तान रहे। लखनऊ में डिबेट में बोलने गए, पर कप नहीं जीत पाए, क्योंकि जज तुम्हारा मौसेरा भाई निकल आया। क्या मैं यह सब नहीं जानती...?"

और बात पूरी करती हुई वह फिर मुड़कर रसोईघर में चली गई।

वनस्पति के बिना खाना क्या बनता! कुन्तो ने चावल उबाले, दाल चढ़ाई और बिना उसे छौंके चावलों में मिलाकर तीनों बच्चों को खिला दी।

पर जब बच्चे सो गए और पति-पत्नी अपने-अपने बिस्तर पर लेट गए, तो कुन्तो का दिल मचल उठा। सिर के नीचे दोनों हाथ रखे वह चमकती काली आँखों से देर तक छत को ताकती रही। काफी देर बाद उसे हल्की-सी झपकी आई, तो लगा, जैसे रसोईघर में दाल छौंकी जा रही है और खालिस घी की महक सारे घर में फैल रही है। कुन्तो ने करवट बदली। उसे लगा, जैसे उसकी बड़ी बेटी झूला झूल रही है। उसने सफेद फ्राक पहन रखा है और उसके बालों में फूल लगे हैं।

कुन्तो फिर आँखें खोलकर छत को ताकने लगी।

"क्यों जी, जागते हो?"

त्रिलोकी भी अपने गंजे सिर के नीचे दोनों हाथ बाँधे छत की ओर ताक रहा था और देर से अपनी उधेड़-बुन में खोया हुआ था। बीवी की आवाज सुनकर चुप बना लेटा रहा।

"क्यों जी, सो रहे हो?"

"क्या है कुन्तो, तुमने मुझे जगा दिया!"

"क्यों जी, क्या सचमुच तुम्हारी तरक्की होने जा रही है?"

"देखें, क्या होता है! इतना आसान तो नहीं है, मगर आजकल सिफारिश के बिना कौन-सा काम होता है!"

थोड़ी देर चुप रहने के बाद कुन्तो फिर बोली, "तुम अफसर भी तो लग सकते हो! रजनी का पति पहले क्लर्क ही तो था, अब वह बड़ा अफसर बना हुआ है!"

त्रिलोकी चुप रहा, उसने कोई उत्तर नहीं दिया।

कुन्तो से न रहा गया। उछलकर अपने बिस्तर में से निकली और पति के निकट चली गई।

"मुझे क्या दोगे जो तरक्की हो गई?" उसने हँसकर पूछा।

त्रिलोकी ने बुझी-सी आवाज में जवाब दिया, "जब तरक्की होगी तो देखा जाएगा कुन्तो, ये काम इतने आसान थोड़े ही होते हैं।"

"शाम के वक्त तो इतने चहक रहे थे, अब इतने गुमसुम क्यों हो गए हो? मैं कुछ तुमसे माँगती तो नहीं।"

त्रिलोकी फिर भी चुपचाप लेटा रहा। पर कुन्तो की उत्तेजित कल्पना अभी भी तरह-तरह के ताने-बाने बुने जा रही थी।

"तुम रिश्वत भी लोगे न?"

"क्लर्की में से तो निकला नहीं हूँ कुन्तो, तुम्हें रिश्वत की सूझ रही है!"

"इसमें बुरा क्या है? आजकल सभी रिश्वत लेते हैं। ऊपर की आमदनी का अपना रौब होता है। खुद माँगने नहीं जाना, पर कोई दे दे तो इनकार भी न करना।"

त्रिलोकी ने पत्नी की ओर से पीठ फेर ली। कुन्तो फिर भी बोलती गई, "मैं गारगी का दहेज अभी से तैयार करने लगूँगी।" कुन्तो ने बुदबुदाते हुए कहा, "जल्दी में चीज कभी अच्छी नहीं बनती, धीरे-धीरे चीजें लेती रहूँगी।" पति की पीठ के पीछे लेटे-लेटे कुन्तो त्रिलोकी के गंजे सिर को धीरे-धीरे सहलाती और बुदबुदाती रही, "पर मुझे अमीर औरतें अच्छी नहीं लगतीं। बहुत मुटिया जाती हैं और उठती-बैठती सारा वक्त डकार मारती रहती हैं। मैं मोटी नहीं होऊँगी, तुम्हारा सारा काम मैं अपने हाथ से करूँगी, खातिर जमा रखो..."

पति को फिर भी गुमसुम पाकर कुन्तो तुनककर बोली, "तुम भी कैसे रूखे आदमी हो जी, मैं खुद चलकर तुम्हारे बिस्तर में आई हूँ और तुम हो कि सीधे मुँह बात भी नहीं करते!" फिर हँसकर कहने लगी, "अभी से मेरे साथ अफसरी करने लगे हो!"

सहसा कुन्तो को पछतावा होने लगा। बिस्तर में से झट से उठ बैठी, "हाय, मैं भी कैसी पापिन हूँ, यों ही बके जा रही हूँ! तुम्हारी तरक्की हो जाए तो पहली तनख्वाह में से तो मैं परसाद बाँटूँगी, दुर्गा माई को भोग लगाऊँगी," कहते हुए कुन्तो उठी और अँगीठी पर रखी दुर्गा माता की मूर्ति के सामने बार-बार सिर नवाने लगी, "दुर्गा माता, मैं सबसे पहले तुम्हें भोग लगाऊँगी। मैं बहुत बकती रहती हूँ, पर दिल की बुरी नहीं हूँ, दुर्गा माई, मैं किसी का बुरा नहीं चेतती। मैं सबसे पहले तुम्हारी सेवा करूँगी। मुझे माफ करना दुर्गा माई, तुम तो इस घर की बड़ी हो, हम सबकी माँ हो। मैं पढ़ी-लिखी तो नहीं हूँ, मुँह से बातें निकल जाती हैं।"

और कुन्तो ने हाथ जोड़े, आँखें बन्द कर एक बार फिर दुर्गा माई के सामने माथा नवाया और सीधी अपनी खाट पर लौट आई और उसकी आँखें फिर छत को ताकने लगीं।

उधर त्रिलोकी दूर की सोचों में डूबा हुआ था और अधिकाधिक गहरा डूबता जा रहा था। छत को ताकते हुए उसे भी झपकी आ गई और उसने देखा कि सेक्रेटेरियट के लम्बे गलियारे में कोई चपरासी उसकी फाइल बगल में दबाए भागा जा रहा है, त्रिलोकी उसे बुलाता है पर वह रुकता नहीं और देखते-ही-देखते गलियारे में असंख्य दरवाजों में किसी एक दरवाजे में से वह निकलकर चम्पत हो जाता है और सारा सेक्रेटेरियट एक भूल-भुलैया बन गया है। त्रिलोकी उसमें से निकलने की कोशिश अभी कर ही रहा था, जब एक झटके से उसकी नींद खुल गई और वह हाँफता हुआ फिर छत को ताकने लगा। थोड़ी देर बाद बोला, "सो रही हो या जाग रही हो?"

कुन्तो चुप रही, यह सोचकर कि त्रिलोकी यह न समझ बैठे कि वह छोटी-सी तरक्की से इतनी उत्तेजित हो रही है।

"अभी तो बातें कर रही थी, अभी सो भी गई!"

"क्या है? तुम सोने भी नहीं देते!"

"मैं सोचता हूँ, कल मैं दफ्तर नहीं जाऊँगा।"

पत्नी यह सुनते ही लपककर उठ बैठी, "क्यों भला?"

"मेरी तबीयत कुछ ठीक नहीं है।"

"बहुत बनो नहीं। अब तरक्की होने जा रही है तो इन्हें दफ्तर ही जाना अच्छा नहीं लगता!"

थोड़ी देर चुप रहने के बाद त्रिलोकी फिर बोला, "तुम समझती हो, खन्ना साहब ने वह चिट्‌ठी लिख दी होगी?"

"जो कहा है तो लिख दी होगी।"

सुनते ही त्रिलोकी का दिल एक सीढ़ी और नीचे उतर गया।

"मैं सोचता हूँ, यह चिट्‌ठी लिखकर खन्ना साहब ने मेरे साथ बड़ी ज्यादती की है।"

"वाह जी, वे तो तुम्हारी सिफारिश करें और तुम समझो कि ज्यादती कर रहे हैं!"

"तुम दफ्तर के मामले नहीं समझती हो। सिफारिशी चिट्‌ठियों पर तरक्कियाँ मिलने लगें तो सभी क्लर्क अफसर बन जाएँ..."

अब की कुन्तो चुप रही। उसकी समझ में नहीं आ रहा था कि त्रिलोकी क्या कहे जा रहा है।

त्रिलोकी ने ठंडी साँस ली और करवट बदल ली।

"इससे तो बात बिगड़ जाएगी," वह बुदबुदाया।

"बिगड़ेगी क्यों?"

"मेरी तरक्की होगी तो बाकी क्लर्क क्या चुप बैठे रहेंगे? वे तो कल ही कानाफूसी करने लगे थे। मैं दफ्तर में लौटकर गया तो झट से चुप हो गए।"

कुन्तो इस पर चुप हो गई।

"सुन रही हो?"

"हाँ, सुन रही हूँ।

"खन्ना साहब तो मेरी सिफारिश सेक्रेटरी से करेंगे, पर वह तो बहुत बड़ा अफसर है। मेरी लगाम तो मेरे सुपरिंटेंडेंट के हाथ में रहती है। वह जरूर जल उठेगा। तुम इन छोटे अफसरों को नहीं जानती हो। वह डाह करने लगेगा और साल के आखिर में मेरी रिपोर्ट खराब कर देगा।"

"तुम बहुत चिन्ता न किया करो, तरक्की मिले न मिले, तुम्हारी बला से।"

थोड़ी देर तक त्रिलोकी चुप रहा, फिर धीरे से बोला, "खन्ना साहब ने बैठे-बिठाए बखेड़ा खड़ा कर दिया। तरक्की तो होगी या नहीं, दफ्तर के बाकी लोग खामख्वाह मेरे दुश्मन बन जाएँगे। अब डायरेक्टर के साथ मेरा परिचय कराने की क्या जरूरत थी! वह उन्हें नीचे छोड़ने आया था। घंटा-भर मेरे कन्धे पर हाथ रखे

खुसफुस करते रहे। दफ्तर में जिसे मालूम नहीं था, उसे भी पता चल गया। भूल मुझसे हुई। अगर मैं उन्हें देखकर पीठ मोड़ लेता तो वे मुझे पहचान ही नहीं पाते, यह बखेड़ा उठता ही नहीं।''

कुन्तो बोल उठी, ''मैं कहती हूँ, तुम डरा नहीं करो। तुम सबसे ज्यादा योग्य हो, अपने काम में सबसे आगे हो। अगर तुम्हारी यह डरने की आदत हट जाए तो तुम सोने के आदमी हो।''

''डर कौन रहा है? यों ही वाहियात बातें करने लगी हो!''

कुन्तो धीरे से बोली, ''मुझे छोड़कर तुम सबसे डरते हो और सच पूछो तो मुझसे भी डरते हो।''

''अच्छा-अच्छा, अब चुप रहो। बीवियाँ होती हैं जिनसे आदमी कोई दिल की बात करता है, कोई सलाह-मशविरा करता है। एक यह है कि बात-बात पर उपदेश झाड़ने लगती है।''

कुन्तो फिर हँसती हुई अपने बिस्तर में से निकली और पति के बिस्तर में जा पहुँची।

''नाराज हो गए? तुम बड़ी जल्दी रूठ जाते हो।...हाय, तुम्हारे हाथ ठंडे हो रहे हैं! अरे, और माथे पर पसीना आ रहा है! बात क्या है?''

''कुछ नहीं, कुछ नहीं! जाओ, तुम अपनी खाट पर जाकर सो रहो।''

''मैं नहीं जाऊँगी। पहले बताओ, बात क्या है? तुम क्यों उल्टी-सीधी सोचा करते हो? खन्ना साहब ने चिट्ठी लिख दी तो कौन-सा गुनाह कर दिया! तुम्हारे भले के लिए ही लिखी है। खुद कह रहे थे कि सिफारिश के बिना काम नहीं चलता। अब किसी ने पीठ पर हाथ रखा तो उल्टा बिगड़ने लगे हो। अगर सुपरिंटेंडेंट ने देख लिया, तो तुम्हारी बला से। अगर क्लर्क जलते हैं तो जलने दो, हमने किसी का ठेका ले रखा है!''

''बात तो ठीक कहती हो, मैं यों ही ज्यादा सोचने लगता हूँ, पर सुपरिंटेंडेंट रिपोर्ट तो खराब कर सकता है। मेरी चौदह साल की सर्विस धूल में मिला सकता है।''

''क्यों मिला सकता है? खालाजी का घर है क्या? उल्टा वह तुमसे डरेगा, तुमसे ख़म खाएगा। जान लेगा कि बड़े अफसर तुम्हारी पीठ पर हैं।''

पत्नी की आवाज में दृढ़ता का भास पाकर, त्रिलोकी को आश्वासन हुआ। उसे लगा, जैसे उसकी पत्नी सुपरिंटेंडेंट की कलम को रोक सकती है।

''अच्छा, जाओ, अब जाकर सो रहो। कुछ करूँगा, ठीक कर लूँगा। तुम जाओ, सो रहो।''

''बात बहुत मन को नहीं लगाया करो। अभी सो जाओ, सुबह तुम्हें काम पर जाना है।''

और कुन्तो पति के बिस्तर में से उठ आई और अपनी खाट पर जा लेटी। देर तक दोनों फिर छत को ताकते रहे। फिर धीरे-धीरे कुन्तो को हल्की-हल्की झपकियाँ आने लगीं।

कोई घंटा-भर बाद कुन्तो हड़बड़ाकर जागी और पति की खाट की ओर देखा। त्रिलोकी के बिस्तर पर से कोई आवाज नहीं आ रही थी। पहले तो आश्वस्त हो गई कि त्रिलोकी सो गया होगा, फिर उसे लगा, जैसे बिस्तर खाली है। वह झट से उठकर बैठ गई और अँधेरे में बाहर की ओर झाँककर देखा। त्रिलोकी बरामदे में खड़ा था—मेहराब से कन्धा टिकाए हुए। फिर वह मेहराब पर से हट गया और टहलने लगा। पीठ के पीछे हाथ, गंजा सिर आगे की ओर झुका हुआ। प्रभात के झुटपुटे में अच्छा-भला आदमी भी प्रेत लगने लगता है।

'हाय, इन्हें क्या हो गया है? ऐसे भी कोई बात दिल को लगा लेते हैं!''

कुन्तो खाट पर से उतर आई और बरामदे में पहुँची।

''तुम्हें मेरे सिर की कसम, अन्दर चलो। हुआ क्या है जो तुम इतने परेशान हो रहे हो?''

त्रिलोकी ठिठक गया।

''तुम नहीं जानतीं कुन्तो, मुझे लगता है, खन्ना साहब ने वह चिट्ठी लिख दी होगी और मेरा काम चौपट हो जाएगा।''

''तुमने अपनी यह क्या हालत बना ली है? आखिर तुम्हें कोई नौकरी से निकाल तो नहीं रहा। अन्दर चलो।''

''मेरी चौदह साल की सर्विस धूल में मिल जाएगी...''

''कुछ नहीं हुआ, कुछ नहीं होगा, तुम अन्दर चलो।''

''तुम समझती क्यों नहीं हो कुन्तो, मेरा वास्ता सेक्रेटरी के साथ नहीं पड़ता, मेरा वास्ता सुपरिंटेंडेंट के साथ पड़ता है। मेरी नकेल तो उसके हाथ में रहती है।''

और त्रिलोकी की आँखों के सामने फिर सुपरिंटेंडेंट का चेहरा घूम गया।

''तुम बात को समझा करो कुन्तो, दफ्तर में सभी काम फाइलों पर होते हैं। सेक्रेटरी ने ज्योंही मेरी फाइल मँगवाई कि सुपरिंटेंडेंट को पता चल जाएगा; बल्कि जिस तरह वह मुझे देख-देखकर मुस्कुरा रहा था, मुझे यकीन है, उसे अभी से पता चल चुका है। सुपरिंटेंडेंट चिढ़ गया है। वह दिल का अच्छा आदमी नहीं है। मुझसे यों भी डाह करता है, क्योंकि मैं उससे ज्यादा पढ़ा हुआ हूँ। ये लोग जान-बूझकर रिपोर्ट खराब कर देते हैं।''

''अच्छा, तुम इस वक्त तो अन्दर चलो। देखा जाएगा, जो होगा। सुबह होने को आई है और तुम पल-भर के लिए भी नहीं सो पाए, चलो अन्दर।''

त्रिलोकी ने पत्नी का हाथ जोर से झटक दिया, "तुम मुझे दम भी लेने दोगी या नहीं? दिन-रात पीछे पड़ी रहती हो! जब से इस घर में आई हो, एक दिन चैन का नसीब नहीं हुआ।"

कुन्तो धक् से रह गई। फिर उसे अपनी बाँहों में भरते हुए बोली, "...मुझे जो मन में आए, कह लो, मगर अन्दर चलो। घंटे-दो घंटे सो लो। देखो, रात-भर बेचैन रहे हो।"

"हटो जी, यह क्या मजाक है..." त्रिलोकी ने अपने को छुड़ाने की कोशिश करते हुए कहा, फिर चुपचाप अन्दर चला गया और सिसकी भरकर खाट पर लेट गया।

पक्षी चहक रहे थे, आकाश में सुहावनी सुबह की लाली खिल चुकी थी और मीठी-मीठी ठंडी हवा बह रही थी, जब त्रिलोकीनाथ खन्ना साहब के बँगले के बाहर खड़ा बार-बार अन्दर झाँक रहा था और निश्चय नहीं कर पा रहा था कि अन्दर चला जाए या वहीं खड़ा इन्तजार करे।

वह अभी सोच ही रहा था कि खन्ना साहब सुबह सैर के कपड़े पहने, खँखारते हुए बाहर निकले, "कौन है? अरे त्रिलोकी, तुम कब से यहाँ खड़े हो? आओ, आओ, अन्दर चलो।" फिर वहीं खड़े-खड़े कहने लगे, "माफ करना, मैं अभी चिट्ठी नहीं लिख पाया। कुछ काम आ पड़ा था, बीच में ही रह गई। मैं आज जरूर लिख दूँगा।"

त्रिलोकी ने पहली बार आँख उठाकर खन्ना साहब के चेहरे की ओर देखा। एक क्षण में ही मानो बोझ उसकी छाती पर से, कन्धों पर से और सिर पर से उतर गया।

"नहीं, नहीं, खन्ना साहब, आप कष्ट न कीजिए।...मुझे...यों भी मुझे इस साल तरक्की मिल जाने की आशा है।...मेरी सर्विस काफी लम्बी हो चुकी है, सर!"

खन्ना साहब हत्‌बुद्धि-से त्रिलोकी के चेहरे की ओर देखने लगे। उन्हें आश्चर्य हुआ, कुछ गुस्सा भी आया कि इस क्लर्क ने मेरी सिफारिश को महत्त्व नहीं दिया। पर इस बात का इत्मीनान भी हुआ कि अनावश्यक उत्साह में जो चिट्ठी लिखने का वचन दे आए थे, उस पचड़े में से निकलने के लिए त्रिलोकी खुद चला आया था।

"हर्ज तो कोई नहीं था अगर लिख देता, मगर तुम अपने दफ्तर की बातों को मुझसे ज़्यादा समझते हो। जो जरूरत नहीं, तो न सही।"

हल्के डग भरता हुआ त्रिलोकी दफ्तर को चला। थोड़ी देर बाद ही सेक्रेटेरियट के ऊँचे-ऊँचे गुम्बद आँखों के सामने आए—रोज की तरह आसमान से बातें करते हुए। क्लर्कों की भीड़ साइकिलों पर उनकी ओर बढ़े जा रही थी। बाबू त्रिलोकीनाथ के पाँव धीरे-धीरे फिर बोझिल होने लगे और मन फिर उधेड़बुन में खोने लगा।

एक रोमांटिक कहानी

आज से लगभग अस्सी साल पहले की बात है। उस जमाने की बात है जब पंजाब में सिखों की अमलदारी को खत्म हुए बरसों बीत चुके थे और अंग्रेजों की अमलदारी जड़ जमा रही थी। हमारे कस्बे के बहुत-से लोग खेती-बाड़ी छोड़कर व्यापार और सरकारी नौकरी के लोभ से खिंचे हुए कस्बे के बाहर जाने लगे थे। कस्बे की दुकानों पर विलायती छींट बिकने लगी थी। इक्के-दुक्के पादरी भी सफेद बाना पहने, कस्बे की गलियों में घूमते बच्चों को बताशे बाँटते नजर आते थे। कस्बे की तंग, अँधियारी गलियों में लोगों के पुश्तैनी मकान टूट-फूट रहे थे, जगह-जगह मलबे के ढेर लगे रहते। किसी घर की दीवारें टूट चुकी होतीं, लेकिन दरवाजे पर ताला चढ़ा रहता। गलियों में कुत्ते घूमते और खँडहरों में साँप रेंगते थे। इन टूटी-फूटी सुनसान गलियों में अब भी वे लोग रह रहे थे, जो पुरखाओं की जमीन-जायदाद से चिपके हुए थे और जमीन से प्राप्त होनेवाली दो जून रोटी से सन्तुष्ट थे। इन लोगों का रहन-सहन अब भी वैसा ही था, जैसा शताब्दियों से चला आ रहा था। कस्बा अब भी जात-पात के मुताबिक अलग-अलग मुहल्लों में बँटा था। तेली, कुम्भी, जुलाहे लोग अलग इलाकों में रहते थे। लड़कियों के ब्याह नौ-नौ, दस-दस बरस की उम्र में हो जाते थे। आए-दिन बीमारियाँ फैलती थीं और एक शहर से दूसरे शहर जाने के लिए काफिले चला करते थे। देश-भर में जमाना एक नई करवट ले रहा था, मगर लगता था, जैसे हमारे कस्बे को अतीत का मरघट समझकर छोड़े जा रहा हो। पर ऐसे टूटे-फूटे, मृतप्राय कस्बे में भी जिन्दगी की लौ बिलकुल बुझी नहीं थी। कस्बे के बच्चे खँडहरों में ही लुका-छिपी खेलते, लड़कियाँ चाँदनी रात में 'किरकलियाँ' डालतीं, कभी-कभी ढोलक भी बजती, कहीं प्रेम के किस्से सुनने में आते। उन्हीं दिनों कस्बे में लड़कियों के लिए पहला स्कूल भी खुला था और कस्बे की सबसे सुन्दर लड़की, रुकमणी ने अपना नाम भी उसमें लिखवाया था।

दादी उस जमाने की बहुत-सी बातें सुनाती हैं और सुनाते हुए अक्सर रिश्तेदारियों की लम्बी व्याख्या में उलझ जाती हैं—तुम्हारे परदादा के चचेरे भाई का दामाद और उसकी मौसेरी बहन की सास की जेठानी इत्यादि।

रुकमणी का नाम हमने दादी के मुँह से कई बार पहले भी सुन रखा था—विशेषकर एक पागल के सिलसिले में, जो दिन-भर स्कूल के सामने डोलता और जगह-जगह से रंगदार थिगलियाँ चुनता रहता और 'रुकमणी झूठी है' के एक ही वाक्य की रट लगाए रहता। बार-बार बताए जाने पर भी कि रुकमणी कब की मर चुकी है, उसके मन में यह बात नहीं बैठती और वह रोज वहीं पहुँच जाता था। हमें इसमें रोमांस का रंग नजर आता और हम दादी से आग्रह किया करते कि वह हमें रुकमणी की कहानी सुनाए।

दादी बताती हैं कि कस्बे में कोई बीमारी फैली और रुकमणी के माँ और बाप दोनों मर गए। उस वक्त रुकमणी की उम्र कोई दस या ग्यारह बरस की रही होगी। एक ब्राह्मण, जो उसी गली में रहा करता था और उसके घर का पुरोहित था, रुकमणी को अपने घर ले गया। दादी जब भी उस ब्राह्मण की चर्चा करतीं तो बड़ी घृणा से उसे 'मुआ ब्राह्मण' कहकर पुकारतीं।

रुकमणी के माँ-बाप की मृत्यु को कुछेक दिन बीते होंगे कि मुए ब्राह्मण ने रुकमणी का ब्याह रचा दिया। दादी कहती हैं, उन दिनों उसी उम्र में ब्याह हुआ करते थे। दस की लड़की हो तो ब्याह-शादी के लिए, माँ के पेट के नौ महीने मिलाकर उसकी उम्र ग्यारह बरस मानी जाती थी। रुकमणी की सगाई पहले ही खुखराइनों के मोहल्ले में हुई थी। दीवान मय्यादास का घर कस्बे में अच्छे खाते-पीते घरों में से था। उनके तीन कुएँ थे और कस्बे के ऐन बीच में एक बहुत बड़ी माड़ी थी। दीवान मय्यादास के दो ही बेटे थे। रुकमणी की सगाई छोटे बेटे से हुई थी। बड़ा किसी काम का नहीं था। उसे मिरगी के दौरे पड़ते थे और दिन-भर खाट पर पड़ा रहता था।

दीवान मय्यादास बरात लेकर आए। पर जब लग्न का वक्त आया तो दूल्हे का कहीं पता न चला। ब्राह्मण वेदी पर बैठा चिल्लाने लगा कि लग्न का समय निकला जा रहा है, जो टल गया तो विवाह नहीं हो सकेगा।

ऐन जब पौ फटने लगी तो दीवान मय्यादास ने अपने मिरगीवाले बड़े बेटे को वेदी पर बिठा दिया। अन्दर-ही-अन्दर मुए ब्राह्मण ने साज-बाज कर रखी थी। इस तरह रुकमणी की शादी हुई और दीवान मय्यादास उसके माँ-बाप की अच्छी-खासी पूँजी समेटकर घर ले गए। न मालूम, ब्राह्मण को बीच में क्या मिला, पर रुकमणी को मिरगीवाले के गले मढ़ दिया गया।

बुरा हुआ, दादी कहतीं, पर बुरा नहीं हुआ। रुकमणी ठिकाने तो लग गई। जो ब्याह न होता तो यतीम लड़की थी, न जाने उसकी क्या गति होती! दादी के सभी तर्कों का ऐसा आधार होता है। मय्यादास ने बहुत बुरा काम किया, लेकिन अपनी जगह उसने भी ठीक सोचा था। छोटा तो तन्दुरुस्त था, उसे तो लड़की मिल जाती, मिरगीवाले को लड़की कौन देता, पर उसका घर भी तो बसाना था।

मिरगीवाला सारा वक्त खाट पर पड़ा रहता। पर जब उसे दौरा पड़ता तो वह घर

के दरवाजे भी तोड़ डालता और जो हाथ लगता, उसी से घर के लोगों को पीटने लगता था। उम्र में वह रुकमणी से काफी बड़ा था।

दीवान मय्यादास की पत्नी मर चुकी थी। केवल दो बेटे थे। उसका अपना परिवार तो बहुत छोटा था, लेकिन घर में बहुत लोग रहते थे। घर के ऐन बीचोबीच ऊँची दीवार थी—एक हिस्से में मय्यादास का परिवार रहता था और दूसरा उसके चारों भतीजों का था। दादी उन चारों भाइयों को भी कलमुँहे, लुच्चे कहकर पुकारती थीं। दादी कहती हैं, उनमें से केवल एक ही अच्छा निकला और वह यही था, जिसके साथ बाद में दादी की अपनी शादी हुई थी।

इस तरह रुकमणी कसाइयों के घर पहुँच गई। पर जिन्दगी बड़े रंग बदलती है। दादी कहती हैं कि शादी के दो-तीन दिन बाद, एक दिन वह अपनी माँ के साथ दीवान मय्यादास की माड़ी के सामने से गुजर रही थी जब गाड़ी के अन्दर से बड़ा शोर सुनाई दिया। मिरगीवाले को दौरा पड़ रहा था। देखते-देखते दो-तीन आदमी गालियाँ बकते घर में से निकले और दूसरे क्षण मकान की छत पर वह मिरगी का रोगी दिखाई दिया। दादी कहती हैं कि उसकी माँ थर-थर काँप रही थी और उसे हाथ से पकड़कर घसीटती हुई सामने मैदान की ओर ले जा रही थी। छत पर खड़ा वह पागल, मुँडेरों पर से ईंटें तोड़-तोड़कर नीचे फेंकने लगा। ऐन उसी वक्त रुकमणी भी भागती हुई बाहर आ गई। छोटी, कोमल-सी लड़की; अब भी उसने ब्याह के लाल कपड़े पहन रखे थे और हाथों और पाँवों पर मेहँदी का रंग था। वह ऊपर मुँह उठाए अपने पागल पति की ओर देखने लगी। दादी कहती हैं कि रुकमणी को देखकर पागल ने ईंट फेंकना बन्द कर दिया। न मालूम पागल के अन्दर कोई भावना जागी या उसे इस मासूम पर रहम आ गया, उसने ईंटें फेंकना बन्द कर दिया। थोड़ी देर तक वहीं खड़ा रहा। फिर वहाँ से हट गया। दादी कहती हैं कि यह दृश्य उन्होंने अपनी आँखों से देखा था।

इसके बाद जब भी कभी उसे दौरा पड़ता और वह आपे से बाहर होकर घरवालों की मार-पीट करता तो रुकमणी के सामने आ जाने पर या उसके मना करने पर फौरन रुक जाता था।

किस्मत की बात, पागल अपनी पत्नी के हक में अच्छा निकला और उस घर में केवल यह एक ही व्यक्ति था जो रुकमणी के हक में अच्छा था। आए-दिन जो घर में कोहराम मचा करते थे, वे कम होने लगे और दीवान मय्यादास की नजरों में भी बहू की साख बढ़ने लगी।

दादी सुनाती हैं कि इसके शीघ्र ही बाद वह अपनी माँ के साथ किसी काफिले में दूसरे शहर चली गई और कुछ साल तक उन्हें रुकमणी की कोई खबर नहीं मिली। पर इसी बीच पहले रुकमणी के देवर की, जिसके साथ रुकमणी की सगाई हुई थी, और कुछ अरसा बाद दीवान मय्यादास की मौत हो गई और पीछे केवल पागल और रुकमणी रह गए। छोटे बेटे की मौत के बाद से ही मय्यादास बीमार रहने लगे थे और धीरे-धीरे

खाट के साथ जुड़ते जा रहे थे। उधर रुकमणी बड़ी हो रही थी और उसका रूप निखर रहा था। दादी ही नहीं, हमारी जात-बिरादरी की सभी बड़ी-बूढ़ियाँ रुकमणी के रूप की बड़ी चर्चा करती हैं। दादी तो एक ही वाक्य बार-बार कहती हैं कि रुकमणी इतनी सुन्दर थी कि हाथ लगाने पर मैली होती थी।

दीवान मय्यादास के भतीजे बड़े आवारा लड़के थे—आवारा और बदमाश! मोहल्ले की क्या, कस्बे-भर की औरतें उनसे थर-थर काँपतीं, मुँह छिपाती फिरती थीं।

उनमें से भी हरिनारायण बहुत बुरा था। रुकमणी कभी आँगन में आकर बैठती तो वह खिड़की से साँप के फन की तरह सिर निकालकर खड़ा हो जाता, कभी कंकड़ फेंकता, कभी आवाजें कसता था। दीवान मय्यादास हताश आँखों से कभी खिड़की की ओर देखते, कभी अपने पागल बेटे की ओर, आखिर वह तड़प-तड़पकर मर गए। सबको अपने किए का फल मिल जाता है, दादी तर्जनी उठाकर और सिर हिलाकर यह निष्कर्ष निकालतीं और साथ में अपने तर्कानुसार यह भी जोड़ देतीं, 'मय्यादास आदमी बुरा नहीं था, केवल लालची बहुत था।'

उधर दीवान मय्यादास की देह फूँककर आए, इधर इन भाइयों ने रुकमणी का जीना दूभर कर दिया। हरिनारायण तो सीधा आँगन में घुस आता और तरह-तरह की बकवास करता । रुकमणी चुपचाप अपनी कोठरी में बनी रहती और पागल सामने खाट पर पड़ा रहता। दादी कहती हैं कि वह बचपन से ही बड़े धैर्यवाली थी, बड़ी दृढ़ स्वभाव की थी।

फिर एक दिन न जाने रुकमणी को क्या सूझा, सुबह-ही-सुबह घर से निकल गई और स्कूल में जाकर अपना नाम लिखवा आई। उन्हीं दिनों आर्य-समाजियों ने कस्बे में लड़कियों का पहला स्कूल खोला था। रुकमणी नाम तो लिखवा आई, लेकिन जब घरवालों को पता चला तो उनके कान खड़े हो गए, चारों लुच्चे इसे बेपर्दगी और बेहयाई कहकर रुकमणी के पीछे पड़ गए। वही हरिनारायण जो खिड़की में खड़ा होकर आवाज कसता था और कंकड़ फेंकता था, अब रुकमणी को फटकारता :

'ससुर मर गया पर हम नहीं मर गए हैं। अगर फिर घर से बाहर कदम रखा तो हम टाँग तोड़ देंगे। कोई शर्म-हया है या नहीं ? हरजाइयों की तरह बाजार में घूमने लगी है!'

पर रुकमणी ने स्कूल जाना नहीं छोड़ा। दूसरे दिन वह फिर घर से निकल गई और स्कूल जा पहुँची।

जब भाइयों को पता चला तो वे लठ लेकर स्कूल के बाहर जा खड़े हुए। लोग इकट्ठे हो गए। पर यह रुकमणी के हक में अच्छा हुआ, क्योंकि कुछेक ने भाइयों का विरोध किया। पर रुकमणी का स्कूल जाना एक तमाशा बन गया था। कभी देवर दरवाजे बन्द कर देते, कभी घर के सामने खड़े हो जाते। कभी-कभी शोर सुनकर मिरगीवाले को दौरा पड़ जाता, इससे घर में कोहराम मच जाता। कभी-कभी उसका नीम-पागल पति हाथ में डंडा उठाए पैंतरे बदलता, लोगों से उलझता, रुकमणी के पीछे-पीछे जाने लगता और स्कूल तक जा पहुँचता। गली-बाजार के लोग उसके साथ मसखरियाँ करते,

कोई उसका डंडा खींच लेता, कोई कंकड़ फेंकता और रुकमणी बेचारी खून के आँसू रोती हुई, घूँघट काढ़े, बाजार लाँघ जाती और स्कूल में घुस जाती।

इन हालात में रुकमणी की पढ़ाई हुई। एक-एक दिन, दादी कहती हैं, तलवार की धार पर चलने के बराबर था। उसे भगवान ने बड़ा धैर्य दिया था। रुकमणी स्कूल के अन्दर चली जाती तो पागल कभी स्कूल के बाहर डोलता, कभी बाजारों में घूमता रहता और सनक उतरने पर घर लौट जाता।

संसार में सहृदयी लोगों की कमी नहीं होती। धीरे-धीरे गली-बाजारवालों ने स्थिति समझ ली और हँसना, मजाक करना बन्द कर दिया। गलियों में से रुकमणी घूँघट काढ़े निकलकर आती और पीछे उसका नीम-पागल पति नाचता, छड़ी हिलाता आता तो भगवान से डरनेवाले लोग हाथ जोड़ देते और मन-ही-मन कहते, 'ऐसा दिन देखना किसी को नसीब न हो!'

स्कूलवालों ने भी रुकमणी की पीठ पर हाथ रखा। आर्य-समाजियों का स्कूल था जो, दादी कहती हैं, 'स्त्रियों के हक में अच्छे थे।'

उस वक्त रुकमणी की उम्र सोलह या सत्रह बरस की रही होगी। उसने तीन या चार जमातें पास कर लीं। उन दिनों यह भी बहुत माना जाता था और स्कूलवालों ने उसकी स्थिति को देखकर उसे स्कूल में अध्यापिका बना लिया।

और दादी कहती हैं, रुकमणी सुखी हो गई, मतलब कि वह अपने पाँवों पर खड़ी हो गई, खुदमुख्तार हो गई। इसी बीच उसने माड़ी में रहना भी छोड़ दिया और पति को लेकर स्कूल के सामने एक कोठरी में रहने लगी। देवर घात लगाए बैठे थे कि कब पागल मरे और वे पूरी माड़ी हथियाएँ। पर जब पागल नहीं मरा और वे रुकमणी पर अपनी हुकूमत नहीं चला पाए, तो उन्होंने रुकमणी को कहला भेजा कि हम तुम्हारा महीना बाँध देते हैं, हम चारों भाई दो-दो रुपए हर महीना तुम्हें दिया करेंगे, तुम मकान का अपना हिस्सा हमारे नाम लिखवा दो। रुकमणी ने मकान लिखवा दिया और माड़ीवाले दीवान मय्यादास की बहू एक बेघर पागल की पत्नी बनकर रह गई। कितने दिनों तक उन्होंने उसे पैसे दिये, दिये भी या नहीं दिये, दादी नहीं जानतीं। दादी केवल इतना जानती हैं कि रुकमणी सुखी हो गई। कस्बे की बीसियों लड़कियों को उसने पढ़ाया। उसका पागल पति अब भी उसके इशारे पर चलता। जहाँ बैठ जाता, वहीं बैठा रहता और जब सनक उठती तो गली-बाजार से लाल-पीली, रंग-बिरंगी थिगलियाँ और लीरें चुन-चुनकर ले आता और रुकमणी को देता। कभी दौरा पड़ता तो बाजारों में भागता फिरता और रुकमणी स्कूल से लौटने पर, उसे कभी एक बाजार में तो कभी दूसरे बाजार में ढूँढ़ती फिरती।

पर दादी कहती हैं, रुकमणी सुखी हो गई थी और सच कहें तो ये रुकमणी के सबसे सुखी दिन थे और अब वह लम्बी आयु पार कर पूरे पच्चीस बरस की हो चली थी।

इसी बीच स्कूल और कस्बे के पढ़े-लिखे सयानों ने रुकमणी को मशवरा दिया कि अपने पति को लाहौर के पागलखाने में भरती करवा दे। इससे शायद यह सँभल

जाए और रुकमणी ने ऐसा ही किया। पति को समझा-बुझाकर वह एक काफिले में उसे लाहौर ले गई और पागलखाने में दाखिल करवा आई।

जो एक बार वह तन्दुरुस्त होकर लौट आए और वह भी अन्य लोगों की तरह घर-गृहस्थी चला पाए तो इससे बढ़कर रुकमणी को क्या चाहिए था! वह बड़ी बेताबी से उसके स्वस्थ हो जाने का इन्तजार करने लगी। उन दिनों लोगों को क्या मालूम था कि पागलखानों में भी पागलों के इलाज में बरसों लग जाते हैं!

पर दादी कहती हैं कि सच पूछो तो जब से रुकमणी उसे छोड़कर लौटी थी और अपनी कोठरी में कदम रखा था, उसी दिन से उसका मन उदास हो गया था और अन्दर-ही-अन्दर जैसे उसे लगा था कि वह लौटकर नहीं आएगा। जीवन में पहली बार अब वह अपने को निराश्रित और अकेली महसूस करने लगी थी। दादी कहती हैं कि अन्दर-ही-अन्दर से उसका मन उचट गया था—न माँ, न बाप, न बहन, न भाई, न सास, न ससुर, एक पागल ही था जो उसका अपना था। जब वह था तो रुकमणी का घर था, गृहस्थी थी और जब वह नहीं रहा तो मानो उसकी जिन्दगी की टेक ही टूट गई।

पर अब उसे बहुत इन्तजार करना बदा नहीं था, क्योंकि इसके दो-तीन साल बाद ही रुकमणी मर गई। दादी कहती हैं कि अब छुट्टी होने पर वह तीर्थों पर जाने लगी थी। जब कोई 'छड़ी' जाती और उसे छुट्टियाँ होतीं तो वह साथ हो लेती और एक बार अमरनाथ की यात्रा पर गई तो लौटकर नहीं आई। दादी कहती हैं, उन दिनों सड़कें तो थीं नहीं, कच्चे रास्ते से लोग पानी-बरसात में जाते थे, सैकड़ों मर जाते थे। कहीं बारिश हुई होगी, कच्ची पहाड़ी पर से कोई चट्टान गिरी होगी और रुकमणी उसके नीचे कुचल गई होगी। भाग्य अच्छे थे, दादी कहती हैं, जो वह तीर्थों पर मरी। उसकी उम्र कुछ न रही होगी तो तीस तो जरूर ही रही होगी।

और उसके पति का क्या बना?

दादी कहती हैं कि वह सचमुच लौट आया। पहले से बहुत-कुछ सँभल गया था। केवल मामूली-सी सनक बाकी रह गई थी। पर जब वह स्कूल के बाहर पहुँचा और उसे पता चला कि रुकमणी वहाँ नहीं है तो उसके मन को धक्का लगा और वह फिर भटक गया। उसे विश्वास नहीं हुआ कि वह मर गई है। उसने यही समझा कि वह उसे छोड़कर चली गई है और वह फिर गलियों-बाजारों में भटकने और रंग-बिरंगी थिगलियाँ बटोरने लगा और एक ही वाक्य की रट बार-बार लगाने लगा, 'रुकमणी झूठी है।'

कस्बे के मनचले उसे चिढ़ाते, कहते, 'वह देख, रुकमणी आ रही है!' वह घूमकर देखता और फिर अपनी अदा में कह देता, 'रुकमणी झूठी है!' और अपनी रंग-बिरंगी थिगलियों को सहलाने लगता।

दादी कहती हैं, उन्होंने एक बार उसे देखा भी था, पर अपने कस्बे में नहीं, किसी दूसरे कस्बे में वह थिगलियाँ बटोरता घूम रहा था।

नई-नवेली

जीप मोड़ काटकर छोटी नई सड़क पर आ गई। नई-नवेली सड़क के अभी रोयें नहीं निकले थे, उम्र केवल तीन दिन! गुलाबी रंग के रेशमी फीते की तरह बल खाती दूर पहाड़ियों में खो गई थी। सड़क बिछती है तो सैकड़ों-हजारों बरसों की ज़िन्दगी लेकर, इतनी लम्बी जिन्दगी में तीस दिन की क्या औक़ात! सड़क पर आवाजाही शुरू हो चुकी थी। महीने-भर से उस पर मोटरें-लारियाँ आ-जा रही थीं, लेकिन आसपास के पेड़-पौधों पर धूल की परत अभी नहीं जम पाई थी, किनारों पर की घास भी नहीं सूखी थी और जंगल-घाटी के जीव-जन्तु अभी तक उसे ठीक तरह से पहचान नहीं पाए थे कि कौन है, क्या करने आई है। मोटरों-लारियों के शोर को सुनकर वे उद्‌भ्रान्त-से कभी उसकी ओर लपके आते, कभी भाग खड़े होते।

मुच्छैल ड्राइवर सड़कों की दुनिया में विचरनेवाला जीव था। पहाड़ी सड़कों और शहरी सड़कों की रग-रग से वाकिफ़। नई सड़क पर आते ही वह भी ताजा दम महसूस करने लगा और आराम से बैठ एक हाथ से स्टीयर करने लगा। अगर बगलवाली सीट पर इंजीनियर साहब न बैठे होते तो वह सिगरेट सुलगा लेता।

"नहीं जी, चीता-बाघ कहाँ! नई सड़क बने तो जंगली जानवर भाग जाते हैं। यहाँ बस यही गीदड़-लोमड़ रह गए होंगे।" मुच्छैल ड्राइवर बोला।

पीछे की सीट पर बैठी इंजीनियर की पत्नी सवाल पर सवाल पूछे जा रही थी। एक हाथ से सीट की बाँही को पकड़े, दूसरे हाथ से कभी उड़ते बालों को तो कभी साड़ी के पल्लू को सँभालती, जंगल-घाटी के बदलते नजारे देखे जा रही थी। कल रात छींटा पड़ा था जिससे हवा में मिट्‌टी की भीनी-भीनी सोंध थी।

आकाश की स्वच्छ नीलिमा में कोई चीज चाँदी की तरह झिलमिलाई। इंजीनियर की पत्नी की आँखें आकाश की ओर खिंच गईं। किसी पेंडुकी के पंख थे। एक नहीं, दो पेंडुकियाँ थीं, एक-दूसरी के पीछे भाग रही थीं। किसी-किसी वक्त उनके पंख सहसा झिलमिला जाते, फिर मटमैले पड़ जाते। आगेवाली पेंडुकी पर फैलाए,

आकाश में तैरती हुई–सी सड़क के समानान्तर उड़ने लगी। फिर उसके परों ने झपकी ली और पेंडुकी जंगल की ओर मुड़कर ऊपर उड़ने लगी, हवा का जीना चढ़ने लगी और पलक मारते पेड़ों की चोटी तक जा पहुँची। पंख फिर एक बार झिलमिला उठे।

'चीं! चीं! चीं!' पीछे से दूसरी पेंडुकी चिल्लाई और उसके पीछे लपकी। देखते–ही–देखते दोनों पेंडुकियाँ आँखों से ओझल हो गईं। इंजीनियर की पत्नी सिर टेढ़ा किए देर तक उनकी ओर देखती रही, फिर मुस्कुराकर सामने देखने लगी।

जीप ने सहसा झटका खाया, फिर ब्रेक लगने और पहियों के घिसटने की आवाज आई। यह क्या था? सड़क पर कोई काली, छोटी–सी चीज एक साये की तरह जीप के सामने आई और क्षण–भर में आँखों से ओझल हो गई।

"हाय, कुचला गया!" इंजीनियर की पत्नी चिल्लाई। पहियों के घिसटने के साथ गाड़ी रुक गई। तीनों ने मुड़कर देखा, यों लग रहा था, जैसे सड़क के बीचोबीच किसी का काला कपड़ा गिर गया हो!

"कुचला गया है।"

तीनों जीप से उतर आए और काले कपड़े की ओर गए। जंगली मुर्ग था। सफेद चित्तीवाले काले पंख और लाल कलग़ी। कुचला नहीं गया था, तेज पहिये के धमाके से ही दम तोड़ गया था। आँखें अभी भी अधमुँदी थीं, सफेद झिल्ली केवल आधी आँखों को ढँक पाई थी। ऊपर को उठे हुए पीले पंजों में हल्की–सी सिहरन हुई और टाँगें वहीं अकड़कर रह गईं। छाती के नन्हे–नन्हे पंख अभी भी सुबह की ताजी हवा में काँप रहे थे।

"नई सड़क पर पहली मौत!" इंजीनियर ने दार्शनिकता के भाव से जोड़ा।

मुच्छैल ड्राइवर ने आँखें ऊपर उठाकर इंजीनियर के चेहरे की ओर देखा और कुछ देर तक देखता रहा, फिर पलकें नीची कर लीं।

इंजीनियर अपनी छड़ी की नोक से जंगली मुर्ग की लाश को उलटने–पलटने लगा।

सड़क के किनारे की ओर से आवाज सुनाई दी, 'कु–कु...कुड़–कु–कु...'

सड़क के पार मादा मुर्गी कभी एक ओर तो कभी दूसरी ओर भटकती हुई–सी घूम रही थी।

'कु...कुड़...कु–कु...ड़...कु...'

"यह रो रही है या हमें गालियाँ दे रही है?" इंजीनियर ने हँसकर कहा। फिर पत्नी की ओर मुड़कर बोला, "इसे दफनाना चाहोगी? किसी पेड़ के नीचे गड्ढा खोदकर दफना दें?"

पत्नी कुछ नहीं बोली, केवल सिर झटक दिया। मुच्छैल ड्राइवर इंजीनियर साहब की बातें सुन–सुनकर हैरान हो रहा था। इंजीनियर ने छड़ी की नोक को मुर्ग की कमर के साथ जमीन पर जमाया, फिर गुल्ली–डंडा खेलने की मुद्रा में जोर से एक ही झटके में मुर्ग की लाश को सड़क के किनारे, मुर्गी के पास फेंक दिया।

"कम-से-कम बार-बार तो नहीं कुचला जाएगा।"

इंजन की घर्र-घर्र, बदलते गीयर की आवाज, जीप फिर सड़क के बीचोबीच चल रही थी। इंजीनियर की पत्नी ने मुड़कर देखा। जीप के पीछे हल्का-सा धूल का बवंडर उठा, मानो जीप दामन झाड़कर आगे बढ़ने लगी हो! काला कपड़ा अब सड़क के किनारे गिरा पड़ा था और मुर्गी अभी भी उससे कुछ दूर उत्तेजित-सी घूम रही थी, 'कु...कुड़...कुड़...कु...'

"साल-भर बाद जब सड़क चल निकलेगी तो जानवर भी समझ जाएँगे और यों भागते हुए सड़क के बीच नहीं आ जाया करेंगे।"

"जी!" मुच्छैल ड्राइवर ने हाँ-में-हाँ मिलाते हुए जोड़ा, "शहर में चूज़ा भी सड़क पर आ जाए तो कुचला नहीं जाता, मोटर के नीचे सरक जाता है हुजूर!"

इंजीनियर ने सिर हिलाया और फिर मोटे-मोटे चश्मों के पीछे से सड़क के आकार-प्रकार की जाँच करने लगा।

इंजीनियर सड़क का मुआइना करने निकला था। कहाँ पर सड़क को और चौड़ा करना होगा, कहाँ से पुश्ते देकर पहाड़ी पर रोकें खड़ी करनी होंगी, कहाँ सड़क के किनारे पत्थरों की छोटी-छोटी दीवारें बनानी होंगी। पत्नी यों ही तफरीह के लिए चली आई थी। 45 मील लम्बी सड़क का नया टुकड़ा ही तो है, जहाँ पर यह पुरानी चौड़ी सड़क से जा मिलेगा, वहाँ से वे लौट आएँगे। दिन के भोजन के वक्त तक डाक बँगले में जा पहुँचेंगे।

'चीं! चीं! चीं!' फिर आवाज आई। पेंडुकी के पंख फिर चाँदी की तरह झिलमिला रहे थे और वह जीप के ऐन ऊपर, नीले आसमान में अपने पर तौल रही थी। सहसा उसने डुबकी लगा दी और अपनी नन्ही-सी चोंच से हवा को काटती हुई सीधी सड़क की ओर लपकी। दूसरी पेंडुकी अभी भी उसका पीछा किए जा रही थी। पेंडुकी नीचे उतरती गई, उतरती गई, पर सहसा दौड़ती जीप को नीचे पाकर उसका शरीर डोल गया, वह हवा में लड़खड़ा गई। एक बार वह तेजी से जंगल की ओर मुड़ी, पर फिर सड़क की ओर लौट आई और सड़क के ऊपर झूलने लगी। खट्! पेंडुकी जीप के शीशे से टकराई, परों के फड़फड़ाने का शब्द हुआ; दूसरे क्षण पेंडुकी फिर जंगल की दिशा में उड़ी जा रही थी। एक सफेद छोटा-सा पंख जीप के शीशे पर से नीचे फिसलता हुआ वाइपर में अटक गया और वहीं फरफराने लगा।

"हाय, बेचारी!" इंजीनियर की पत्नी बोल उठी।

मुच्छैल ड्राइवर मूँछों के बीच मुस्कुराया।

'नखरा है, और क्या!' उसने मन-ही-मन कहा।

सड़क अब छोटी-छोटी ढलानें चढ़ने लगी थी। एक ढलान चढ़ती और फिर थोड़ा-सा दम लेकर नीचे उतर जाती। दोनों ओर का जंगल कभी घना होकर सड़क

को जैसे ढँक लेता, फिर छितराकर धीरे-धीरे छँट जाता और सड़क फिर खुले आसमान के नीचे ढलानें चढ़ने-उतरने लगती। अगली ढलान के सिरे पर, दाईं ओर से पेड़ों का एक झुरमुट घने बादल की तरह घुमड़ता हुआ सड़क की ओर बढ़ रहा था। विशालकाय पेड़ों का झुरमुट था। मोड़ तक पहुँचते-पहुँचते उसने सड़क को अपने आगोश में ले लिया था। मुच्छैल ड्राइवर को शरारत सूझी। वह उठकर बैठ गया। जीप पेड़ों के नीचे पहुँचकर मोड़ काटने को हुई कि ड्राइवर ने भोंपू बजाया। 'चीं! चीं! चीं! चीं!' असंख्य पक्षी पेड़ों पर से पर फड़फड़ाते, चीखते-चिल्लाते उड़ गए।

"डर गए हैं।" इंजीनियर ने कहा, फिर स्पष्ट को अधिक स्पष्ट करते हुए, दार्शनिक भाव से बोला, "आवाज से पक्षी डर जाते हैं," और जेब से काले रंग की नोट-बुक निकालकर आँक लिया, 'बाईसवें मील का मोड़ चौड़ा करना होगा, कुछ एक पेड़ काट डालने होंगे।' फिर घूमकर अपनी पत्नी की ओर देखा। इंजीनियर की पत्नी की आँखों के सामने अभी भी काले जंगली मुर्ग के पंख घूम रहे थे। दाएँ हाथ से पत्नी का घुटना थपथपाते हुए इंजीनियर बोला, "थक तो नहीं गई हो?"

"नहीं।" उसने अनमने भाव से जवाब दिया।

पेड़ों का झुरमुट पीछे छूट चुका था, सड़क अँगड़ाई लेकर फिर सीधी हो गई थी और अब एक पुल पर से जा रही थी। पीली-पीली शहतीरों का नया पुल, रेलिंग अभी भी चमक रही थी और नीचे एक झरना, गोल-गोल, छोटे-छोटे पत्थरों से अटा हुआ। धूप तेज होने लगी थी। इंजीनियर की पत्नी ने गोद में रखा काले रंग का बैग खोला और धूप का चश्मा निकालकर आँखों पर लगा लिया और चमड़ी को धूप से बचाने के लिए साड़ी का पल्लू रूमाल की तरह सिर पर लपेट लिया।

मुच्छैल ड्राइवर ने कनखियों से इंजीनियर की ओर देखा और इंजीनियर ने ड्राइवर की ओर। दोनों मुस्कुराए, फिर इंजीनियर ने घूमकर पत्नी की ओर देखा जो काले चश्मे से सीधा सामने की ओर देखे जा रही थी।

"क्या है?" पत्नी ने पूछा।

"कुछ नहीं।"

"कुछ तो है।"

तराशी हुई कटीली मूँछों के नीचे इंजीनियर के दाँत झिलमिलाए।

"साँप था।"

इंजीनियर की पत्नी सिहर उठी और उसने घूमकर पीछे देखा। फिर काला चश्मा भी उतार दिया, मगर उसे कुछ नजर नहीं आया।

"अच्छा हुआ जो तुमने नहीं देखा। बहुत लम्बा था।"

"हाय, मैं देखना चाहती थी!" इंजीनियर की पत्नी ने बच्चों की तरह ललक-कर कहा।

औरतें कई बार कैसी अप्रत्याशित बातें कह देती हैं! पर इंजीनियर को यह

लाड़ का अन्दाज अच्छा नहीं लगा और वह गम्भीर मुद्रा बनाए फिर सामने की ओर देखने लगा।

जीप की रफ्तार अब तेज हो गई थी और वह झूमती हुई चली जा रही थी। कहीं कोई मनुष्य या जानवर देखने को नहीं मिलता था। इंजीनियर की पत्नी का चेहरा धूप की वजह से दमकने लगा था, बाल अभी भी उड़ रहे थे और जार्जेट की सफेद साड़ी हवा में फूल-फूल जाती थी। वह थकने लगी थी, ऊबने लगी थी। नई सड़क देखने का चाव ठंडा पड़ रहा था। 'इस वक्त घर में होती तो साथिनों के साथ कॉफी का दौर चलता। फिर रम्मी का...' वह मन-ही-मन बड़बड़ाई।

जीप पहाड़ी के दामन तक जा पहुँची थी। नई-नवेली सड़क जो पहले सकुचाती सीधी चली आई थी, अब लुका-छिपी खेलने लगी थी। कभी एक टीले के पीछे जा छिपती, कभी दूसरे टीले के पीछे। कभी किसी टीले के पीछे से झाँककर, मुस्कुराकर, आँखों से ओझल हो जाती, कभी किसी टीले के दामन को छूकर उससे हट जाती और किसी दूसरे टीले से जा लिपटती। फिर सहसा उसने करवट ली और पहाड़ी पर चढ़ने लगी।

"रोको!" इंजीनियर साहब ने हुक्म दिया।

सहसा ब्रेक लगने से पहियों में चरमराहट हुई और जीप सड़क के किनारे खड़ी हो गई।

इंजीनियर साहब उतरे—हाथ में काली नोट-बुक लिये हुए। थोड़ी दूर आगे बढ़कर वह सड़क के किनारे खड़े हो गए और टीले की ओर मुँह करके जाने क्या देखने लगे। कभी दाएँ देखते, कभी बाएँ, फिर आगे बढ़ गए और एक पत्थर पर दायाँ पैर रखकर, घुटने पर नोट-बुक टिकाये उसमें देर तक कुछ लिखते रहे।

"टीले ने क्या कहा?" इंजीनियर के लौटने पर पत्नी ने व्यंग्य से पूछा, "तुम तो वहाँ यों खड़े थे, जैसे रूहों से बातें कर रहे हो!"

इंजीनियर ने घूमकर देखा और बड़प्पन के अन्दाज में सिर हिलाया, "यह टीला कच्चा है। मिट्टी-पत्थर गिरते हैं। यहाँ पुश्ता देकर दीवार खड़ी करनी होगी।" और मुस्कुराया, "यहाँ हमारा एक मजदूर चट्टान गिरने से मर गया था। तब सड़क बन रही थी।"

"यहाँ कोई गाँव भी है क्या?" सहसा इंजीनियर की पत्नी ने पूछा।

"उस पहाड़ी के पीछे एक छोटा-सा गाँव है, मगर वह सड़क से काफी हट-कर है।"

सड़क फिर आँख-मिचौनी खेलने लगी थी। पेड़ फिर आ पहुँचे—ऊँचे-ऊँचे कद्दावर चीड़ के पेड़ और जगह-जगह सड़क का रास्ता रोकने लगे। इंजीनियर साहब बार-बार नोट-बुक निकाल लेते।

बाईं ओर को कुछ हिलता नजर आया। कोई चीज खड्ड में से धीरे-धीरे ऊँची

उठ रही थी। मिट्टी का घड़ा था मटमैले रंग का, शीघ्र ही उसके नीचे से एक औरत का चेहरा सामने आया। गाँव की औरत कहीं पानी लेने जा रही थी। बेढब-से कपड़ों में लिपटा छरहरा बदन! पर जीप पर नजर पड़ते ही उसने पल्ले से मुँह ढाँप लिया और झट से घूम गई और उल्टे पाँव खड्ड में उतर गई।

जीप में बैठे तीनों व्यक्ति खिलखिलाकर हँस दिये।

"शरमाती है।" पत्नी बोली।

"अभी शरमाती है। साल-छह महीने बाद देखना, हर बस-लारी के सामने थोड़े ही मुँह ढाँपती फिरेगी।"

"यहीं कहीं इसका गाँव होगा।" उसी क्षण, मानो इस बात का समर्थन करने के लिए एक झबरैला, काले रंग का कुत्ता, गाँव की ओर से जीप की अगवानी करने सड़क के किनारे आ पहुँचा। मुच्छैल ड्राइवर मुस्कुराया और जोर से हॉर्न बजा दिया। कुत्ता सिर झटककर जीप के आगे-आगे भागने लगा। मुच्छैल ने फिर हॉर्न बजाया। कुत्ता सरपट भागने लगा और सड़क के बीचोबीच आ गया।

"कुचला जाएगा।"

ड्राइवर ने जीप और तेज कर दी। सड़क दूर तक सीधी चली गई थी। बदहवास कुत्ता मुँह फेरकर पीछे देखता, फिर सिर पर पाँव रखकर भागने लगता। हर बार हॉर्न बजाने पर कुत्ता और भी तेज भागने लगता और तीनों हँसने लगते। डर के मारे कभी सड़क के किनारे-किनारे तो कभी सड़क के बीचोबीच आ जाता। आखिर इंजीनियर की पत्नी के दिल में रहम जागा, "आहिस्ता करो जी, मारा जाएगा!" उसने चिल्ला-कर कहा।

गाड़ी आहिस्ता हो गई, फिर बहुत आहिस्ता। कुत्ता अभी भी सरपट भागा जा रहा था। दूर पहुँचकर उसने एक बार मुँह फेरा, फिर सिर झटककर खड्ड के नीचे उतर गया। तीनों व्यक्ति फिर हँस दिये।

सड़क फिर बल खाने लगी थी। पहाड़ियाँ फिर कुछ-कुछ पीछे हटने लगी थीं। जीप ने मोड़ काटा तो इंजीनियर की पत्नी को कुछेक मिट्टी के घरों की सपाट छतें नजर आईं। छतों पर लाल मिर्चों की चादरें बिछी थीं। धूप में चमकती लाल मिर्चों की चादर फूलों की क्यारी-सी लगी। जीप ने कुछ डग और भरे और मटमैले कोठों का एक पूरा गाँव-सा झलक दे गया। सपाट छतें और सूनापन, केवल एक छत पर दो सफेद मुर्गियाँ साथ-साथ चलती दाना चुग रही थीं। इंजीनियर की पत्नी को जंगली मुर्ग याद आ गया। पर लो, गाँव जाने कहाँ छिप गया था!

"बस, पड़ाव आया चाहता है," इंजीनियर ने मुड़कर पत्नी के घुटनों को फिर एक बार थपथपाते हुए कहा, "यह सड़क बनने से पूरे 45 मील का फासला कम हो गया है।"

"क्या फर्क पड़ता है! एक सड़क न हुई, दूसरी हो गई।" इंजीनियर की पत्नी

ने थकी-सी आवाज में कहा, फिर मन-ही-मन बुदबुदाई, 'यहाँ पत्थर देखो, पेड़ देखो, कुत्ते देखो, मानो पहले कभी न देखे हों!'

पर अब कुछेक मिनट की बात रह गई थी। 45 मील का सफर खत्म हुआ चाहता था। दो मोड़ और, बस! इसी ढलान के नीचे पड़ाव था।

सहसा आसपास के सन्नाटे को चीरती हुई किसी के चिल्लाने की आवाज आई।

''लोगो, बचाओ! बचाओ लोगो, मैं मारी गई!'' त्रस्त हिरनी की तरह इंजीनियर की पत्नी के कान खड़े हो गए।

ब्रेकों की चरमराहट, पहिए कुछ दूर तक घिसटते गए। जीप में से उछलकर यह मुच्छैल ड्राइवर कहाँ भागा जा रहा है?

''मैं मारी गई, लोगो, बचाओ!''

बाईं ओर सड़क के किनारे एक चट्टान के साथ एक युवती चिपकी हुई थी और दो-तीन व्यक्ति उसके आसपास खड़े उससे उलझे हुए थे। एक के हाथ में लाठी थी। मैले-कुचैले कपड़े पहने एक बुढ़िया लड़की की चोटी खींचे जा रही थी।

''कोई झगड़ा है,'' इंजीनियर की पत्नी ने घबराकर कहा, ''तुम मत जाना।''

लड़की की दोनों बाँहें चट्टान से लिपटी थीं। उसका सिर कभी उठता, कभी फिर चट्टान से जा लगता। कभी झटका खाकर एक ओर तो कभी दूसरी ओर। सहसा लड़की की नाक से लहू बहने लगा।

''न जाओ, मैं जो कह रही हूँ।'' इंजीनियर की पत्नी फिर चिल्लाई।

सिर पर लगे टोप, मुँह में लगे पाइप और आँखों पर लगे चशमे को देखकर सभी सहम गए। लड़की और भी जोर से चिल्लाई, ''नहीं जाऊँगी, मार डालो, फिर भी नहीं जाऊँगी!''

जीप में बैठी इंजीनियर की पत्नी थर-थर काँपने लगी।

बुढ़िया लड़की पर चील की तरह झपटी और उसकी उंगलियाँ चट्टान पर से नोंच-नोंचकर उतारने लगी। पर लड़की फिर भी चट्टान के साथ चिपकी रही।

मुच्छैल ड्राइवर ने आगे बढ़कर बुढ़िया का हाथ पकड़ लिया। बुढ़िया और मुच्छैल ड्राइवर में तू-तू, मैं-मैं होने लगी।

फिर इंजीनियर साहब ने कुछ कहा। एक बूढ़े आदमी ने हाथ जोड़ दिये। लाठीवाला आदमी टेढ़ा खड़ा हुआ। एकटक साहब के मुँह की ओर घूरने लगा। लड़की ने मौका देखा, चट्टान को छोड़, लपककर सड़क पर नीचे की ओर भागने लगी। लाठीवाला उसके पीछे भागा। बुढ़िया चिल्लाई। मुच्छैल ड्राइवर ने आगे बढ़कर लाठीवाले की लाठी पकड़ ली। बुढ़िया चिल्लाई और दायाँ हाथ पसार-पसारकर गालियाँ बकने लगी। वह भी कुछ कदम लड़की के पीछे भागी, पर हाँफती हुई लौट आई। लड़की आँखों से ओझल हो चुकी थी।

"तू कौन है बीच में पड़नेवाला?" बुढ़िया ने चिल्लाकर ड्राइवर से कहा, "तू यार है इस हरजाई का?"

इंजीनियर की पत्नी ने कानों पर हाथ रख लिये। इंजीनियर साहब अब फिर कुछ बोल रहे थे। बड़े आदमी हमेशा धीमी आवाज में बोलते हैं। इससे सभी चुप हो जाते हैं। बूढ़े ने फिर हाथ बाँध लिये, पर बुढ़िया चुप नहीं हुई, "साहबजी, यह मेरी बहू है; मैं इसे जहर दूँ, मारूँ, पीटूँ, जो चाहूँगी करूँगी। किसी का कोई मतलब नहीं बीच में पड़ने का।"

इंजीनियर साहब ने अब की बार कड़ककर कुछ कहा। लाठीवाला और मुच्छैल एक-दूसरे से अलग हो गए और एक-दूसरे को घूरते इंजीनियर साहब की ओर लौट आए। इंजीनियर साहब की आवाज फिर धीमी हो गई। बूढ़ा आदमी अभी भी हाथ बाँधे खड़ा था। न जाने वे क्या कह रहे थे! पर थोड़ी देर बाद जब लौटकर आने लगे तो तीनों-के-तीनों पड़ाव की ओर लड़की के पीछे जाने के बजाय गाँव की ओर जा रहे थे। बुढ़िया अभी भी बुरा-भला कहे जा रही थी।

जीप फिर रवाना हो गई। मुच्छैल ड्राइवर, जो कुछ-कुछ हाँफ रहा था, खुद ही बोलने लगा, "हुजूर, यह पहली बार नहीं हुआ है। इस लड़की ने पड़ाव पर चाय की दुकान लगाई है। ये लोग हर तीसरे-चौथे दिन आ धमकते हैं, इस बेचारी के पैसे छीन ले जाते हैं, चूल्हा-बर्तन तोड़ जाते हैं।"

पर बात इंजीनियर की पत्नी की समझ में नहीं आई, "कौन है यह?...और वह बुढ़िया कौन थी?"

"वह उसकी सास है हुजूर! इसी का बेटा सड़क पर मजूरी करता था और चट्टान गिरने पर मारा गया था। अब ये लोग इसे किसी बूढ़े के घर बिठाना चाहते हैं, पर यह नहीं मानती। इसका चाचा यहाँ पड़ाव पर चपरासी है। बहुत बूढ़ा आदमी है, उसी के पास रहती है और चाय की दुकान करती है।"

"इतनी उजाड़ में ये लोग कैसे रहते हैं? किसी-न-किसी दिन ये लोग जरूर इस लड़की को उठा ले जाएँगे।" इंजीनियर की पत्नी ने पेशीनगोई कर दी।

ढलान उतरते हुए जीप ने एक तीखा मोड़ काटा और सामने पड़ाव की झलक मिली। धूप में तीन लकड़ी के खोखे सहसा चमक उठे। खोखों से हटकर थोड़ी दूर पर एक लम्बा पुल था और पुल के दूसरी ओर कुछेक लारियाँ खड़ी थीं। खोखों के तख्ते बिलकुल नए थे। पहली बारिश से अभी तक भीग नहीं पाए थे। लगता था, अभी-अभी रन्दा किए गए हैं। उनसे चीड़ के पेड़ों की गन्ध आ रही थी। खोखों की दीवारें अभी धुएँ से काली नहीं पड़ी थीं।

नई सड़क—मानव-इतिहास की अनगिनत लीकों में से एक लीक—अपने दूसरे छोर तक जा पहुँची थी और पड़ाव तक पहुँचते-पहुँचते अपना अस्तित्व खोने लगी थी।

जीप पड़ाव पर नहीं रुकी। खोखों को पीछे छोड़ती हुई पुल पर जा पहुँची और पुल पार कर बड़ी सड़क पर चलने लगी। इंजीनियर साहब को अपनी नोट-बुक में अभी बहुत-कुछ दर्ज करना था। बड़ी सड़क चिकनी थी, सधी हुई, हमवार और नई सड़क से कहीं ज्यादा चौड़ी। जीप उस पर अभी दो-एक मील ही जा पाई होगी जब इंजीनियर साहब ने रुकने का हुक्म दिया और फिर नोट-बुक लेकर उतर गए।

इंजीनियर की पत्नी का दिल देर तक धक्-धक् करता रहा था। अब वह फिर ऊबने लगी थी। कुछ भी मजा नहीं आया। वह लड़की कहाँ है? कहीं होगी, हमारी बला से! मर्दों का काम कितना नीरस होता है! अब ये कब लौटेंगे? उसकी आँखों के सामने फिर काला मुर्ग घूम गया। छड़ी की नोक उसके साथ सटाकर, गुल्ली-डंडे की मुद्रा में इंजीनियर उसे सड़क के पार फेंक रहा था...इंजीनियर साहब चौड़े सूखे नाले को देखते हुए जाने क्या लिखे जा रहे थे!

दोपहर ढलते जीप ने मुँह फेरा और घर की ओर जाने लगी, पर पड़ाव पर आकर रुक गई। इंजीनियर साहब को पड़ाव का भी मुआइना करना था। आगे-आगे इंजीनियर साहब, हाथ में काली नोट-बुक थामे, पीछे-पीछे थकी-हारी उनकी पत्नी, सबसे पीछे मुच्छैल ड्राइवर आस्तीनें चढ़ाए हुए।

"चाय पियो जी!" एक पतली-सी आवाज सुनाई दी

इंजीनियर की पत्नी ने घूमकर देखा। एक खोखे के चबूतरे पर वही लड़की खड़ी थी। दोनों हाथ मिट्टी से सने थे। चेहरे पर अभी भी खून के धब्बे थे, कुर्ते पर खून के छींटे अब काले पड़ने लगे थे।

"एक मिनट में तैयार हो जाएगी जी, पानी खौल रहा है।" उसने चहक कर कहा।

इंजीनियर की पत्नी ठिठक गई। देर तक उसकी आँखें लड़की पर लगी रहीं। दाएँ घुटने से लड़की की सलवार फट रही थी, बाजुओं पर खरोंचें थीं। पीछे खोखे का चबूतरा टूटा पड़ा था, खँडहर-सा जान पड़ता था। एक पीतल की परात चबूतरे के बीचोबीच औंधी पड़ी थी। तीन-चार प्याले—कुछ टूटे हुए, कुछ साबुत—बिखरे पड़े थे। दीवार के साथ लगा चूल्हा मिट्टी का ढेर लगता था। पर उसके साथ ही तीन ईंटें जोड़कर नया चूल्हा बना लिया गया था और उस पर रखी केतली की टोंटी से भाप निकल रही थी।

"बैठिए न, सत् भाग हमारे! मैं एक मिनट में चाय आपको पिलाती हूँ।"

"चाय पियोगी?" इंजीनियर ने पत्नी से पूछा।

पत्नी ने नाक चढ़ाई, पर साथ ही सिर हिलाकर हामी भर दी, 'पी लेते हैं।' उसकी आँखें काले चश्मे के पीछे से अभी भी लड़की को देखे जा रही थीं।

लड़की लपककर चबूतरे पर से उतरी और बगलवाले खोखे के सामने पड़ी लकड़ी की बेंच उठा लाई।

"बैठिए जी! कैसी चाय पिएँगी बीबीजी—पचास मीलवाली या सौ मील वाली?"

इंजीनियर की पत्नी ने अपने पति की ओर देखा।

मुच्छैल ड्राइवर पीछे खड़ा था, सहसा हँस पड़ा। वहीं खड़े-खड़े बोला, "यह सौ मील का फासला है कहाँ, जो सौ मील की चाय पिलाओगी?"

लड़की सकुचा गई। "मैं क्या जानूँ वीरजी, यहाँ आपके ही ड्रैवल भाइयों के मुँह से सुना, मैं भी कहने लगी।" और शरमाते हुए दुपट्टे का छोर मुँह में दबा लिया।

"कॉफ़ी है तुम्हारे पास?" इंजीनियर की पत्नी ने पूछा।

"बहुत है जी!" लड़की ने झट से कहा और चाय की पुड़िया उठा लाई। 'देखिए तो, भरी हुई है।"

मुच्छैल हँस दिया।

"काफी नहीं, कॉफी! मेम साहिबा कॉफी पीना चाहती हैं। कहती है, चाय काफी है।"

लड़की फिर हत्बुद्धि-सी मुच्छैल की ओर देखने लगी। पति-पत्नी बेंच पर बैठ गए।

"कब से दुकान खोली है?" इंजीनियर साहब ने पूछा।

"अभी तो मुश्किल से पन्द्रह दिन हुए हैं जी! सड़क नई है न जी, अभी-अभी चालू हुई है।" फिर चहककर बोली, "मेरे चाचाजी यहाँ चपरासी हैं जी, आज पेंशन लेने तहसील गए हैं, उन्हीं का खोखा है जी, पर होटल मैं चलाती हूँ।"

टूटे चबूतरे के बारे में होटल शब्द सुनकर दोनों पति-पत्नी मुस्कुरा दिये।

इंजीनियर की पत्नी अभी भी उसके चेहरे की ओर देखे जा रही थी।

"यहाँ अकेले में तुझे डर नहीं लगता?"

"डर क्यों नहीं लगता बीबीजी, बहुत डर लगता है। रात को तो मैं खोखे से बाहर भी नहीं निकलती हूँ।"

लड़की झट से प्याले उठा-उठाकर अपने सामने रखने लगी।

"काम तो तू बड़ी फुर्ती से करती है!"

"मैं झट से चाय बना देती हूँ बीबीजी! चाचा कहता है, इतनी फुर्ती तुझमें कहाँ से आ जाती है चमेली? मैं कहती हूँ, पेट करवाता है चाचा, सब पेट करवाता है।"

चमेली बीस-बाईस बरस की रही होगी, शब्दों का तौल-माप अभी नहीं सीख पाई थी।

इंजीनियर की ओर मुखातिब होकर बोली, "सुना है, साहबजी, कहीं पर पुल बनेगा और यह सड़क बन्द हो जाएगी?"

"पुल तो बनेगा पर सड़क बन्द नहीं होगी।"

लड़की ने झट हाथ जोड़ दिये।

"सड़क बन्द नहीं करना हुजूर, इसी के आसरे हम जी रहे हैं।"

"तुम्हारा क्या ठिकाना! वे लोग तुम्हें एक दिन पकड़कर ले गए तो क्या करोगी?"

"वे तो आते ही रहते हैं जी! देखो, मेरे कपड़े फाड़ दिये। मेरे सारे बदन पर लासे पड़ गए। मगर मुझे यहाँ से ले जाएँ तो देखूँ! एक बार ले भी गए थे, झूठ क्यों बोलूँ और भूसेवाली कोठरी में दो दिन बन्द भी रखा था। पर मैं फिर भाग आई।" लड़की बच्चों के-से विजयोल्लास में बोली।

"तुझे डर नहीं लगता?"

"पहले लगता था जी, अब नहीं लगता, झूठ क्यों बोलूँ!...आप भी चाय पियोगे वीरजी?" उसने बड़े आदर-भाव से मुच्छैल को सम्बोधित किया। पर मुच्छैल चुपचाप पीछे खड़ा रहा, फिर लड़की चहककर बोली, "जब भी वे आते हैं तो पड़ाव के लोग या मेरे ड्रैवल-वीर मुझे छुड़ा लेते हैं। सभी मेरी मदद करते हैं जी! सभी मुझसे कहते हैं—चमेली, दुकान कभी नहीं छोड़ना, तेरा यहाँ काम चल जाएगा। तू पड़ाव की बहू है!" लड़की ने फिर बड़े गर्व से कहा।

जीप चली तो लड़की के हाथ फिर मिट्टी से सने थे और वह टूटे चबूतरे की मरम्मत में लग गई थी। उसे लाठी के प्रहारों के लिए फिर से तैयार करने लगी थी।

नई-नवेली सड़क फिर आँख-मिचौनी खेलने लगी। कभी एक मोड़ के पीछे से झाँकती, कभी दूसरे मोड़ के पीछे से। झबरैला कुत्ता फिर जीप की अगवानी करने आया और दूर तक सड़क के बीचोबीच भागता रहा, पर अब की बार जल्दी ही जान बचाने के लिए पहाड़ी पर चढ़ गया और दो-एक बार भूँका भी। अब की बार गाँव की झलक नहीं मिली। उतरते सायों में वह चुपचाप कहीं खो गया था, फिर जीप सुनसान बियाबानों को लाँघने लगी। पर अब वे इतने अपरिचित नहीं लगते थे। किसी-किसी वक्त आकाश में उड़ती, एक-दूसरी का पीछा करती पेंडुकियों के पंख झिलमिला जाते, अब उनकी झिलमिलाहट में लालिमा का पुट था। जीप पूरी रफ्तार से घर की ओर भागी जा रही थी। इंजीनियर और उसकी पत्नी दोनों ऊँघ रहे थे।

सिर का सदका

आखिर बात किसी ठिकाने पर आई। मुहल्ले के कुछ संजीदा लोग इकट्ठे हो पाए। सच पूछो तो यह टोकरे में चूजे इकट्ठे करनेवाली बात थी—एक को पकड़ो, दूसरा भाग जाता था।

"भाइयो, सोच-समझकर इस काम में हाथ डालो," वकील साहब बैठक शुरू होते ही कहने लगे, "औरतों के मामले बड़े नाजुक होते हैं। आप लोगों के इरादे बड़े नेक हैं, लेकिन आप कोई ऐसा काम न करें जिससे बाद में शर्मिन्दगी उठानी पड़े।..."

संजीदा, उम्ररसीदा लोग बड़े ध्यान से वकील साहब की बात सुनते रहे, पर धर्मवीर से नहीं रहा गया। उछलकर खड़ा हो गया। जवान जो ठहरा! युवक समाज का कारकुन भी रह चुका था। इज्जत को हथेली पर लिये घूमता है।

"अगर आप लोग कुछ नहीं करना चाहते, तो मत कीजिए। मैं तो ठेकेदार के घर के सामने धरना दूँगा। फिर जो होगा, देखा जाएगा।"

सभी चुप। बड़ा जोश था उसकी जबान में। ठुड्डी बार-बार काँप जाती थी।

"तुम्हारा खून गर्म है दोस्त," वकील साहब ने बैठे-बैठे मुस्कुराकर कहा, "पर यह बताओ, अगर ठेकेदार ने अपनी औरत को घर से निकाल दिया तो तुम उसके ठौर-ठिकाने का बन्दोबस्त कर दोगे?" फिर हमारी ओर बड़प्पन के अन्दाज में देखकर बोले, "बच्चोंवाली बात! मामले कभी यों भी सुलझे हैं? तुम बड़े समझदार हो, तुम्हारे दिल में सच्चा दर्द है, पर तुमने दुनिया नहीं देखी है। वह काम करो जो निभ सके। उस औरत को बेघर नहीं करो।"

चर्चा चल रही थी, ठेकेदार की बीवी की। ठीक-ठीक कहें तो ठेकेदार की बड़ी बीवी ईशरो की, क्योंकि ठेकेदार की दो बीवियाँ थीं और तीन-चार साल पहले जब से वह हमारे मुहल्ले में रहने आया था, एक नाटक-सा चल रहा था। सभी की जबान पर इसी के घर की चर्चा रहती और छज्जों पर से क्या और झरोखों में

से क्या, औरतों की आँखें उसी के आँगन पर जमी रहतीं। भूले-भटके कोई बिल्ली भी ठेकेदार के घर में से निकल जाए तो मुहल्ले-भर को खबर हो जाती थी। कारण, मुहल्ले में दो बीवियोंवाला आदमी और कोई नहीं था।

यों ठेकेदार के घर के रहस्य जानने की किसी को विशेष चेष्टा नहीं करनी पड़ी। मुहल्ले में आने के दूसरे दिन से ही ठेकेदार की बड़ी बीवी ईशरो, चाबियाँ खनकाती, मटक-मटककर पास-पड़ोस के घरों में जाने और मुहल्ले की औरतों से मेल-मिलाप बढ़ाने लगी थी।

एक दिन ईशरो हमारे घर भी आई और चौके में घंटा-भर पत्नी के साथ बतियाती रही। जब गई तो मेरी पत्नी हँसकर मुझसे कहने लगी, "बड़ी बेशर्म है ईशरो! जानते हो, क्या कहती थी?"

मैंने अखबार पर से सिर उठाया।

"कहती थी, ठेकेदारजी दिल की तरफ मुझे लिटाते हैं और दूसरी तरफ मेरी सौत को। सबसे ज्यादा प्यार तो मुझे ही करते हैं।"

मुझे और तो कुछ नहीं सूझा, मैंने पत्नी को सावधान कर दिया, "तू इसकी बातें सुन छोड़ा कर। अपनी तरफ से कुछ नहीं कहना। हमारे लिए दोनों पड़ोसिनें हैं।"

"मुझे तो घर की चाबियाँ भी दिखा गई है," पत्नी कहने लगी, "कहती थी, 'मैं ही घर चलाती हूँ।' पर मेरे मुँह से निकल गया, 'क्लब-पार्टियों में तो ठेकेदार साहब पद्मा को साथ ले जाते हैं, तुम्हें नहीं ले जाते।' कहने लगी, 'ठेकेदारजी तो मेरी मिन्नतें करते हैं,' पत्नी, ईश्वरो की नकल लगाकर कहने लगी, 'पर मैं कहती हूँ, आपके सिर का सदका, मैं बहुत-कुछ खा-पहन चुकी हूँ। मैं घर में ही बैठी खुश हूँ, आप मेरी चिन्ता नहीं करें।' "

मैंने फिर पत्नी को सावधान करना चाहा कि अपनी ओर से कोई ऊँची-नीची बात न कहे, तो पत्नी हाथ झटककर बोली, "छोड़िए जी, आप यों ही डरते रहते हैं। मैं तो उसे कुछ भी नहीं कहती। कुमार की घरवाली तो कल उसका मजाक उड़ा रही थी। कहती थी, 'अब मुँह पर सुर्खियाँ लगाने का क्या लाभ! जो पहले लगाई होतीं तो सौत ही घर में नहीं आती।' " फिर पत्नी कुछ देर तक ठिठकी, कुछ सोचती रही और फिर हाथ झटककर बोली, "अन्दर की भगवान जाने, पर लगता तो यही है कि ठेकेदार ने बेटा लेने के लिए ही दूसरा ब्याह किया है।"

यों देखने में तो ठेकेदार की दोनों पत्नियाँ ही बदसूरत थीं, पर ईशरो फिर भी कुछ बेहतर थी। छोटी तो बिलकुल सूखी हुई, पतली छड़ी के समान थी। बाल कटवाने से तो उसका चेहरा और भी लम्बूतरा निकल आया था। पर जो चीज़ उसे कुदरत से नहीं मिल पाई थी, उसे वह नाज-नखरे से, रंग-रोगन से और थोड़ी-बहुत अंग्रेजी की गिटमिट से पूरा कर लेती थी। पर एक बात में वह जरूर बढ़-चढ़कर थी, वह जवान थी, और ईशरो की जवानी कब से ढलने लगी थी। छोटी अक्सर घर

के अन्दर ही बनी रहती, गली-मुहल्ले में बहुत कम किसी के घर जाती थी—न मालूम, झेंप के कारण या अकड़ के कारण, या इस कारण कि उसका पैर भारी हो रहा था। पर ईशरो हर दोपहर किसी-न-किसी के घर जा पहुँचती।

उन दिनों डॉक्टर कुमार के घर औरतें सत्संग लगाया करती थीं, वहाँ भी ईशरो पहुँचने में नहीं चूकती थी और चार बजते-बजते, चाबियाँ खनकाती उठ खड़ी होती।

"अब चलूँगी बहनजी, चाय का वक्त हो गया है।"

कभी-कभी पड़ोसिनें ईशरो को आग्रह से रोक लेतीं, "बैठो न ईशरो, आज छोटी चाय बनाकर पिला देगी।"

"हाय-हाय, वह बेचारी क्या चाय बनाएगी!" ईश्सरो कहती, "ये मुझसे कहते हैं, 'ईशरो, और जो चाहे करना, चूल्हा-चौका नहीं छोड़ना, नहीं तो घर बरबाद हो जाएगा।'"

इस पर कोई औरत चुटकी लेकर कहती, "ईशरो, छोटी ने तो बाल कटवा लिये हैं, बड़ी फैशनेबल बन गई है, तू भी कुछ फैशन किया कर न!"

इस पर इशरो कहती, "आपको क्या बताऊँ बहनजी, ये उस दिन पाँच साड़ियाँ ले आए। कहने लगे, 'इशरो, तीन तेरे लिए और दो छोटी के लिए लाया हूँ। तुम्हें मेरे सिर की कसम, इनकार नहीं करना।' मैंने कहा, 'हाय-हाय जी, कसम क्यों खाते हो! ऐसी भड़कीली साड़ियाँ पहनने की क्या मेरी उम्र रह गई है!' मैंने सब-की-सब छोटी को दे दीं।"

"बड़ी खुशकिस्मत हो ईशरो, आजकल के जमाने में ऐसे खाविन्द कहाँ मिलते हैं!"

और जब ईशरो चली जाती तो मुहल्ले की स्त्रियाँ उसकी पीट-पीछे हँसतीं, उसकी नकलें उतारतीं। मुँडेर, झरोखे और खिड़की से प्राप्त होनेवाली आँखों-देखी बातों के आधार पर तरह-तरह के क़यास लगातीं, चटखारे ले-लेकर ईशरो की खिल्ली उड़ाया करती थीं।

कुछ ही दिन में यह बात सभी को पता चल गई कि ईशरो की सौत उसकी अपनी ही छोटी बहन है।

"अच्छा, ईशरो, यह तो बताओ, ठेकेदारजी इतने अच्छे हैं, तुम्हें दिल की रानी मानते हैं, तो फिर यह सौत क्यों ले आए?"

"हाय-हाय, बहनजी, वे कहाँ लाए, लाई तो मैं हूँ। बहनजी, आँखों के सामने वंश का बीज नाश होता कौन देख सकता है? कुछ न होगा तो ये मुझे पच्चीस डॉक्टर-हकीमों के पास ले गए होंगे। बम्बई क्या और कलकत्ता क्या, हमने कोई शहर छोड़ा था? पर नसीब खोटे हों तो कोई क्या करे? ये घर आते तो गुप-चुप, मुँह लटकाए बैठ जाते। मैं कहूँ—हाय, इनके दिल को कैसा घुन लग गया है!

अन्दर-ही-अन्दर गलते जाते थे। इनका चेहरा ऐसा लाल हुआ करता था, ऐसा लाल कि मैं आपको क्या बताऊँ! जैसे काबुली अनार हो! एक बार मैंने इनसे कहा, 'आप दूसरी शादी क्यों नहीं कर लेते,' तो ये रो पड़े। कहने लगे, 'मैं तेरी छाती पर सौत बिठाऊँ? मैं डूबकर मर न जाऊँ? दस साल जिन्दगी के तेरे साथ बिताए हैं, अब तुझे कुएँ में झोंक दूँ?' मैंने कहा, 'हाय जी, आपके सिर का सदका, घर में बेटा होगा तो मेरी भी तो गोद भर जाएगी, घर में उजाला होगा। मुझसे आपका यह चेहरा नहीं देखा जाता।' पर ये मानते ही नहीं थे। उन दिनों मेरी छोटी बहन मेरे पास आई हुई थी। दसवीं जमात का इम्तहान देकर आई थी। एक रात मुझे खट से खयाल आया, पद्मा को ही मैं क्यों न घर में ले आऊँ? बहन के बेटा हुआ तो मेरा ही तो बेटा होगा। पर ये फिर भी नहीं माने, बड़ी देर तक न-न करते रहे। दुनिया क्या कहेगी, घर-बिरादरीवाले थू-थू करेंगे, पर मैंने इनका दिल मजबूत किया। मैंने कहा, दुनियावाले किसी से खुश भी हुए हैं? मैंने हजारों बार कसमें खाईं, वास्ते डाले, तब जाकर ये कहीं माने।"

पड़ोस में रहते हुए वक्त गुजरता पता नहीं चलता। कुछ ही महीने बीत पाए होंगे कि ठेकेदारजी के घर के सामने बैंड बाजा बजने लगा, और मुहल्लेवाले लपक-लपककर अपने छज्जों पर आ गए और औरतें झरोखों और खिड़कियों से जा चिपकीं। सर्दी का मौसम था, बाहर कोहरा था और धुन्ध छाई थी। तीन आदमी, बिना वर्दी के, सर्दी में ठिठुरते खड़े थे और ढोल बजा रहे थे। ठेकेदार के घर बेटा हुआ था। उसी दिन ईशरो घर-घर जाकर समाचार देने लगी, "पूरा सात पौंड का है बहनजी, गोरा-रूँ है, बिलकुल ठेकेदारजी की मूरत है, हाथ लगाओ तो मैला होता है।"

पर बेटे के जन्म के बाद ईशरो का लोगों के घरों में जाना बहुत-कुछ कम हो गया। इसके विपरीत छोटी, अन्दर-बाहर ज्यादा नजर आने लगी। दोपहर को नई, चमकती बग्घी में, बच्चे को हवाखोरी के लिए ले जाती। कोई घर में आता तो छमछम करती, नाचती हुई-सी बाहर उससे मिलने आती।

कभी ईशरो मिल जाती तो औरतें उससे पूछतीं, "ईशरो, अब तो दर्शन भी दुर्लभ हो गए हैं!" तो जवाब में ईशरो कहती, "फुरसत ही नहीं मिलती बहनजी, छोटे बच्चे का काम क्या कम होता है? रात-परभात जागना पड़ता है। मैं पद्मा को कुछ भी नहीं करने देती। मैं उससे कहती हूँ, घर में और हजारों काम हैं पद्मा, तू वे कर ले, पर बच्चे का काम मैं खुद ही करूँगी। तरस-तरस के बच्चा लिया है, लापरवाही तो नहीं की जा सकती!"

बेटे के जन्म के कुछेक महीने बाद एक दिन मेरी पत्नी हाँफती हुई मेरे पास आई, "ठेकेदार तो यहाँ से चला गया है। छोटी बीवी और बच्चे को साथ ले गया है। ईशरो पीछे अकेली रह गई है।"

मुहल्ले की औरतों में चेमेगोइयाँ होने लगीं। ''हमें तो पहले ही मालूम था,'' एक कहती, ''छोटी तो पहले ही उसके साथ नौकरानियों जैसा सुलूक करती थी। इसमें छिपा क्या है! और अब तो उसके बेटा हो गया है।''

दूसरी कहती, ''इसने खुद अपने पाँव पर कुल्हाड़ी मारी है। जो अपनी सौत को बड़ा मान लेती तो घर में जैसे-तैसे बनी रहती। यह सबके सामने चाबियाँ खनकाती फिरती थी। अब ले मजा!''

ठेकेदार के चले जाने के बाद ईशरो फिर कुछ-कुछ बाहर नजर आने लगी। कोई पूछता तो कहती, ''मेरी तो मिन्नतें करते थे बहनजी, कहते थे—चल, तुझे पहाड़ों की सैर कराऊँगा। पर मैंने कहा, जी, आपके सिर का सदका, मैंने बहुत-कुछ देख लिया है—कलकत्ता, बम्बई। मैंने क्या नहीं देखा?''

मुहल्लेवालों ने समझा कि बेटे की खुशी में ठेकेदार अपनी पत्नी को सैर कराने पहाड़ ले गया होगा, लेकिन जब महीनों बीत गए और वह नहीं लौटा और इधर ठेकेदार का घर भी वीरान-सा नजर आने लगा—कभी-कभार ही अब ईशरो नजर आ पाती थी—तो मुहल्लेवालों को खटका हुआ। यों तो ठेकेदार के घर की चर्चा पहले से बहुत-कुछ मन्द पड़ चुकी थी।

रात को खाना खा चुकने के बाद मुहल्ले के बाबू पाजामे पहने, मुहल्ले की सड़कों पर अपनी पत्नियों के साथ हल्की-हल्की चहलकदमी करते हैं। एक-एक जोड़ा घर में से निकलता है तो हौले-हौले सड़क के किनारे-किनारे चलता हुआ, दूसरी सड़क पर से घर लौट आता है। ईशरो के घर के सामने से गुजरते हुए बिरला ही कोई ऐसा जोड़ा होगा, जो ईशरो की चर्चा नहीं करता हो। लगभग सभी को ही ईशरो के व्यवहार में दोष नजर आता। ईशरो के घर में केवल पिछले आँगन में बिजली जलती थी और वह भी मद्धिम-सी। सामने के दरवाजे सदा बन्द रहते थे। लोगों के साथ उनका मेल-मिलाप खत्म हो चुका था।

पर एक दिन शाम के वक्त कुमार की बीवी की अचानक ईशरो से भेंट हो गई। पिछली गली में, दो-एक रोटियाँ और सालन की कटोरी आँचल से ढँके, ढाबे की ओर से आ रही थी। कुमार की बीवी को देखकर ठिठक गई। पूछने पर कहने लगी, ''क्या करूँ बहनजी, घर खाली छोड़कर कैसे जाऊँ? सात कमरोंवाला घर है, कुछ नहीं तो दस हजार का फर्नीचर ही होगा। कमरे सामान से ठसाठस भरे हैं और शहर ऐसा है, आए-दिन चोरियाँ होती हैं।'' कहते हुए ईशरो की आँखें झुक गईं।

सुनते हुए कुमार की पत्नी का दिल भर आया—कुछ ईशरो की तार-तार साड़ी को देखकर, कुछ उसकी धँसी आँखों को देखकर। उससे नहीं रहा गया, उसने ईशरो को बाँहों में भर लिया और दूसरे क्षण ईशरो फफक-फफककर रोने लगी। कुमार की पत्नी भी रोने लगी और ईशरो के ना-ना करते हुए भी उसके पीछे-पीछे उसके घर के अन्दर चली गई।

बात यों तो किसी से भी छिपी नहीं थी, लेकिन मुहल्लेवालों ने स्थिति का नग्न रूप पहले कभी नहीं देखा था। असबाब से ठसाठस भरी कोठरियाँ सचमुच बन्द थीं और उन पर मोटे-मोटे सिक्के के ताले चढ़े थे। पर जिस कमरे में ईशरो रहती थी, वहाँ एक खाट, नुक्कड़ में रखे पानी के एक घड़े और दीवार के साथ फर्श पर रखी छोटी-सी सन्दूकची को छोड़कर चौथी चीजें नहीं थी। बात औरतों के हल्के में से निकलकर मर्दों के हल्के में पहुँची, सभी को ईशरो की स्थिति पर बड़ा खेद हुआ, मगर किसी की भी समझ में यह नहीं आ पाया कि किया क्या जाए!

साल-भर बाद अचानक ईशरो के घर के सामने एक टैक्सी रुकी और ठेकेदार, उसकी पत्नी और बेटा बाहर निकले। मुहल्ले में खबर बिजली की तरह फैल गई कि ठेकेदार लौट आया और शीघ्र ही पता चल गया कि वह अपने बेटे का मुंडन करवाने आया है।

धर्मवीर फिर कुर्सी पर से उछलकर खड़ा हो गया, ''मिन्नत-समाजत से ठेकेदार को कुछ करना होता तो वह कब का कर चुका होता। चार बुजुर्गों ने उसे खत लिखा कि ईशरो का महीना बाँध दो, लेकिन क्या उसने कोई जवाब दिया? कल तहसीलदार साहब उससे मिलने गए, क्या कुछ बना? हाँ-हाँ, हूँ-हूँ में सब टाल गया। मैं आपसे कहे देता हूँ, ठेकेदार बेटे का मुंडन करके फिर ईशरो को यहीं फेंक जाएगा और हम लोग मुँह देखते रह जाएँगे।''

''फिर तुम चाहते क्या हो?''

''मैं कहता हूँ, कल उसके घर मुंडन पर मुहल्ले का एक आदमी भी नहीं जाए। अपने-आप सीधा हो जाएगा। मुहल्लेवालों के साथ वह नहीं बिगाड़ सकता।''

मामले को बिगड़ता देखकर वकील साहब फिर बीच में बोल उठे, ''देखो भाइयो, मैं फिर आपसे इल्तज़ा करूँगा, औरतों के मामले बड़े नाज़ुक होते हैं, समझ-बूझकर उसमें हाथ डालें। काम को बिगाड़ना आसान होता है, बनाना मुश्किल।''

और धर्मवीर ने फिर उछलकर कहा, ''देखा जाएगा। हम यह जुल्म नहीं होने देंगे। कोई खालाजी का घर है, क्या अदालतें मर गई हैं? क्या सरकार मर गई है कि सारे मुहल्ले के सामने वह एक बेबस औरत को मिट्टी में रौंद डाले और हमारे कान पर जूँ तक नहीं रेंगे?''

लोग धर्मवीर की बात पर भी सिर हिलाते रहे और जब वकील साहब संजीदगी से कहते कि देखो, ठेकेदार पैसेवाला आदमी है, रख-रखाववाला आदमी है, उसने कुछ नहीं तो बीसियों सरकारी अफ़सरों को मुंडन पर बुला रखा होगा, ऐसी बात करो जो निभ पाए, तो भी वे सिर हिलाते रहे। जुल्म तो है ही और कुछ करना भी बनता है, मगर क्या किया जाए! तहसीलदार साहब ने सुझाव दिया कि ठेकेदार साहब से फिर मिलो, आज शाम ही मिलो। कुमार ने इसमें संशोधन किया कि आज

नहीं, मुंडन के बाद मिलो। इसी पर देर तक बहस होती रही। कोई भी फैसला नहीं हो पाया, यहाँ तक कि लोग उठ-उठकर जाने लगे। वकील साहब भी उठकर कोने में अपनी छड़ी ढूँढ़ने लगे।

तब धर्मवीर ने गरजकर कहा, "अच्छी बात है, हम भी देख लेंगे। कल अगर कोई माई का लाल ठेकेदार के घर पहुँचा तो मेरी लाश पर से होकर पहुँचेगा। हम उसके घर के सामने धरना देंगे। देखेंगे, कौन अन्दर घुसता है!"

सन्नाटा-सा छा गया। सभा बरखास्त हो गई और लोग सिर झुकाए अपने-अपने घर जाने लगे। बाहर आँगन में से एक बार फिर वकील साहब की आवाज गूँजती हुई-सी आई, "इस वक्त बड़ी बढ़-बढ़कर बातें कर रहे हो धर्मवीर, कल पूछूँगा।" और फर्श पर छड़ी पटकते हुए घर के बाहर चले गए।

दूसरे दिन सुबह मुहल्ले में सचमुच बड़ा तनाव था। लोग खिड़कियों, झरोखों और मुँडेरों पर से झाँक रहे थे कि क्या होगा और निश्चय नहीं कर पा रहे थे कि ठेकेदार के घर जाएँ या न जाएँ।

धर्मवीर तड़के ही अपने छह-सात साथियों को लेकर ठेकेदार के घर के नजदीक पहुँच गया और सड़कों के नाकों पर अपने आदमी तैनात कर दिये, ताकि वे दूर से ही लोगों को ठेकेदार के घर की ओर जाने से रोक दें और खुद ठेकेदार के घर से कुछ हटकर, सड़क के पार, कुमार साहब के घर के फाटक के पास जा खड़ा हुआ।

पर सच पूछें तो अन्त में वही कुछ हुआ जो वकील साहब ने कहा था। मुंडन हुआ, खूब बाजे-गाजे के साथ, मुहल्ले के सभी लोग पहुँचे, यहाँ तक कि आप मानेंगे नहीं, धर्मवीर भी पहुँचा और सभी ने बच्चे के सिर पर हाथ भी फेरा और बधाइयाँ भी दीं और ठेकेदार के साथ बढ़-बढ़कर हाथ भी मिलाए।

हुआ यह कि ऐन आठ बजे के करीब बाजेवाले आए और ठेकेदार के घर के सामने बाजा बजने लगा। बहुत सुन्दर शामियाना सड़क के आरपार पहले से तान दिया गया था और ऐन उसी वक्त ठेकेदार के घर का दरवाजा खुला और छम-छम करती ईशरो बाहर निकली—बसन्ती रंग की रेशमी जड़ाऊ साड़ी पहने थी और खूब बनी-ठनी, कन्धों पर पशमीने की लाल रंग की शॉल ओढ़े थी। उसके पीछे-पीछे एक छोटा-सा नौकर, कन्धे पर चाँदी की थाली रखे, जो लाल रंग के रेशमी रूमाल से ढँकी थी, बाहर आया। दोनों घर का आँगन लाँघकर सड़क पर आ गए। क्षण-भर के लिए ईशरो ठिठकी, वह निश्चय नहीं कर पा रही थी कि मुंडन पर आमंत्रित करने के लिए पहले किसके घर जाए। फिर वह कुमार साहब के घर की ओर चल दी।

"हाय-हाय," झरोखे के पीछे खड़ी कुमार की पत्नी ने होंठ काटकर कहा, "औरत का सबसे बड़ा दुश्मन औरत खुद ही तो है!"

अपनी खिड़की से चिपकी गिडवानी की बीवी ने भी होंठ काट लिये, ''हाय-हाय, बेचारी औरत जात, ठेकेदार ने दो शब्द प्यार के कहे होंगे और यह फिर मोम हो गई!''

कुमार के घर के सामने धर्मवीर ने जब ईशरो को देखा तो वह सकते में आ गया। उसकी ओर बस देखता रह गया।

''हमारा घर पवित्तर करने चलिए न, वीरजी, बरसों के बाद यह शुभ दिन आया है। हमने तरस-तरसकर बेटा लिया है, वीरजी, आप लोग इसके सिर पर हाथ नहीं रखेंगे तो कौन रखेगा?''

धर्मवीर के काटो तो खून नहीं। कभी ईशरो के मुँह की ओर देखता, कभी उसके छम-छम करते कपड़ों की ओर। आखिर बिना कुछ कहे-सुने, उसने हाथ जोड़े और धीरे-धीरे ठेकेदार के घर की ओर जाने लगा।

कुछ और साल

ढलती दोपहर के समय, धूप में नहाये विशाल आँगन में मोटरगाड़ी दाखिल हुई और फूलों की क्यारियों के किनारे-किनारे मोड़ काटती हुई, बरामदे की तीन सीढ़ियों के ऐन सामने खड़ी हो गई। मोटर के पहुँचते ही कोठी के अन्दर, अलग-अलग कमरों में बैठे घर के लोग जैसे हरकत में आ गए। कन्धे पर झाड़न लटकाए, रसोईघर में प्लेटों को पोंछते हुए शम्भू के हाथ तेज हो गए। बगलवाले छोटे कमरे में मँझले बेटे और उसके दोस्त, दोनों ने सिगरेट बुझा दी। एक तीसरे कमरे में, बरसों की आदत के मुताबिक बाबूजी की अधेड़ उम्र की पत्नी खाट पर से उतर आई। पिछले कमरे में पलंग पर लेटे-लेटे, बड़े बेटे की पत्नी ने मोटर की आवाज सुनकर उपेक्षा से करवट बदल ली।

"अब प्लेटों को छोड़ दे। तू प्याले लगा, इतने में पानी खौला जाता है। जल्दी कर, मैं साहब के पास जा रहा हूँ।" घर के दूसरे नौकर सीताराम ने कहा और बैठक की ओर भाग खड़ा हुआ।

"तुम बेशक जाओ माँ, अब बाकी मैं कर लूँगी। बाबूजी आ गए हैं।" ट्रंक में कपड़े रखते हुए बड़ी बेटी ने कहा।

"सीताराम चाय लगा देगा, मुझे क्या करना है?" माँ ने कहा, पर फिर भी धीरे-धीरे चलती हुई रसोईघर की ओर जाने लगी।

ड्राइवर के साथ आगे की सीट पर बैठा अर्दली लपककर नीचे उतरा और मोटर के पीछे की ओर से होकर उसने पिछली सीट का दरवाज़ा खोल दिया। सुपरिंटेंडेंट साहब मोटर में से निकले। हल्के सिलेटी रंग का सूट और सिर पर चुस्त सफेद पगड़ी पहने हुए थे। साहब के मोटर में से निकलते ही अर्दली भागकर बरामदे में जा पहुँचा और बैठक का दरवाजा खोलकर खड़ा हो गया।

सुपरिंटेंडेंट साहब का जिस्म गदराया हुआ था, पर मोटा नहीं था; चाल में स्थिरता थी, दबदबा था। उन्होंने बैठक में कदम रखा। दो कालीनोंवाली, दो सोफा-सेटोंवाली लम्बी-चौड़ी बैठक थी। सामने अन्दर को जानेवाले दरवाजे पर सीताराम पहले से खड़ा था।

"कोई टेलीफोन तो नहीं आया?" साहब ने सोफे पर बैठते हुए पूछा।

"नहीं हुजूर," सीताराम ने कहा और साहब के सामने कालीन पर बैठते हुए साहब के जूतों के फीते खोलने लगा। उसने साहब के बूट उतारे। फिर बाएँ हाथ की हथेली पर साहब का दायाँ पैर रखकर, दूसरे हाथ से उसे दबाया, फिर पैर की पाँचों उँगलियों को एक साथ दबाया। फिर मोजा उतारकर एक-एक उँगली को धीरे-धीरे मरोड़कर उनमें से थकान निकालने लगा। यह काम घर में केवल सीताराम करना जानता था—न साहब की पत्नी और न ही रसोई का दूसरा नौकर शम्भू। साहब के जूते उतरवाने, उनके कपड़े निकालने-रखने और उनका बिस्तर लगाने का काम केवल सीताराम करता था। पत्नी तो कब की निष्क्रिय हो चुकी थी। पुराने ढंग की अनपढ़ औरत, पति की तरक्की का साथ नहीं दे पाई। ज्यादा वक्त वह अपने कमरे में ही बनी रहती या फिर अपने मोटे शीशोंवाले मोटे चश्मे में से झाँकती, धीरे-धीरे चलती, एक कमरे में से दूसरे कमरे में निष्प्रयोजन घूमती रहती थी। पहले वही किचन चलाया करती थी, लेकिन एक दिन साहब ने उससे हिसाब लेकर नौकर के सुपुर्द कर दिया था, 'अब आगे से किचन में नहीं घुसना, सीताराम तुमसे ज्यादा अच्छी तरह हिसाब रख सकता है।'

सीताराम दूसरे पैर की उँगलियाँ मरोड़ने ही जा रहा था कि साहब ने पैर झटक दिया, "जाओ, स्लीपर लाओ।"

फिर पगड़ी और कोट उतारकर सीताराम को देते हुए, स्लीपर पहन खानेवाले कमरे में मुँह-हाथ धोने चले गए।

वहाँ दूसरा नौकर पानी का जग उठाए मौजूद था। साहब हाथों पर साबुन मल रहे थे कि उनकी नजर खूँटी पर पड़ी। जिस खूँटी पर तौलिया लटक रहा था, ऐन उसके साथवाली खूँटी पर एक नई फ़ैल्ट टोपी लटक रही थी। ग्रे रंग की फ़ैल्ट टोपी, जिस पर काले रंग का चौड़ा फीता लगा था।

"किसकी है?" साहब ने पूछा।

नौकर काँप गया। "छोटे साहब की है हुजूर, आज ही लाए थे, बहनजी को दिखा रहे थे।"

साहब ने चुपचाप साबुन से सना हाथ उठाया और खूँटी पर से टोपी उतारकर चिलमची में डाल दी।

"डालो पानी!" और साहब फ़ैल्ट टोपी के ऊपर अपने हाथ धोने लगे। फिर मुँह धोया, टोपी साबुनवाले पानी से तर-ब-तर होने लगी।

"इसे यहीं पड़ा रहने दो, अपने-आप उठा ले जाएगा," साहब ने हाथ पोंछते हुए कहा। "खाने का कमरा टोपियाँ टाँगने की जगह नहीं है।"

अर्दली मोटरगाड़ी में से रोज की तरह साहब का काला बक्सा निकाल ही रहा था, जब उसकी नजर फाटक के पास डोलते हुए किसी व्यक्ति पर पड़ी। क्षण-भर

के लिए अर्दली उसे देखता रहा—ब्राउन सूट और हाथ में पकड़े हैट के बावजूद अर्दली एक नजर से ही समझ गया कि कोई फरियादी है, सरकारी अफसर नहीं। वहीं खड़े-खड़े कह दिया, "साहब इस वक्त नहीं मिल सकते।"

आगन्तुक अन्दर बढ़ आया, "क्यों, अभी लौटे हैं क्या?"

"अभी लौटे हैं। इस वक्त साहब किसी से नहीं मिलते। कल सुबह दफ्तर में आ जाइए।"

आगन्तुक ने सिर हिलाया और मुस्कुरा दिया, "वे मेरे मित्र हैं, तुम उन्हें मेरा नाम बता दो। कहो, शिवशंकर आया है।"

"वह तो ठीक है साहब, मगर हमें हुक्म है। साहब घर पर किसी से नहीं मिलते।"

आगन्तुक खिसिया गया। उसने फिर दोहराया, "वे मेरे मित्र हैं, एक बार उन्हें मेरा नाम बता दो।"

इतने में अन्दर से आवाज आई, "बाहर खड़े क्या शोर मचा रहे हो? कौन है?"

अर्दली भागकर बैठक की ओर गया। दरवाजे के बाहर ही खड़े-खड़े बोला, "कोई साहब हैं, शिवशंकर साहब।"

"शिवशंकर! कौन शिवशंकर!" कहते हुए साहब बरामदे में आ गए।

"मधुसूदनजी!" आगन्तुक ने आगे बढ़कर कहा।

खिचड़ी बालों और मुरझाए अधेड़ चेहरे के पीछे लड़कपन के दिनों का चेहरा उभरने में काफी देर लगी।

"वाह, शिवशंकर, तुम हो! बाहर खड़े-खड़े क्या शोर मचा रहे हो, आओ!"

"तुम्हारे अर्दली की चापलूसी कर रहा था कि मेरा नाम अन्दर ले जाए।"

"टेलीफोन करके आते तो बेहतर था। मैं घर पर नहीं मिलता तो?"

"अच्छा हुआ जो मिल गए।..." दोनों मित्र एक-दूसरे के सामने खड़े थे। "कुछ नहीं तो बीस साल हो गए होंगे।"

"इन्हें पहचानती हो? पहचानो तो कौन हैं?" साहब ने बैठक के बीचोबीच खड़ी अपनी पत्नी से कहा, जो कहीं से चलती हुई यहाँ पहुँच गई थी।

पत्नी हल्के से मुस्कुराई, मानो यह वाक्य उसे रिझाने के लिए कहा गया हो! मोटे-मोटे शीशों में से देखते हुए वह इस आदमी को बिलकुल भी पहचान नहीं पा रही थी।

"शिवशंकर है, शिवशंकर! हम दोनों एक साथ पढ़ा करते थे। शिवशंकर हमारी शादी पर भी आया था।"

पत्नी फिर भी हल्के-हल्के मुस्कुराती ज्यों-की-त्यों खड़ी रही।

"अच्छा, जाओ, चाय भिजवा दो, मुझे जाना भी है।" कलाई की घड़ी में वक्त देखते हुए साहब ने कहा।

पत्नी उन्हीं कदमों लौट गई।

"भाभी दुबली हो गई हैं।" शिवशंकर ने बड़ी आत्मीयता से कहा।

"अच्छी-भली हैं। अच्छा, तुम कहो, कैसे हो?"

साहब की आवाज में निकटता का भास भी था और दूरी का भी, अपनेपन का भी और अजनबीपन का भी, बराबरी का भी और बड़प्पन का भी। बड़े लम्बे प्रशिक्षण के बाद मधुसूदन यह गुण ग्रहण कर पाए थे।

"पता नहीं, कौन आया है," बड़ी बेटी अपने मँझले भाई से फुसफुसाकर कह रही थी जो हाथ में भीगी टोपी उठाए खड़ा था। "अब गया तो और भी नाराज़ होंगे। मैं तो नहीं जाती।" फिर टोपी की ओर देखकर हँसती हुई बोली, "तू जाता है तो जा, डाँट खाकर लौट आना।"

"तुम लोगों के जाने की कोई ज़रूरत नहीं।" घर का पुराना नौकर सीताराम खाने के कमरे की ओर जाते हुए रुक गया था, "तुम मजे से अपना काम करो। वेद बाबू, टोपी खराब हो गई। मैं देख लेता तो उठा लेता, पर उधर शम्भू काम कर रहा था।" और हँसता हुआ आगे बढ़ गया।

रसोईघर में शम्भू खानसामे की सफेद वर्दी पहन रहा था और कमर में लाल रंग की चपरास बाँध रहा था। हुक्म था कि बाहर से कोई आदमी आए, तो बाकायदा वर्दी पहनकर चाय लाई जाए।

चाय के समय घर के लोग बैठक में इकट्ठे हो जाते थे, यह नियम था। पहला प्याला साहब अकेले में पीना पसन्द करते थे, दूसरे प्याले के वक्त एक-एक करके घर के लोग आ जाते थे और आसपास पड़ी कुर्सियों पर बैठ जाते थे। पर यह भी नियम था कि चाय के वक्त अगर कोई आदमी बाहर से आ जाए, तो घर का कोई भी आदमी बैठक में मुँह न दिखाए।

जिस वक्त शम्भू बैरे की सफेद वर्दी पहने और लाल चपरास से मलबूस छोटे-छोटे पहियोंवाली ट्रे पर चाय का सारा सामान सजाए, धीरे-धीरे उसे सरकाता हुआ बैठक में दाखिल हुआ, उस वक्त तक दोनों मित्र अपनी बातों में गहरे खो चुके थे।

"अरे यह तो घर का आदमी है, इतना तरद्दुद करने की क्या जरूरत थी?" साहब ने रूखी आवाज में कहा।

शिवशंकर अपने में खोया हुआ कहे जा रहा था, "मैं तुमसे कहूँ, मधुसूदन, इनसान की उम्र बहुत छोटी है। ज्ञान का भंडार कभी चुकता नहीं, पर आदमी खत्म हो जाता है। जब तक किसी विषय की जानकारी हासिल नहीं हो पाती कि मौत दरवाजा खटखटाने लगती है।"

"लो, चाय पियो," साहब ने कहा और हाथ बढ़ाकर एक बिस्कुट उठाया।

लेकिन शिवशंकर अपने उद्‌गारों में खोया हुआ था, "कुछ भी हो, भक्त कवियों में जो अपने को निछावर करने की भावना है, वह मन को मोह लेती है।

मैं सोचता हूँ कि जिन्दगी में सच्चे सुख का यह मूल मंत्र है—अपने को निछावर करने की भावना। अमृत-अमृत दीजे, आप हलाहल पीजे!'' कहते हुए शिवशंकर की आँखें नम हो गईं।

साहब मन-ही-मन सोच रहे थे कि शिवशंकर किस काम से मिलने आया है—शायद कोई किताब छपवाना चाहता है और उसके लिए प्रकाशक से मेरी सिफारिश करवाना चाहता है...मुमकिन है, बेटे के लिए नौकरी ढूँढ़ रहा है या मुमकिन है, पैसे माँगने आया है। पैसा तो मैं एक कौड़ी नहीं दूँगा।

''भक्ति की लहर बड़ा रोचक विषय है। यह मूलत: धार्मिक लहर नहीं थी मधुसूदन, मैं तो इसी नतीजे पर पहुँचा हूँ, मूलत: यह सामाजिक और राजनीतिक लहर थी, जिसकी तह में आर्थिक कारण काम कर रहे थे।...'' बातें करते हुए शिवशंकर की आवाज ऊँची उठने लगी थी और वह बड़े उत्साह से बोलने लगा था।

अपने नाम से सीधा सम्बोधन किया जाना साहब को अच्छा नहीं लगा। उन्होंने अपना दायाँ पैर, जिस पर से अभी-अभी मोजा उतारा गया था, उठाकर शिवशंकर की सोफा-कुर्सी की बाँह पर, शिवशंकर के हाथ के पास ही रख दिया। शिवशंकर ने ध्यान नहीं दिया।

''किसी विचारक ने लिखा है कि कृषि-प्रधान देशों में राजनीतिक और आर्थिक आन्दोलन सदा धार्मिक रूप लेते हैं, यह बिलकुल ठीक बात है, भक्ति-आन्दोलन भी ऐसा ही था...''

''आजकल क्या तलब मिलती है, शिवशंकर?'' मधुसूदन ने बीच में बात काटकर पूछा।

शिवशंकर के विचारों का ताँता क्षण-भर के लिए लड़खड़ा गया, पर उसने विशेष ध्यान नहीं दिया।

''भगवान की दया है, मधुसूदन! गुजर चल जाती है। 'मैं भी भूखा न रहूँ, साधु न भूखा जाए' वाली स्थिति है। हाँ, तो मैं कह रहा था, तुमने भी तो इतिहास में एम.ए. किया था...''

''फिर भी क्या मिलता है? प्राइवेट कॉलेजोंवाले क्या देते होंगे?'' साहब ने कहा और सोफे पर आराम से बैठते हुए अपना दूसरा पैर भी उठाकर शिवशंकर की कुर्सी की बाँह पर रख दिया। ''कोई किताब लिख रहे हो क्या?'' साहब ने उपेक्षा से पूछा।

''तुम्हें वह दिन याद है मधुसूदन, जब कपूर रोड के बाग में हम जिन्दगी के मनसूबे बना रहे थे,'' शिवशंकर ने पच्चीस बरस पहले की किसी स्मृति को उघाड़ते हुए कहा, ''तुम उन दिनों खादी पहना करते थे और तुमने कहा था कि चलो, देश-सेवा का काम करें...''

बरसों पहले की बात थी, जब मधुसूदन और शिवशंकर कॉलेज में पढ़ा करते थे और मधुसूदन ने अभी सरकारी नौकरी में कदम नहीं रखा था। मधुसूदन ने

वितृष्णा से शिवशंकर की ओर देखा, मानो वह अभी तक यौवन की बचकाना भूलभुलैया में फँसा हो, जिसमें से वह कब के निकल चुके हैं। उन्होंने फिर एक बार कलाई पर बँधी घड़ी की ओर देखा था और शिवशंकर की ओर से मुँह फेर लिया।...

बाईस बरस की उम्र तक मधुसूदन ने यौवनोचित सभी स्वप्न देखे थे। एम.ए. पास करने के बाद कुछ देर तक वह डोले भी, फिर प्रतियोगिता में बैठे और कामयाब हो गए। प्रान्तीय प्रशासन में भरती होते ही सभी अनिश्चितताएँ खत्म हो गईं और जीवन में स्थिरता आ गई। पहले छह महीने के अन्दर-ही-अन्दर शरीर और मन सरकारी अफसरी के साँचे में ढलने लगा। जिस्म में चुस्ती आ गई, गर्दन में तनाव आया—लोग कुछ दूर-दूर तक नजर आने लगे, कुछ छोटे-छोटे नजर आने लगे। शेव हर वक्त बना, बूट हर वक्त चमचमाते रहे। मधुसूदन तब जवान थे, चेहरे पर जवानी की लुनाई थी। हँसते तो सरलता झलकती थी। लगता, अफसरी का खेल खेल रहे हैं। आध्यात्मिक सवाल, राजनीतिक सवाल, अच्छे और बुरे के प्रश्न तो मन में से यों झर गए, जैसे नई कोंपलें निकलने से पहले सूखे पत्ते पेड़ पर से झर जाते हैं। नई कोंपलें जो खिलीं, तो तरक्की-तबादले की, कामकाजी दक्षता की, रौब-दाब और डील-डौल की। जिन्दगी नशे की झोंक में बीतने लगी। धीरे-धीरे नौकरी में गहरे उतरने लगे, तथ्यों की पकड़ मजबूत होने लगी। बड़ी दक्षता से फाइल निपटा देते। सरकारी काम के अभ्यस्त होने लगे। अफसरों को कैसे खुश रखें, मातहतों की लगाम कैसे खिंची रखें, पब्लिक के साथ कैसे पेश आएँ...अड़चनें थीं, झमेले थे जरूर, लेकिन वे बहुधा तरक्की और तबादले के ही झमेले थे। एकाध-बार क्वार्टर के बारे में भी अड़चन उठी थी। वह दो बेडरूमवाले क्वार्टर के हकदार थे, जबकि उन्हें डेढ़ बेडरूम वाला क्वार्टर दिया गया था। लेकिन ये बड़ी मामूली अड़चनें थीं। जनजीवन में आए-दिन तूफान उठते—सामाजिक भी, राजनीतिक भी, लेकिन मधुसूदन इनमें से यों बेदाग निकल जाते, जैसे झील की सतह पर राजहंस तैरता हुआ निकल जाता है! और अब तो पच्चीस बरस की सर्विस पूरी हो चुकी थी। दफ्तर का समय, घर का समय, क्लब का समय—सब बँध गए थे। द्विविधा किसी बात की भी नहीं रही थी। कभी रात को सोए, तो किसी आवाज ने दिल पर दस्तक देकर जगाया नहीं, यह पूछने के लिए कि मधुसूदन, तुम्हें जिन्दगी में पछतावा तो किसी बात का नहीं कि जिन्दगी में तुम कुछ कर नहीं पाए, सीख नहीं पाए; किसी रास्ते जाना चाहते थे, जा नहीं पाए। इसलिए आज जब शिवशंकर पुरानी बातें ले बैठा, तो उन्हें झुँझलाहट-सी हुई और वह बार-बार घड़ी देखने लगे।

"मधुसूदन!" सहसा बाहर से आवाज आई, "क्यों रे, साहब हैं घर पर?" बरामदे से बोझिल कदमों की आवाज आई।

हाथ में घड़ी लिये और सिगार के कश लगाते हुए अपनी अधेड़ उम्र के बावजूद चुस्त-दुरुस्त सूट डाटे कपूर साहब दाखिल हुए।

"क्लब नहीं चलोगे?"

"चलेंगे। मुझे एक टेलीफोन का इन्तजार है, वह आ जाए तो चलते हैं। चाय पियोगे?"

"नहीं, पी आया।"

मधुसूदन ने अपने मित्र का परिचय कपूर साहब से नहीं कराया।

"कुछ सुना? दत्ता ने मिल-मिलाकर अपना तबादला मन्सूख करवा लिया है।" कपूर साहब ने खड़े-खड़े कहा।

"अच्छा! तुमसे किसने कहा?"

"यह गहरी चाल है। उसकी नजर किसी दूसरी चीज पर है।"

"मैं तो सोचता हूँ, बेवकूफ है परले दरजे का। हैडक्वार्टर में जाता तो कुछ लाभ भी था, पचास रुपए सिटी एलाउंस ज्यादा, बँगले का किराया आधे से ज्यादा सरकार देती है, ढाई-तीन सौ रुपए कार-एलाउंस मिल जाता है।"

"वह बेवकूफ नहीं है, बड़ा समझदार है। उसकी सर्विस के कितने साल बाकी होंगे?"

"जितने मेरे हैं, उतने ही उसके भी हैं। हम दोनों की सर्विस में दो घंटे का ही तो फर्क है।"

"उसकी नजर किसी दूसरी चीज पर है। मैं सोचता हूँ, वह दूर की सोच रहा है।"

बात काँटे की तरह मधुसूदन को चुभ गई। यह चुभन बहुत पुरानी थी। जब कभी दत्ता की बात उठती, तो यह चुभन कलेजा छीलने लगती।

"अब वह नहीं जा रहा, तो सरकार तुमसे पूछेगी। अगली बारी तो तुम्हारी है।"

"ऐसी भेद की बात कोई नहीं, जैसी तुम समझ रहे हो। मुझसे पूछा गया तो मैं तो चला जाऊँगा।"

"वाह, वह इनकार करे और तुम चले जाओ! जग-हँसाई होगी। लोग पहले से यही कहते हैं कि जिस चीज को दत्ता फेंक देता है, उसे मधुसूदन उठा लेता है।"

"क्यों, मुझे उसकी क्या पड़ी है? जिसमें मुझे फायदा नजर आए, मैं करूँगा।"

"क्या मालूम, वह तुम्हें ही यहाँ से भिजवाना चाहता हो! तुम जाओ और वह चीफ बने! गुरुदयाल जून में रिटायर भी तो हो रहा है।"

"बन जाए, अगर बनता है तो बने।"

कपूर साहब चुप हो गए। वह समझ गए कि मधुसूदन चुप नहीं बैठा है। अपने दाँव अच्छी तरह से खेल रहा है। क्या मालूम, इसी ने दत्ता का तबादला रुकवा दिया हो। है तो चंट!

"तुम्हें मेरा परचा मिल गया था?"

"हाँ, आज सुबह मिला। मैंने चिट्ठी पर दस्तखत करके तुम्हें भेज दी थी। तुम्हें नहीं मिली?"

"मिल तो गई है, लेकिन तुम्हें मेरा परचा आज सुबह क्यों मिला? मैंने तो कल दोपहर को ही भेज दिया था।" मधुसूदन उद्विग्न हो उठे और उन्होंने वहीं बैठे-बैठे अर्दली को आवाज लगाई।

अर्दली ने अन्दर पहुँचकर सलाम किया।

"कपूर साहब के नाम जो परचा मैंने तुम्हें दिया था, वह तुमने कब पहुँचाया?"

अर्दली ने हाथ बाँध दिये, "हुजूर, आज सुबह दिया था। कल शाम को पेट में दर्द उठा साहब! मैं जा नहीं पाया।"

"दर्द के बच्चे! कल का परचा आज क्यों दिया?"

अर्दली हाथ बाँधे जमीन की ओर देखने लगा।

"दर्द उठा था तो तुम किसी और को नहीं भेज सकते थे?" अर्दली फिर भी चुप रहा। फिर धीरे से बोला, "हुजूर, उस वक्त हैडक्लर्क के सिवा दफ्तर में कोई नहीं था।"

"तो उससे ही कह दिया होता। इस तरह तुम लोग काम करते हो? अगर फिर ऐसा हुआ तो लात मारकर बाहर निकाल दूँगा।"

अर्दली ज्यों-का-त्यों सिर झुकाए खड़ा रहा।

"दफा हो जा यहाँ से, अब खड़ा मेरा मुँह क्या देख रहा है!"

ऐन उसी वक्त टेलीफोन की घंटी बजी। सीताराम चोंगा उठाने के लिए भागता हुआ खानेवाले कमरे से आया। टेलीफोन साहब के कमरे में था।

"हुजूर का है, लाट साहब की कोठी से आया है।"

मधुसूदन लपककर उठे और उन्होंने सीताराम के हाथ से चोंगा लेकर बीच का दरवाजा बन्द कर दिया।

कपूर साहब सोफे पर बैठ गए और शिवशंकर की ओर देर तक देखते रहे। फिर हँसकर बोले, "बड़ा पहुँचा हुआ आदमी है यह हमारा दोस्त!" वह मन-ही-मन कयास लगा रहे थे कि टेलीफोन किस सिलसिले में आया होगा। शिवशंकर की ओर से कोई जवाब न पाकर बोले, "बस, अब जाड़ा खत्म हुआ साहब, कुछ ही दिनों में लू चलने लगेगी।"

मधुसूदन पसीना पोंछते हुए बाहर निकले। बड़े गम्भीर लहजे में बोले, "हिज़ एक्सेलेन्सी खुद बोल रहे थे।"

वाक्य का असर कपूर साहब की अँतड़ियों तक हुआ। गवर्नर स्वयं मधुसूदन को टेलीफोन करे और वह भी घर पर! कपूर का तन-बदन ईर्ष्या से जल उठा।

सीताराम बैठक में से निकलते ही भागकर मँझले बेटे के कमरे में गया और पर्दा उठाकर बोला, "बड़े साहब को लाट साहब ने टेलीफोन किया है। सच!" फिर यही

खबर बड़ी बेटी को भी सुनाई। मँझला बेटा कूदकर खड़ा हो गया और भागता हुआ बहनों के कमरे में गया, बड़े भाई की पत्नी को खबर सुनाई। उत्तेजना की लहर एक कमरे से दूसरे कमरे में दौड़ने लगी।

"कोई जरूरी काम होगा?" कपूर ने टोहते हुए पूछा।

"कॉन्फ्रेन्स के इन्तजाम के बारे में था।"

थोड़ी देर बाद मधुसूदन फिर सूट-बूट पहन क्लब की ओर रवाना हो गए। शिवशंकर गेट तक उनके साथ गया। वहाँ पर मधुसूदन ने घूमकर शिवशंकर की ओर देखा और हाथ बढ़ाकर सरसरे ढंग से छुट्टी ली।

"हम तो इधर जा रहे हैं। कभी-कभी मिलते रहा करो, शिवशंकर!"

साहब के क्लब की ओर जाते ही मँझला बेटा अपने साथी को लेकर अपने क्लब की ओर रवाना हो गया। हिज़ एक्सेलेन्सी बाबूजी को टेलीफोन करें और वह घर पर बैठा रहे, नामुमकिन था। उस दिन रात गए तक इसी बात की चर्चा घर में चलती रही।

जो सड़क बस-स्टॉप के पास से बाईं ओर को घूमकर सीधी कृष्णगंज की ओर चली गई है, उसी पर एक मटमैला-सा दो-मंजिला मकान है। फाटक में से अन्दर दाखिल होने पर छोटा-सा आँगन है, जिसमें बाईं ओर एक छोटा-सा गराज बना लिया गया है। लेकिन गराज में मोटर नहीं है। घर पर मुद्दत से पुताई नहीं हुई है। गराज के पीछे ऊपर जानेवाली सीढ़ियों का दरवाजा है। इस दरवाजे की साँकल कभी बन्द नहीं हो पाती, दरवाजे को खोलो तो फर्श के साथ घिसटता है। दरवाजे में दो टेढ़ी दरारें पड़ चुकी हैं। खिड़कियों और दरवाजों का रंग फीका पड़ चुका है। आँगन में कोई पौधे नहीं, फाटक के पास एक झाड़ी है, जो अपने-आप उग आई है। अनेक बरसातों का पानी दीवारों पर अपनी रेखाएँ बनाता हुआ, कहीं पतली धार के रूप में, तो कहीं घनघोर परनाले के रूप में, अपनी लीकें छोड़ गया है। बाईं ओर दीवार ऊपर से काली पड़ चुकी है। नीचे की मंजिल के एक कमरे में बैठक है। वहाँ कालीन बिछा है, सोफा-सेट रखा है, एक शीशेवाली ऊँची अलमारी भी है, लेकिन सभी पर चादरें बिछी हैं। कभी-कभी शाम के वक्त उसमें रोशनी नजर आती है वरना आम तौर पर घर के केवल एक ही कमरे में—ऊपर की मंजिल के बाएँ हाथवाले कमरे में रात को रोशनी रहती है।

'प्रगतिशील' रेस्तराँ का बैरा कन्धे पर साफ नेपकिन से ढकी थाली उठाए, दिन के बारह बजे की चिलचिली धूप में इस मकान के अन्दर दाखिल हुआ। गराज लाँघकर उसने सीढ़ियोंवाले दरवाजे को धकेला। दरवाजा घिसटने की आवाज हुई। ऊपरवाले कमरे में आरामकुर्सी में ऊँघते मधुसूदन की नींद टूट गई। जेब से रूमाल निकालकर उन्होंने अपने होंठ पोंछे, जिनके एक कोने में से बहती हुई लार उनके

कुर्ते पर गिरती रही थी। उन्होंने होंठ तो पोंछ लिये, लेकिन कपड़ों तक उनकी नजर नहीं गई।

मधुसूदन की देह बहुत-कुछ शिथिल पड़ चुकी है। गर्दन पर पीछे की ओर मांस का एक बड़ा-सा लोथड़ा उभरा रहता है। गालों का मांस भी लटक आया है, जिससे उनकी सूरत थके हुए बूढ़े शेर जैसी लगती है।

मधुसूदन की पत्नी बरसों पहले मर चुकी है। दोनों बेटियों के ब्याह हो चुके हैं—एक नागपुर में रहती है, दूसरी कलकत्ता में। बड़ा बेटा वकील है, इसी शहर में रहता है। कभी-कभी पत्नी की घुड़कियों के बावजूद बाप से मिलने आ जाता है। मँझला बेटा फौज में है और आजकल नेपाल में है। छोटा बेटा जंगलात के महकमे में अफसर है और आजकल देहरादून में है।

रेस्तराँ का बैरा दहलीज़ पर पहुँचा।

"सलाम हुजूर!" उसने फौजी ढंग से सलाम किया और मुस्कुरा दिया। वह जानता था कि साहब को सलाम पसन्द है।

मधुसूदन ने सिर हिलाया, उसी तरह जिस तरह बरसों पहले चपरासियों, अर्दलियों, नौकरों के सलाम करने पर सिर हिला दिया करते थे।

नियमानुसार बैरे ने भोजन की थाली मेज पर रखी, फिर कोने में से तिपाई उठाकर कमरे के बीचोबीच साहब की आरामकुर्सी के सामने रख दी।

"पहले हाथ नहीं धुलाएगा बदजात, रोज भूल जाता है।" मधुसूदन ने भभककर कहा।

"भूल गया हुजूर!" बैरे ने सलाम करके कहा और मुस्कुराता हुआ पानी लेने चला गया।

हाथ-मुँह धोने के बाद, साहब ने आगे झुककर लुकमा तोड़ा। "आज फिर मिर्च बहुत डाली है, ससुरे, मालिक से कह दे, कौड़ी एक नहीं दूँगा।"

बैरा हँस दिया। "एक पैसा भी न दीजिए हुजूर, वह बड़ा खानसामा, बहुत चोर आदमी है, वही डाल देता है।"

मधुसूदन खाना खा रहे थे, जब होटल का बैरा बरामदे में बैठकर साहब के बूट-पॉलिश करने लगा। यह भी रोज का नियम था।

"बूट नया खरीदिए साहब, यह बूट अब पुराना पड़ गया है।" बैरे ने बाहर बैठे-बैठे, बूट पर ब्रुश चलाते हुए कहा।

"इसे तू लेना चाहता है? तेरी नजर है इस पर? ससुरे सीधे क्यों नहीं कहता, तुम सभी लोग चोर हो।"

बैरा मुस्कुरा दिया, "फट रहा है साहब, एड़ियाँ घिस गई हैं।"

"फट रहा है तो तेरे बाप का है, तुझे क्या? बहुत बक-बक मत कर। अपना काम देख।"

रेस्तराँ का नौकर हँस दिया और सिर झुकाकर बूट पर ब्रुश करता रहा।

मधुसूदन लुकमा चबाते हुए अपनी नमदार, धूमिल-सी आँखों से बाहर की ओर देखते रहे।

"क्या तलब मिलती है?" नया लुकमा तोड़ते हुए साहब ने पूछा। यह सवाल हर तीसरे-चौथे दिन वह पूछ लिया करते थे।

"पैंतीस रुपए, जनाब!"

"ऊपर से भी बनाता होगा, दो-चार रुपए रोज बना लेता होगा! ससुरे, तुम सब चोर हो।"

बैरा हँस दिया।

"कितने दिन से इस होटल में काम कर रहा है?"

"चार बरस हो गए, साहब!"

"इससे पहले कहाँ था?"

"कानपुर में था, जनाब! वहाँ भी एक होटल में काम करता था।"

"वहाँ से क्यों भाग आया? कोई चोरी-वोरी की होगी?"

अब की बार बैरा चुप रहा। आए-दिन एक ही बात पर घिसट-घिसट कौन करे!

साहब ने खाना खत्म किया, बैरे ने बरतन उठाए, दहलीज पर खड़े हो सलाम किया और सीढ़ियाँ उतरने लगा, लेकिन क्षण-भर बाद ही भागता हुआ लौट आया, "साहब, वे फिर इश्तहार लगा रहे हैं!"

मधुसूदन गुर्राकर उठ खड़े हुए, कोने में से छड़ी उठाई, जूते पहने और पाँव घसीटते नीचे की ओर जाने लगे।

"दो-एक की टाँगें टूटेंगी तभी सीधे होंगे, बदज़ात! दो मिनट भी चैन नहीं लेने देते।"

बैरा उनके आगे-आगे भागकर सीढ़ियाँ उतर गया।

जब मधुसूदन नीचे पहुँचे, तो वह हाँफता हुआ उनके पास आया, "निकल गए हैं साहब, भाग गए हैं। यह देखिए, इश्तहार लगा हुआ है।"

इश्तहार सचमुच लगा था। पीले रंग का, श्री सनातन धर्म सभा के वार्षिकोत्सव का इश्तहार था। मधुसूदन दीवार के पास गए और छड़ी उठाकर इश्तहार को नोच-नोचकर उतारने लगे।

आए-दिन दीवार पर कोई-न-कोई शैतान इश्तहार लगा जाता था और मधुसूदन इस बात को बरदाश्त नहीं कर सकते थे। इसे रोकने के लिए वह पुलिस-दफ्तर को भी लिख चुके थे, दो-एक धमकी की चिट्ठियाँ उन फर्मों को भी लिख चुक थे, जिनके इश्तहार वहाँ चस्पाँ किए गए थे, मगर इश्तहार लगने बन्द नहीं हुए थे। दिन में एकाध बार मधुसूदन को जरूर छड़ी उठाकर उनके पीछे लपकना पड़ता था।

इश्तहार का नीचे का हिस्सा तो फट गया, लेकिन ऊपर तक छड़ी की नोक नहीं पहुँच पाई। साहब ने दो-एक बार पंजों के बल उचककर उसे फाड़ने की

कोशिश की, मगर देह बोझिल हो रही थी और खाना खा चुकने के बाद उछलना और भी मुश्किल था। छड़ी बैरे के हाथ में देते हुए वह बोले, "ले, तू उतार दे। अभी उतारेगा तो उतर जाएगा, बाद में चिपक जाने पर नहीं उतरेगा। शाबाश, ले, उतार दे।"

बैरे से वह प्यार से बोले ताकि वह इश्तहार उतारने के पैसे न माँग ले।

इसके कुछेक मिनट बाद मधुसूदन अपने पलंग पर लेटे हुए थे और दूसरी बार सुबह का अखबार बाँच रहे थे। दिन में घंटे-भर के लिए सोने की उनकी पुरानी आदत थी। खबरों पर दूसरी बार तैरती नजर डालते हुए वह तीसरे पन्ने पर पहुँचे ही थे कि उनकी आँखें मुँदने लगीं और वह गहरी नींद में खोने लगे।

जब सोकर उठे तो ढाई बज रहे थे। सोने के बाद भी आँखें टेढ़ी-सी खुली थीं, बाईं कनपटी पर खिचड़ी बालों की छोटी-सी लट चिपकी हुई थी और वह मुँह से ऊँची-ऊँची साँस ले रहे थे।

कुछ देर बाद मधुसूदन पलंग पर से उतरे और मेज के सामने आकर बैठ गए। मेज पर दाईं ओर एक टेबल-डायरी रखी थी, बीच में दो बॉल-प्वॉइंट पेंसिलोंवाला कलमदान रखा था, जिसे नववर्ष के अवसर पर किसी व्यापारिक फर्म ने उनके बेटे को उपहारस्वरूप भेजा था और बेटे ने बाप को भेंट कर दिया था। दूसरी ओर चिट्ठियाँ रखनेवाला पैड था।

इंजीनियर मधुसूदन ने मेज का दराज खोला, एक बड़े आकार का लिफाफा निकाला, उसे खोला, उसमें से लम्बे-लम्बे दो कागज निकाले। उन कागजों को देर तक देखते एक-दूसरे से मिलाते रहे। डालमिया सीमेंट कम्पनी के पचास शेयरों पर भेजा गया डिविडेंट वारंट था। पिछले साल भी नवासी रुपए डिविडेंट आया था। अब की बार भी नवासी रुपए डिविडेंट आया था। मधुसूदन ने मेज पर से डायरी उठाई और उसमें डिविडेंट वारंट की तफसील दर्ज कर दी। फिर कागजों को तह कर और लिफाफे में डाल, दराज के अन्दर दाईं ओर करीने से रख दिया। इसके बाद उन्होंने बैंक के पास बुक निकाली। 'प्रगतिशील' रेस्तराँवालों ने एक सौ पच्चीस रुपए का चेक भुना लिया था। पेंशन के तीन सौ बावन रुपए जमा हो चुके थे। कुल जमा रकम इस वक्त बारह सौ तेईस रुपए थी। देखकर मधुसूदन को हल्की-सी गरमाइश मिली। जो घर की शादियों के लिए पेंशन कम्यूट न करवाई होती, तो पेंशन इस वक्त चार सौ पच्चीस रुपए बनती। मधुसूदन की आँखों के सामने उनमें से एक शादी का दृश्य घूम गया। पुलिस का बैंड बज रहा था, स्टैंडर्ड रेस्तराँ के बैरे दौड़-दौड़कर अतिथियों को भोजन करा रहे थे और हुजूर गवर्नर साहब कुछ मिनटों के लिए मुबारक देने आए थे।

मधुसूदन ने पासबुक बन्द कर दी और उसे भी दराज में अपनी जगह पर रख दिया। दराज में बाईं ओर बिजली के बिल, पानी के बिल, प्रॉपर्टी टैक्स के सालाना

बिल, अलग-अलग नत्थी किए उसी क़रीने से रखे थे, जिस करीने से किसी जमाने में उनके दफ्तर में फाइलें रखी जाती थीं। इन बिलों या हिसाब-किताब की चिट्ठियों के अलावा घर में कागज का पुर्जा न था—न कोई पुराना खत, न कोई यादगारी चिट्ठी।

मधुसूदन ने दराज बन्द कर दिया और पैड उठाकर बड़ी बेटी को चिट्ठी लिखने लगे :

'तुमने लिखा है कि अब की छुट्टियों में तुम कश्मीर जा रही हो। छोटी ने भी लिखा है कि उसकी ससुराल में किसी की शादी है, वह दहेज बनाने में लगी है, अब की बार नहीं आ पाएगी।...मेरे दिन कट रहे हैं, सुबह घूमने चला जाता हूँ और शाम को कपूर के घर ब्रिज खेलने।...आसपास अभी तक कोई काम का आदमी नहीं आया। बस्ती क्लर्कों, दुकानदारों और ठेकेदारों से भरी पड़ी है। विशनदास रिटायर्ड सुपरिंटेंडिंग इंजीनियर ने कहा तो था कि यहीं पर मेरे नजदीक ही किराये का मकान लेकर रहेगा, लेकिन उसने अपने बेटे के साथ रहने का तय कर लिया है...'

मधुसूदन मेज पर से उठे, पलंग पर से फिर अखबार उठाया और आरामकुर्सी पर बैठ गए और दो ही मिनट बाद अखबार को फिर से तिपाई पर रखकर जम्हाई लेकर बाहर छज्जे पर आकर खड़े हो गए।

चार से पाँच बजे तक का वक्त घोर नरक काटने के समान था। एक-एक मिनट काटे नहीं कटता था। छज्जे की छोटी-सी दीवार पर कोहनियाँ टिकाए वह बाहर शून्य में देखने लगे। दोपहर की धूप—लगता था, कभी दीवारों पर से नहीं उतरेगी। मधुसूदन की आँखें सूजे हुए गूमड़ों और घनी भौंहों के बीच कभी दाईं ओर, तो कभी बाईं ओर ताकने लगतीं। दाईं ओर नीचे चाय की दुकान पर इक्का-दुक्का आदमी आकर बैठने लगे थे। बाईं ओर से तीन मजदूरिनें गाती हुईं और एक-दूसरी से छीना-झपटी करती हुई आ रही थीं। बीचवाली मजदूरिन का पल्ला खींचती हुई बाकी दो मजदूरिनें उसे चाय की दुकान की ओर धकेल रही थीं।

मधुसूदन दीवार पर से कोहनियाँ हटाकर अन्दर गए और थोड़ी देर बाद फिर छज्जे पर आकर खड़े हो गए।

सामनेवाले घर में से किसी क्लर्क की पत्नी अपनी दो साल की बेटी को सजा-धजाकर पुरानी बग्घी में बिठाकर कहीं ले जा रही थी।

दाईं ओर से दो लड़के, एक-दूसरे के गले में बाँहें डाले, टहलते, मसखरियाँ करते हुए आ रहे थे। मधुसूदन के घर के सामने पहुँचकर दोनों खड़े हो गए और फाटक पर लगा बोर्ड पढ़ने लगे।

"राय साहब मधुसूदनलाल..." एक ने पढ़ा, फिर रुक गया। "यह रेटड़ क्या होता है?" उसने अपने साथी से ऊँची आवाज में पूछा। "आर...ई...टी...डी... : रेटड!" फिर दोनों की नजर छज्जे की ओर उठ गई, जहाँ मधुसूदन कोहनियाँ टिकाए खड़े थे।

"सूअर का बच्चा, ऊपर क्या देखता है!" मधुसूदन भभककर बोले।

दोनों लड़के झट से एक दूसरे के गले में बाँहें डाल भाग खड़े हुए। फिर उनमें से एक ठहाका मारकर हँसा और अपने साथी की ओर देखकर चिल्लाया, "सूअर का बच्चा, ऊपर क्या देखता है!" और भागने लगा।

"सूअर का बच्चा! ओ सूअर के बच्चे!" दूसरे ने पीछे से कहा और अपने साथी के पीछे भागकर जाने लगा।

देर तक दूर से लड़कों के वाक्य दोहराने की आवाजें आती रहीं।

शाम के छह बजे मधुसूदन उद्विग्न-से कमरे में टहल रहे थे और बार-बार कलाई पर बँधी घड़ी की ओर देख रहे थे। कपूर अभी तक नहीं आए थे। मधुसूदन एक-एक मिनट गिन रहे थे। कपूर के आने की आशा टूटती जा रही थी। कमरे में टहलते हुए वह बार-बार छज्जे पर जा खड़े होते, घड़ी देखते और फिर कमरे में आ जाते।

छह बजकर बीस मिनट हो गए थे। शाम पड़ गई थी और कपूर नहीं आए थे। मधुसूदन खीज मिटाने के लिए पीठ पर हाथ बाँधे कुछ देर तक कमरे में टहलते रहे। फिर आरामकुर्सी पर बैठ गए और दिन में चौथी बार अखबार उठा लिया। बड़ी-बड़ी खबरों की सुर्खियाँ फिर एक बार देखीं, फिर खीजकर उसे फर्श पर पटक दिया।

मधुसूदन उठे और मेज का दराज खोला और उसमें से पुराना ताश का डिब्बा उठा लाए।

"अगर नहीं आना था तो खबर ही कर देता।"

आरामकुर्सी पर बैठकर उन्होंने ताश के पत्ते निकाले और तिपाई पर बिछाने लगे। एक-एक करके सात पत्ते उलटे बिछाए गए, फिर एक पत्ते पर सीधा पत्ता रखा और बाकी छह पर उलटे। काले गुलाम के नीचे रखने के लिए लाल दहला भी निकल आया था। मधुसूदन की बूढ़ी उँगलियाँ एक-एक करके पत्तों को उठाने और पेंशेंस के खेल के मुताबिक अपनी-अपनी जगह पर रखने लगीं।

इमला

चौथी जमात के कमरे में मास्टर रामदास इमला लिखवा रहे थे। बाएँ हाथ में खुली हुई किताब थामे, दाएँ हाथ में बेंत झुलाते हुए, वह लड़कों की पाँतों के बीच, फौजी जनरल की तरह चहलकदमी कर रहे थे। कमरे में सकता छाया था, केवल लकड़ी की तख्तियों पर कलमें घिसने की हल्की-हल्की आवाज आ रही थी।

तख्तियों पर झुके हुए लड़के, केवल मास्टरजी के बड़े-बड़े बूट ही देख पा रहे थे। मास्टरजी के बूट बहुत बड़े थे—काले और बड़े-बड़े। आगे से पॉलिश उड़ी हुई और तस्मे खुले हुए, जिस कारण शायद बूट और भी बड़े नजर आते थे। चलते हुए जब कभी मास्टरजी किसी लड़के के पास रुक जाते तो उसकी सहमी हुई नजरें पहले बूटों पर और फिर बूटों से ऊपर उठने लगतीं। बूटों के ऊपर पाजामा था, जिसका पायँचा दूसरे से तनिक ऊँचा उठा रहता था। इसके ऊपर खाकी कोट, जिस पर सफेद बटन थे और...उसके ऊपर स्वयं मास्टरजी। मास्टरजी की खस-खस मूँछें, मास्टरजी की ऐनक और मास्टरजी की ढीली-सी पगड़ी...

मास्टर रामदास अभी उम्र-रसीदा नहीं हुए थे, लेकिन चाल-ढाल मास्टरों की-सी बन चुकी थी। यह कहना कठिन है कि स्कूल मास्टर के खून में हरारत होती है या नहीं, लेकिन मास्टर रामदास के खून में अभी हरारत मौजूद थी। अन्य मास्टरों की तरह वह जमात में ऊँघते नहीं थे, मिज़ाज भी चिड़चिड़ा नहीं हुआ था, आवाज में अभी कड़क थी। जिस्म में लचक तो बहुत न रह गई थी, मगर कहीं से टेढ़ा भी नहीं हुआ था, जैसा अक्सर मास्टरों का हो जाता है।

यों चौथी जमात क्या चीज होती है, लेकिन लड़कों के दिल पर मास्टरजी का राज था। स्कूल में उनका रौब था। हेडमास्टर तक से वह खम नहीं खाते थे। एक ऐंठ पैसे की होती है तो दूसरी हुकूमत की। मगर एक तीसरे प्रकार की ऐंठ भी होती है—हुनर की। मास्टर रामदास हुनर के धनी थे। लिखते तो ऐसा ख़ुशखत कि शहर के छापेखानेवाले तीन बार क़ातिब की नौकरी पर बुला चुके थे। लड़के उनके इशारे पर नाचते थे। उनके मुँह से निकला हुआ 'शाबाश' का शब्द लोहे को सोना कर देने

की क्षमता रखता था। यों मास्टरजी स्वभाव के सख्त थे। एक गलती पर एक बेंत उनका उसूल था, चाहे वह टाँग पर पड़े या हाथ की हथेली पर या गुस्से में जिस्म के किसी भी हिस्से पर पड़ जाए।

इमला खत्म हुई। लड़के तख्तियाँ उठाकर खड़े हो गए। गलतियाँ ठीक करने और सजाएँ देने का वक्त आ गया।

मास्टरजी एक-एक करके लड़कों की तख्तियाँ देख रहे थे, जब कतार में चौथे लड़के की तख्ती देखते समय एक अनहोनी घटना घट गई।

''इबारत' ऐन से लिखते हैं या अलिफ़ से?'' मास्टरजी ने बेंत हवा में उठाते हुए पूछा। इबारत की पहली पंक्ति में लड़के ने तीन गलतियाँ की थीं।

बेंत लड़के पर पड़ने ही वाला था कि लड़का नीचे से बोल उठा, ''अगर मुझे मारा तो मैं पिताजी से कह दूँगा।''

मास्टर रामदास ठिठक गए। हाथ उठा-का-उठा रह गया। गर्दन टेढ़ी करके लड़के की ओर घूरते हुए बोले, ''क्या कहा?''

''मुझे मारा तो मैं पिताजी से कह दूँगा।'' लड़के ने फिर धृष्टता से दोहराया।

मास्टरजी के बदन में सिर से पाँव तक गुस्से की लहर दौड़ गई। वह हैरान होकर लड़के के चेहरे की ओर देखने लगे। इस लड़के को पहले उन्होंने कभी जमात में नहीं देखा था। कोई नया विद्यार्थी जान पड़ता था।

''कौन हो तुम? क्या नाम है तुम्हारा?'' लड़के के कन्धे पर अपना दायाँ हाथ रखते हुए और मुस्कान की चेष्टा करते हुए मास्टर रामदास ने पूछा।

''नहीं बताता,'' लड़के ने उसी तरह गुस्ताखी से जवाब दिया।

मास्टर रामदास का हाथ काँपने लगा।

''किसके बेटे हो?''

''नहीं बताता। कर लो, जो मेरा करना हो।'' लड़के ने अकड़कर मास्टर रामदास की आँखों से आँखें मिलाते हुए कहा।

''यह आज ही दाखिल हुआ है जी,'' साथ वाला लड़का बोल उठा, ''पहले घर पर पढ़ता था।''

लड़के के सिर पर गोल क्रिस्टी टोपी थी। सिर पर चुपड़े तेल के कारण माथा भी चमक रहा था। नीचे धोबी की धुली कमीज और लट्ठे का पाजामा पहने हुए था।

किंकर्तव्यविमूढ़ मास्टरजी लड़के की ओर देखते रह गए। कमरे में सन्नाटा छाया हुआ था। अपमान और क्षोभ के कारण उनका मन खिन्न हो उठा। क्या करते, लड़के को वहीं छोड़कर आगे बढ़ गए, लेकिन दो ही कदम आगे बढ़े होंगे कि फिर लौट आए।

''उठाओ बस्ता और निकल जाओ कमरे में से।'' मास्टरजी ने कड़ककर कहा। लेकिन लड़का अजीब धातु का बना था, टस से मस न हुआ।

"नहीं जाता।" उसने टका-सा जवाब दिया।

मास्टरजी बौखला उठे। लड़के ने मानो एक तमाचा उनके मुँह पर जड़ दिया हो! जमात के बाकी लड़के पहले तो डर गए थे, अब आपस में खुस-फुस करने लगे। मास्टरजी का सिंहासन डोल गया। बरसों की धाक खाक में मिलने लगी थी। जी में आया, सीधे हेडमास्टर के पास चले जाएँ और उनसे शिकायत करें, पर आत्म-सम्मान ने इजाजत नहीं दी। सोच में पड़ गए। अगर लड़के से कुछ कहा तो एक की दस सुनाएगा और अगर सज़ा दी तो न जाने क्या कर बैठे...!

मास्टरजी ने इमला देखना छोड़ दिया और लड़कों को सबक याद करने का हुक्म देकर खुद कुर्सी पर जा बैठे।

लड़कों ने किताबें निकाल लीं और सबक याद करने लगे। जमात में शोर होने लगा। मास्टरजी को लगा, जैसे बाकी लड़के भी उनकी तौहीन करने लगे हैं। आखिर उनसे न रहा गया। वह उठकर क्लास से बाहर निकल गए और सीधे हेडमास्टर के पास जा पहुँचे।

"आपने बता तो दिया होता कि कोई नया लड़का मेरी जमात में बिठाया गया है।"

"हाँ, हाँ," हेडमास्टर साहब ने जवाब दिया, "स्कूल के प्रधानजी का बेटा है, आज से ही पढ़ने आया है।"

"प्रधानजी का?" मास्टरजी ने हैरान होकर पूछा, "मगर वह तो बड़ा गुस्ताख लड़का है।"

और न चाहते हुए भी मास्टरजी ने सारी दास्तान कह सुनाई।

"आपने उसे पीटा तो नहीं न?" हेडमास्टर साहब ने चिन्तित स्वर में पूछा।

"नहीं, मगर इस तरह तो नहीं चलेगा, हेडमास्टर साहब! यदि लड़के को बेइज्जती करने दिया गया तो स्कूल में किसी मास्टर की भी इज्जत नहीं रहेगी। मैं तो प्रधानजी से मिलकर शिकायत करूँगा।"

हेडमास्टर ने चुभती नजर से एक बार मास्टर रामदास की ओर देखा, फिर सिर हिलाकर बोले, "बेशक मिल लीजिए। इसमें क्या हर्ज है! प्रधानजी बड़े सज्जन पुरुष हैं, बच्चे के कान खींच देंगे तो फिर ऐसा नहीं करेगा।"

मास्टर रामदास लौट आए और मन में ठान ली कि दूसरे ही दिन प्रधानजी से जा मिलेंगे, ताकि लड़के को फिर गुस्ताखी करने का मौका न मिले।

प्रधानजी की कोठी के तीन फाटक थे और इन तीनों फाटकों को एक आदमकद दीवार, कोठी की परिक्रमा करते हुए, आपस में मिलाती थी।

जब मास्टर रामदास पहुँचे तो तीनों फाटक बन्द थे। मास्टरजी की समझ में नहीं आया कि किस फाटक पर दस्तक दें। सूरज निकल आया था मगर यहाँ

खामोशी थी। जब मास्टरजी घर से चले थे तो उनका सारा मुहल्ला जाग रहा था। आखिर मास्टरजी ने सिरेवाले फाटक के पास जाकर हल्की-सी दस्तक दी। मगर कोई जवाब नहीं आया। दरवाजे पर दस्तक देने और फाटक पर दस्तक देने में बड़ा फर्क होता है, पर मास्टरजी को यह मालूम नहीं था। मास्टरजी बड़ा अटपटा महसूस करने लगे।

दीवार में जगह-जगह झरोखे बने थे। कार्निस के साथ-साथ एक-एक ईंट छोड़ी गई थी। बहुत देर इन्तजार करने के बाद मास्टर साहब ने दीवार की निचली कार्निस पर पाँव रखा और झरोखे में से अन्दर झाँका।

"कौन है?" सहसा दाईं ओर से आवाज आई। मास्टरजी झट कार्निस पर से उतर आए।

पास ही के फाटक के अध-खुले कपाटों के सामने काले रंग और अधेड़ उम्र का एक आदमी खड़ा था और घूर-घूरकर मास्टर साहब की ओर देख रहा था।

"अन्दर क्या झाँक रहे हो?"

मास्टरजी हाथों पर से मिट्टी झाड़ते हुए बोले, "प्रधानजी घर पर हैं? मैं उनसे मिलने आया हूँ। उनसे कहिए, मास्टर रामदास आया है।"

"मास्टर हो?" एक हाथ फाटक पर रखे और दूसरे में दातुन पकड़े उस आदमी ने पूछा, "मास्टर होकर दीवारों पर से झाँकते हो, बहुत बुरी बात है। अन्दर ज़नाना भी रहता है..." कहते हुए वह आदमी फाटक से बाहर आ गया और दीवार के साथ नाली पर बैठकर दातुन करने लगा।

"किससे बातें कर रहे हो, नेकीराम? सवेरे-सवेरे किससे बहस शुरू कर दी है?" अन्दर से किसी की गहरी, ऊँची आवाज आई।

"जी, बच्चों के मास्टरजी आए हैं।"

"कौन आया है?"

"स्कूल का मास्टर आया है जी! आपसे मिलना चाहता है।"

"बिठाओ बरामदे में, नैं अभी आता हूँ।" अन्दर से फिर आवाज आई।

पर वह आदमी फौरन नहीं उठा। नाली पर बैठे-बैठे उसने दातुन को बीच में से तोड़ा और उससे जीभ रगड़ता और खँखारता रहा। आखिर दातुन फेंक, दोनों घुटनों पर हाथ रखकर उठा और सिर झटककर मास्टर जी को अन्दर चलने का इशारा किया, "आओ मास्टरजी!" उसने फाटक का कपाट अन्दर की ओर धकेलते हुए कहा, "दीवारों पर से नहीं झाँकते। अन्दर ज़नाना भी रहता है न, इसीलिए कहा था। आप तो पढ़े-लिखे आदमी हो।"

बरामदे का फर्श शतरंज की बिसात की तरह बिछा था। काली और सफेद टाइलें चमक रही थीं। उन पर चलते हुए मास्टरजी के पाँव फिसल-फिसल जाते और बूटों के नीचे लगे कील बड़े बेहूदा ढंग से शोर करने लगे थे।

बरामदे में दीवार के साथ एक गोल तिपाई रखी थी जिसके आसपास बेंत की तीन कुर्सियाँ थीं। मास्टरजी को एक कुर्सी पर बिठाकर वह आदमी चला गया।

दोनों हाथ गोद में रखे, आगे की ओर झुके हुए, मास्टर रामदास प्रधानजी का इन्तजार करने लगे। 'मैं एक छोटी-सी शिकायत आपके पास लेकर आया हूँ...' मास्टरजी मन-ही-मन भेंट के लिए वाक्य तैयार करने लगे। पर उन्हें यह वाक्य अटपटा-सा लगा। 'एक छोटी-सी अर्ज है, प्रधानजी, आपके बेटे ने कल मेरा अपमान किया है...' उन्होंने वाक्य का संशोधन कर उसे पूरा किया।

सहसा मास्टरजी की नजर तिपाई के ऐन ऊपर, दीवार के साथ लगे हुए धातु के एक सफेद गोल-से उपकरण पर पड़ी। गोल डिब्बे की शक्ल की कोई चीज थी लेकिन बड़ी चमकती थी और दीवार के साथ यों लगी थी, मानो टँगी हो!

मास्टरजी का कुतूहल जागा। 'यह क्या चीज हो सकती है?' उन्होंने मन-ही-मन कहा और सिर टेढ़ा करके उसे एक ओर से देखने लगे। फिर उसे छूकर देखने का लोभ सँवरण न कर, मास्टरजी ने एक बार दाएँ-बाएँ देखा और दायाँ हाथ बढ़ाकर उस चमकते पात्र को छूने, सहलाने लगे।

मास्टरजी उसे सहला ही रहे थे कि पात्र तनिक-सा घूम गया और हिलने लगा। मास्टर रामदास ने उसे घुमाया नहीं था, उनके हाथ में वह अपने-आप ही नीचे से घूम गया था। दूसरे ही क्षण वह चमकता डिब्बा, खट-से दीवार पर से गिर पड़ा। मास्टर रामदास ने उसे हाथ से पकड़ने की बड़ी कोशिश की, लेकिन वह लुढ़ककर तिपाई पर आ गया। पात्र में से थोड़ा-सा पानी निकलकर एक पत्रिका पर गिरा। मास्टरजी के हवास फाख्ता हो गए।

झट से दाएँ-बाएँ देखकर मास्टरजी ने पात्र उठाया और दीवार के साथ अपनी जगह पर लगाने लगे, लेकिन उनके हाथ से वह वहाँ अटक नहीं पाया। कोई पेच था जो घूम गया था या सहसा टूट गया था।

मास्टरजी ने फिर एक बार दाएँ-बाएँ बरामदे में देखा। प्रधानजी के कमरे का दरवाजा पहले की तरह बन्द था। मास्टरजी का दिल धक्-धक् करने लगा। यह मैं क्या कर बैठा? उन्होंने फिर एक बार उपकरण को दीवार के साथ जोड़ने की कोशिश की, लेकिन वह जुड़ नहीं पाया। मास्टरजी ने फिर इधर-उधर देखा। धूप खिली थी, जिससे बरामदे के बाहर एक तिरछी तिकोन बनती थी फाटक पहले की तरह अध-खुला था। फिर घूमकर डिब्बे की ओर देखा। कितने पैसे की चीज होगी यह?

सहसा अन्दर से आवाज आई, "अरे कोई है बाहर?...सुनते हो नेकीराम?"

मास्टरजी दम साधे रहे। उन्होंने झट से तिपाई पर से एक पत्रिका उठाई और डिब्बे के ऊपर रख दी।

कोई जवाब न पाकर प्रधानजी चुप हो गए।

मास्टरजी ने त्रस्त आँखों से पात्र की ओर देखा, उसके ऊपर एक और पत्रिका उठाकर रख दी और उठ खड़े हुए और दबे पाँव चलते हुए बरामदे के सिरे पर आ गए। मन चाहा कि सरक जाएँ। किसी को क्या मालूम, कौन-सा मास्टर आया था।

पर ज्योंही वह बरामदे के सिरे पर पहुँचे कि सामने से नेकीराम आता दिखाई दिया। मास्टरजी रुक गए और चोरों की तरह घूमकर उसकी ओर देखने लगे।

''आपने बुलाया लालाजी?'' नेकीराम ने सीधा दरवाजे के पास जाकर पूछा।

''बिठलाया मास्टरजी को?''

''जी, बैठे हैं।''

''उनसे चाय-वाय पूछो। मैं अभी आता हूँ।''

''बैठो मास्टरजी। चाय लाऊँ?'' नेकीराम ने पूछा।

''नहीं-नहीं, मेहरबानी।'' उन्होंने कहा और नेकीराम की ओर देखकर मुस्कुराने की चेष्टा करने लगे ताकि नेकीराम की नजर तिपाई की ओर नहीं जाए। मास्टरजी नेकीराम की नजर को अपनी नजर से बाँधना चाहते थे।

''बैठिए-बैठिए, मैं अभी चाय लाता हूँ।'' नेकीराम ने कहा और बरामदे से बाहर निकल गया।

मास्टरजी घबरा गए। अब छुटकारा नहीं होगा। 'क्यों न नेकीराम के सामने ही जुर्म-कबूली कर लूँ? प्रधानजी से तो नहीं कहेगा?' लेकिन नेकीराम जा चुका था और प्रधानजी किसी वक्त भी बाहर आ सकते थे।

डिब्बे की ओर अब मास्टरजी की आँख नहीं उठती थी। उनके दोनों हाथों में हल्की-सी लरजिश होने लगी। एक बार मन में आया कि डिब्बे को उठाकर तिपाई के नीचे रख दें, वहाँ शायद प्रधानजी की नजर नहीं जाएगी, लेकिन हिम्मत नहीं हुई। वहीं-के-वहीं बैठे रहे। 'कैसा पागलपन हो गया है मुझसे! न मालूम, कितने पैसे की चीज है! प्रधानजी ने कीमत माँग ली तो क्या होगा?...'

बरामदे के सिरे का दरवाजा खुलने की आवाज आई। मास्टरजी ने मुड़कर देखा और उठकर खड़े हो गए। प्रधानजी चले आ रहे थे। सिर पर सफेद मांडीदार पगड़ी, नीचे चमचम करते काले बूट, भारी, ऊँचा, गठा हुआ शरीर, हाथ में छड़ी।

''बैठिए-बैठिए, मास्टरजी। सब कुशल-मंगल है?''

''जी, दया है आपकी।'' मास्टरजी ने हाथ जोड़कर कहा।

''कौन-सा लड़का पढ़ता है आपसे? हमारे तो पाँच बेटे स्कूल जाते हैं।'' प्रधानजी ने हँसकर कहा।

''जी, मैं चौथी जमात को पढ़ाता हूँ।''

''अच्छा, अच्छा, धर्मदेव आपसे पढ़ता है। बड़ा नटखट लड़का है। उसके कान खींचकर रखा कीजिए।''

“जी...हँ...जी...हँ...”

प्रधानजी घूमकर, ऊँची आवाज में चिल्लाए, “अरे कोई है? चाय लाओ मास्टरजी के लिए! कहाँ मर गए हो सब-के-सब?”

इतने में नेकीराम एक हाथ में चाय की प्याली और दूसरे में एक तश्तरी में खाने का सामान उठाए हुए पहुँच गया। तिपाई पर उसने चाय की प्याली रखी और तश्तरी के लिए पत्रिकाएँ उठा-उठाकर जगह बनाने लगा।

मास्टरजी की एक साँस नीचे और एक ऊपर हो रही थी। टाँगें मन-मन की बोझिल हो रही थीं।

नेकीराम ने एक पत्रिका उठाई तो नीचे डिब्बा पड़ा था। मास्टरजी को तो जैसे लकवा मार गया। जैसे थे, वैसे ही गुमसुम बैठे रहे।

नेकीराम ने चुपचाप डिब्बा उठाया, दोनों हाथों से पकड़कर तनिक-सा घुमाया और दीवार पर अपनी जगह टाँग दिया। फिर कन्धे पर से कपड़ा उतारकर तिपाई पोंछने लगा।

“खाइए, खाइए, मास्टरजी, आप क्या सोच रहे हैं? चाय ठंडी हो जाएगी।” प्रधानजी ने कहा।

“जी...जी,” मास्टरजी बुदबुदाए और अनायास ही उनके दोनों हाथ जुड़ गए।

एक अजीब, स्निग्ध, कोमल-सी भावना की लहर मास्टरजी के बदन में उठी और सिर से पाँवों तक उन्हें सराबोर कर गई। दिल तो बिलकुल उसमें डूब ही गया। सिक्त-सिक्त हो गए।

प्रधानजी कह रहे थे, “बड़ा नटखट लड़का है, उसके कान खींचकर रखिएगा। बच्चों को ढील दो तो बिगड़ जाते हैं।”

“जी, अभी उम्र ही क्या है...चिरंजीव रहे...”

मास्टरजी बड़े आग्रह और कुतूहल से डिब्बे की ओर देखते हुए बोले, “यह क्या चीज है, प्रधानजी?”

“कौन-सी? यह! राखदानी है और क्या? सिगरेट पीनेवालों के लिए। मैं तो सिगरेट नहीं पीता। आप पीते हैं? मँगवाऊँ?”

“जी नहीं।”

“बहुत बुरी इल्लत है। पैसे फूँकने के अलावा इसमें कुछ नहीं।”

“जी।”

“अब तो इसके पेच ढीले हो गए हैं, बार-बार गिर जाती है।”

“जी, बड़ी खूबसूरत चीज है,” मास्टरजी ने कहा, “साइंस के करिश्मे हैं। साइंस ने कमाल कर दिया है।”

प्रधानजी हँसकर बोले, “कल क्या कहता था, ‘मुझे नहीं मारो, नहीं तो मैं पिताजी से कह दूँगा?’ आपको कहा था कि किसी दूसरे उस्ताद को?”

मास्टरजी खिसियाकर हँसते हुए बोले, ''जी, मुझ ही को कहा था। भला मैं क्यों मारूँगा? आप तो हमारे सरपरस्त हैं...''

''नहीं, नहीं, लड़कों की लगाम खींचकर रखनी चाहिए।'' प्रधानजी ने अपनी छड़ी सँभालते हुए कहा, ''तो कहिए, कैसे आना हुआ?''

मास्टरजी मुँह में मट्ठी चबा रहे थे। सिर ऊपर उठा और हाथ बाँधकर, प्रधानजी की ओर देखते हुए बोले, ''जी, मैं यही कहने आया था कि आप निश्चिन्त रहें। मैं हर तरह से उसका पूरा खयाल रखूँगा।'' कहते-कहते मास्टरजी के दिल में फिर भावना की हुमक उठी।

''इतनी-सी बात के लिए तकलीफ की?'' प्रधानजी उठ खड़े हुए और नेकीराम की ओर घूमकर बोले, ''गाड़ी तैयार है?''

''जी, तैयार है लालाजी!''

''आप आराम से खाइए मास्टरजी, मुझे एक जगह आठ बजे पहुँचना है।'' फिर नेकीराम से बोले, ''तुम मास्टरजी का खयाल रखना। कुछ जरूरत हो तो ला देना।'' और उन्हीं कदमों बरामदे से निकल गए।

मास्टरजी ने ज्यों-त्यों मट्ठियाँ हलक के नीचे उतारीं, पगड़ी के पल्ले से मूँछें पोंछी और थोड़ी ही देर बाद उठ खड़े हुए। क्षण-भर के लिए बरामदे के सिरे पर ठिठके कि नेकीरामजी को नमस्कार करते जाएँ, मगर प्रधानजी के चले जाने के बाद, नेकीरामजी कहीं भी नजर नहीं आ रहे थे। मास्टरजी चुपचाप मैदान लाँघकर फाटक से निकले और सड़क पर आ गए और भगवान का नाम लेकर घर की राह ली।

पास-फेल

आज फिर घर में गहमागहमी थी। चाची तीन बजे ही सज-धजकर मोटर में पहुँच गई थी। अवस्था में बड़ी और शरीर की बोझिल होने पर भी चाची बड़ी चुस्त-दुरुस्त रहती थी। मुन्नी की बहन निर्मला ने भी अपने दहेज की जड़ाऊ, हरे रंग की साड़ी पहन रखी थी और खूब चहक रही थी, केवल मुन्नी का दिल धक्-धक् कर रहा था। तीन बार कपड़े बदल चुकी थी और तीनों बार बहन ने आकर उतरवा दिये थे।

''ये बहुत सादा हैं, मुन्नी! रेस्तराँ में कोई सफेद सलवार-कमीज भी पहनकर जाता है? तुम नाइलॉन की साड़ी पहन लो, वही प्याजी रंग की, जो भइया अमृतसर से लाए थे।''

इस पर मुन्नी रो पड़ी। जब से रेस्तराँ में जाने की बात हुई थी, उसका मन जाने कैसा हो रहा था। कुछ भी उसकी समझ में नहीं आ रहा था।

''तू तो बड़ी कमजोर-दिल है, मुन्नी! सबके काम इसी तरह होते हैं।'' फिर बहन को बाँहों में भरकर बोली, ''मत रो, मेरी बहन, अगर उन लोगों की पसन्द है तो हमारी भी तो है। हम भी तो इनकार कर सकती हैं। कोई जबर थोड़े ही है।''

बाहर आँगन में से चाची की आवाज आई, ''तैयार हो, लड़कियो? अभी कितनी देर है?'' और पट-पट सैंडल बजाती कमरे की दहलीज पर आ गई, ''हाय मुन्नी! यह क्या पहन रखा है? रेस्तराँ में यह पहनकर जाओगी?''

पर निर्मला ने चाची को चुप रहने का इशारा किया। चाची चुप हो गई। फिर क्षण-भर बाद निर्मला से बोली, ''निर्मला, ज़रा इधर तो आना।''

निर्मला बाहर आई तो चाची उसे आँगन के दूसरी ओर ले गई, ''तूने उसे बता दिया है, पगली?''

''मैंने कुछ नहीं बताया, चाची, वह अपने-आप ही समझ गई है।''

''छिपाया भी तो कैसे जा सकता है!'' चाची बुदबुदाई। फिर दीवार की ओट में खड़ी होकर, बटुए में से एक तस्वीर निकाली, ''यह फोटो पुराना है। रघुनाथ पहले से कुछ मोटा हो गया है। लेकिन देखने में फिर भी अच्छा है।''

निर्मला फोटो को हाथ में लेकर बड़ी देर तक देखती रही।

''तुम क्या सोचती हो, मान जाएँगे, चाची?''

''अब किसी के दिल की भगवान जाने, पर उन्होंने खुद ही तो लड़की देखने को कहा है।''

''आपने मुन्नी की तस्वीर उन्हें दी थी?'' निर्मल ने पूछा।

''हाँ तो।''

''क्या कहते थे?'' निर्मला ने बड़ी उत्सुकता से पूछा।

''वे क्या कहेंगे? अच्छा भी लगे तो लड़केवाले मुँह से थोड़े ही कहेंगे कि अच्छा है। पर मैं तो समझती हूँ, इस घर में मुन्नी का काम हो जाएगा।''

यह वाक्य सुनकर निर्मला के बदन में स्फूर्ति की लहर दौड़ गई और वह भागती हुई मुन्नी के कमरे की ओर गई। मुन्नी पलंग के सिरे पर चुपचाप बैठी फर्श की ओर देखे जा रही थी।

''हाय मुन्नी, तू अभी तक बैठी है? चार बजनेवाले हैं। उठ, उठ मेरी बहन! किसी को इन्तजार करवाना ठीक नहीं होता।''

और झट से अलमारी में से प्याजी रंग की नाइलॉन की साड़ी निकालकर मुन्नी के हाथों में दे दी।

यह आज की ही बात न थी; पिछले तीन सालों से यही कुछ चल रहा था। कभी चाची और निर्मला मुन्नी को सादा कपड़े पहनवाकर ले जातीं, कभी भड़कीले। कभी रेस्तराँ में, कभी किसी के घर। आज से दस ही दिन पहले चाची और निर्मला उसे शुद्ध घर की कती-बुनी खा़दी का सूट पहनवाकर ले गई थीं और सारा वक्त निर्मला उसे सिर पर दुपट्टा ओढ़े रखने का आग्रह करती रहती थी, क्योंकि लड़का कांग्रेसी खयालों का था और खादी पहनता था। कभी सादे लिबास में ले जातीं तो कभी लिपस्टिक, क्यूटैक्स और काजल लगवाकर ले जातीं और मुन्नी को अंग्रेजी में बातें करने को कहतीं।

जब दोनों बहनें चाची के साथ रेस्तराँ पहुँचीं, तो मामाजी पहले से वहाँ खड़े इन्तजार कर रहे थे और टोप हाथ में पकड़े सिगार के कश लगा रहे थे।

लड़केवाले भी पहले से वहाँ मौजूद थे। लड़के के साथ दो पुरुष थे और दो स्त्रियाँ थीं। ऐनकवाले स्थूलकाय सज्जन लड़के के भाई थे। उनकी बगल में ही उनकी पत्नी बैठी थी, उतनी ही स्थूलकाय, जेवरों से लदी और साँवले रंग की। हाथ हिलाती तो चूड़ियाँ खनकतीं। लड़का अपने एक दोस्त को भी साथ लेता आया था। जहाँ कहीं भी सगाई की बात चलती, यह उसे साथ ले जाता था। लड़की चुनने के मामले में मित्र-मंडली में उसकी बड़ी धाक थी। दो दोस्तों की शादियाँ उसी की पसन्द पर हुई थीं। अब वह अपने को विशेषज्ञ समझने लगा था। उसके दोस्त मज़ाक-मजाक में उससे कहा करते थे, 'साले, तू लड़कियों की दुकान क्यों नहीं

खोल लेता?' चाची तो साथ थी ही। पतला, सूखा हुआ चेहरा, घुँघराले सफेद बालों की एकाध लट उसके माथे पर सारा वक्त झूलती रहती। वह ऐनक के नीचे से बराबर मुन्नी को देखे जा रही थी।

रेस्तराँ के अन्दर, एक ओर, छत के नीचे बढ़ाव-सा था, जैसा सिनेमा-थियेटरों में होता है। वहीं पर बैठने का प्रबन्ध किया गया था। मेज पर से घूमकर नीचे की ओर देखो तो हॉल में बैठे लोग नजर आते थे। लड़के की बड़ी भावज बड़ी खुश नजर आती थी, लेकिन उसके पति अभी से ऊबने लगे थे। मुन्नी हाथों में छोटा-सा रूमाल पकड़े, मेज के नीचे बार-बार मसल रही थी। ज्यों-ज्यों उसकी झेंप बढ़ती जाती, उसके हाथ रूमाल को अधिकाधिक चिचोड़ते। उसकी आँखों के सामने सब-कुछ तैर-सा रहा था। चाची ने कुछ ऐसा प्रवन्ध किया था कि लड़का भी मुन्नी के ऐन सामने ही बैठा था। कुछ-कुछ मोटा, आँखों पर चश्मा और होंठों के ऊपर बेहद काली मूँछें थीं। उसके मन में भी अभी से जड़ता आने लगी थी।

न मालूम कैसे, मगर सरकार की चर्चा होने लगी। मामाजी लड़के के भाई से कह रहे थे, "अब वह बात ही नहीं रही। आज अफसर का वह रौब ही नहीं जो अंग्रेजों के जमाने में हुआ करता था।"

लड़के के बड़े भाई, दोनों हाथ तोंद पर रखे, सहमति में सिर हिलाते हुए बोले, "पहले थानेदार के नीचे अठारह गाँव होते थे और चिड़ी नहीं फड़कती थी। अब थानेदार को कोई पूछता नहीं। गाँववाले सामने से गुजर जाते हैं, कोई हाथ उठाकर सलाम तक नहीं करता।"

अब की मामाजी ने अनुमति में सिर हिलाया और बोले, "अंग्रेज का बड़ा दबदबा था जी, बड़ा डिसीप्लिन था। कुछ उसमें था ही जो दो सौ साल तक राज्य कर गया। यें धोतीवाले क्या करेंगे?"

इस पर बड़े भाई को कोई किस्सा याद आ गया। सहसा हँसकर बोले, "उस दिन एक धोतीवाला किसी मीटिंग का सभापति बना हुआ था। हॉल में ज़रा गड़बड़ हुई तो उठकर कहने लगा, 'जैंटिलमैन, वीहेव लाइक जैंटिलमैन'!"

इस पर दोनों एक-दूसरे की ओर देखकर हँसने लगे।

चाची और मोटी भावज का आपस में वार्तालाप चल रहा था। उनके बीच मर्सिडीज मोटर की चर्चा हो रही थी।

"आजकल कहाँ मिलती है?" मोटी भावज रुआँसा मुँह बनाकर कह रही थी, "मगर इन्हें तो मर्सिडीज ही पसन्द है। कहते हैं, 'चालीस हजार लगे, पचास हजार लगे तो भी लूँगा मर्सिडीज ही।' "

इस पर चाची बोली, "आपको किस चीज की कमी है, आप चाहें तीन-तीन मोटरें रखें!"

निर्मला ने भी तो मोटरों में अपनी रुचि दिखाने के लिए कहा, ''मैंने सुना है, मर्सिडीज पेट्रोल बहुत खाती है।''

मोटी भावज इस पर ठहाका मारकर हँस दी, ''उसमें तो डीजल जलता है।''

निर्मला झेंप गई और चेहरा लाल हो गया। लेकिन चाची ने स्थिति सँभाल ली, ''हो भी तो आपको पेट्रोल की क्या परवाह!''

''इन्हें तो दफ्तर से मोटर-खर्च मिलता है। साढ़े तीन सौ रुपए एलाउंस मिलता है और खर्चा दो सौ रुपए से ज्यादा नहीं बैठता।''

इस पर उसके पति ने रुखाई से उसकी ओर देखा, मगर हँसकर बोले, ''तू मेरे भेद सबको बताती फिरेगी!''

भावज ने अपराधी की तरह पति की ओर देखा, मानो उससे बहुत बड़ी भूल हो गई हो, ''सॉरी!'' वह धीमी-सो आवाज में बुदबुदाई और हँसने की चेष्टा करने लगी।

मोटी भावज जब भी कभी प्लेट में से बर्फी का टुकड़ा या समोसा उठाती तो वह अपराधी की भाँति, कनखियों से अपने पति की ओर देखती।

''हमने सुना है कि मुन्नी बहुत अच्छा गाती है। कुछ सुनाओ, मुन्नीजी!'' उसने कहा।

मुन्नी का चेहरा लाल पड़ गया। जब से मुन्नी आई थी, नजरें झुकाए मेज की ओर देखे जा रही थी। उसकी हथेलियों पर फिर पसीना आ गया और वह काँपते हाथों से रूमाल से उसे रगड़-रगड़कर पोंछने लगी।

''हाँ, गाओ मुन्नी, जरूर गाओ!'' चाची झट से बोली, मानो इसी मौके के इन्तजार में बैठी हो! फिर अधेड़ महिला की ओर देखकर बोली, ''संगीत-विद्यालय में तीन साल तक सीखती रही है। चाँदी का तमगा इनाम में मिला था। रेडियोवाले तो कई बार बुला चुके हैं!''

अधेड़ महिला फीकी, रागहीन आँखों से मुन्नी की ओर देखे जा रही थी। यह वाक्य सुनकर उसकी भौंहों में बल आ गया, ''पब्लिक में गाती है?'' उसने सिर का पल्ला ठीक करते हुए पूछा।

चाची इसका मतलब समझ गई। झट बात बदलकर बोली, ''गाना तो शौक के लिए सीखा है, पब्लिक में गाने के लिए तो सीखा नहीं।''

''गाना तो बड़ा हुनर है। क्या सचमुच मुन्नी रेडियो पर गाती है? मैं तो रेडियो रोज सुनता हूँ।''

चाची असमंजस में पड़ गई। क्या जवाब दे? उसने उड़ती नजर से अधेड़ महिला की ओर देखा। घर में किसकी ज्यादा चलती होगी—भाई की या चाची की? फिर लड़के की ओर देखा। लड़का दब्बू किस्म का है या आजाद तबीयत का? फिर हँसकर कहने लगी, ''शादी के बाद जैसे लड़की का घरवाला कहे, वैसा करे। शादी के पहले पब्लिक में गाने की क्या जरूरत है, मतलब तो सीखने से है...।'

मोटी भावज ने सामने रखी खाली प्लेट को एक ओर हटाते हुए जोर से डकार ली, फिर सहसा मुँह पर हाथ रखकर पति की ओर देखा। ''सॉरी!'' उसने कहा और फिर एक बार पति की ओर देखा।

पति सुना-अनसुना करते हुए सामने देखते रहे। पत्नी की इस हरकत से वह पानी-पानी हो रहे थे।

''गाओ, मुन्नी!'' चाची ने फिर मुन्नी से आग्रह किया।

मुन्नी का चेहरा फिर लाल हो गया। पास बैठी बहन से धीमी आवाज में बोली, ''यहाँ पर कैसे गाऊँ?''

''बहनों की बड़ी दोस्ती जान पड़ती है! बहन से बोलती है, हमारी तरफ तो मुन्नी देखती भी नहीं!'' मोटी भावज ने चहकते हुए कहा और मेज के बीचोबीच पड़ी प्लेट की ओर हाथ बढ़ाया।

''कहती है, यहाँ कैसे गाऊँ?'' निर्मला ने हँसकर कहा।

''धीमी आवाज में गा दो,'' चाची बोली।

''गाओ जी, गाओ,'' स्वयं लड़के ने आग्रह किया।

लड़के के घरवाले सभी ठहाका मारकर हँस पड़े।

''अब तो मुन्नी, तुम जरूर ही गाओ!'' मोटी भावज ने हँसकर कहा।

यह अनुरोध अन्य अनुरोधों से भिन्न है, इसका एहसास मुन्नी के उद्भ्रान्त मन को भी हुआ। उसका चेहरा लाल पड़ने के बजाय पीला-सा पड़ गया। वह कुछ देर नीची नजर किए बैठी रही, फिर धीरे-धीरे गाने लगी :

प्रेम का है इस जग में पन्थ निराला...

सहसा लड़के और उसके दोस्त ने एक-दूसरे की ओर घूमकर देखा और मुस्कुराए। बिलकुल यही गीत कुछ दिन पहले एक दूसरी लड़की के मुँह से भी सुना था। वह भी उसे दिखाने के लिए लाई गई थी।

मुन्नी की आवाज में बड़ी लोच थी, और हल्का-सा कम्पन भी। सीधे दिल के तार छूती थी। गाना शुरू होते ही निर्मला का रोम-रोम अपनी छोटी बहन के प्रति द्रवित हो उठा। मेज के नीचे दोनों हाथ बाँधकर भगवान से याचना करने लगी, 'हे भगवान! इन्हें मेरी बहन पसन्द आ जाए। ये लोग 'हाँ' कर दें!'

लड़के का मन थका हुआ और बोझिल हो रहा था। उसे मुन्नी न अच्छी लग रही थी, न बुरी। सोच रहा था कि कब पार्टी खत्म हो और वह बाहर जाकर सिगरेट सुलगाए। वह इन लोगों के साथ घर नहीं जाएगा। वह और बिशन कनॉट प्लेस में घूमेंगे।

लेकिन उसका दोस्त चौकन्ना होकर बैठ गया था और शुद्ध व्यावसायिक रूप से मुन्नी का गाना सुन रहा था। जब से पार्टी शुरू हुई थी, वह मुन्नी की ओर देखे जा रहा था, हिसाब लगा रहा था और नम्बर दे रहा था।

जितनी देर मुन्नी गाती रही, आँखें नीची किए रही। वह एक-एक क्षण यही मना रही थी कि गीत सुभीते से समाप्त हो जाएँ और उसकी आवाज कहीं भी न टूटे।

एक आखिरी लग्ज़िश के साथ मुन्नी का गाना समाप्त हो गया। समाप्त होते ही उसका चेहरा फिर लाल हो गया और गर्दन तनिक और झुक गई।

"मुन्नी तो गुणों की गुथली है! कितना अच्छा गाती है!" मोटी भावज बोली, लेकिन अधेड़ महिला की नजर अपनी ओर मुड़ती देखकर वह सहसा चुप हो गई।

जितनी देर मुन्नी गाती रही, चाची लड़के के चेहरे की ओर देखती रही। लड़के के चेहरे पर वैसा ही अबोध, निश्चेष्ट-सा भाव था, जैसा कई बार वह अन्य लड़कों के चेहरे पर देख चुकी थी।

"आप और चाय पिएँगी, प्याला बनाऊँ ?" लड़के के भाई ने निर्मला की ओर देखकर कहा।

"जी नहीं, आप पिएँ तो मैं बनाऊँ आपके लिए प्याला," निर्मला ने हड़बड़ाकर कहा।

मेज पर बैठे सभी लोग हँसने लगे। निर्मला को बेहद झेंप हुई। हल्की-सी मुस्कान मुन्नी के चेहरे पर भी दौड़ गई और पहली बार उसने सिर उठाया। अचानक उसकी आँखें लड़के की ओर उठ गईं, जो ठीक सामने बैठा था। पर मुन्नी ने झट-से नजर नीची कर ली।

थोड़ी देर तक सभी चुप रहे।

"तो फिर चलें ?" बड़े भाई ने किसी व्यक्ति-विशेष को सम्बोधन किए बिना कहा और कोने में खड़े बैरे को बिल लाने का इशारा किया।

बिल अदा करने के बारे में मामूली-सा झगड़ा हुआ। चाची ने झपटकर तश्तरी में से बिल उठा लिया। उधर से बड़े भाई बिल अदा करने के लिए इसरार करने लगे।

अन्त में अधेड़ महिला बोली, "चलो, तुम्हीं मान जाओ, कुलभूषण। यह बिल देना चाहती हैं तो इन्हीं को देने दो।"

चाची ने पैसे दिये। इस पर निर्मला को बड़ा सन्तोष हुआ। उसके मन में धूमिल-सी आशा उठी कि हमारे बिल अदा करने से ही शायद मुन्नी उन लोगों को पसन्द आ जाए।

नीचे पहुँचकर दोनों मंडलियाँ अपनी-अपनी मोटरों में बैठकर घरों को चल दीं। जाने से पहले मोटी भावज ने मुन्नी को बाँहों में भरकर चूम लिया। "हाय, तू कितना अच्छा गाती है!" उसने कहा।

यह देखकर निर्मला का मन गद्‌गद हो उठा, मानो भावज ने अपनी स्वीकृति की मोहर लगा दी हो!

लड़का और उसका मित्र घरवालों के साथ नहीं गए। दोनों ने नुक्कड़वाली दुकान पर से एक-एक पान खाया, फिर सिगरेट सुलगाई।

"चलो, छुट्टी हुई! बड़ा बोर है यार, यह काम!"

बाहर की ताजी हवा में दोस्त के साथ चलते हुए रघुनाथ की जबान खुलने लगी। वहाँ सारा वक्त बुत-सा बना बैठा रहा था और दिमाग पत्थर हो रहा था। बाहर पहुँचते ही दोनों चहकने लगे।

"कितने नम्बर दिये, सेक्रेटरी?" रघुनाथ ने हँसकर अपने मित्र से कहा।

"फेल है।"

"फेल कर दिया क्या?"

"तुम्हें इससे बढ़िया लड़की मिल सकती है। यह लड़की ढाई-तीन सौ तनख्वाह पानेवालों के लिए ठीक है। तुम तो साढ़े पाँच सौ पाते हो।" फिर अपने निर्णय की पुष्टि में युक्तियाँ देने लगा, "कई बातें हैं। एक तो शरमाती बहुत है, सारा वक्त बुत बनी बैठी रही। दूसरे..."

और दोनों दोस्त कनॉट सर्कस के बरामदों में घूमते हुए, मुन्नी के गुण-दोष निकालने लगे।

मामाजी रेस्तराँ से ही अलग होकर घर चले गए थे। चाची दोनों बहनों को उतारकर, सीधी मोटर में अपने घर चली गई।

पार्टी से लौटकर मुन्नी भी, जो सारा वक्त झेंपती, शरमाती रही थी, खुलने लगी। उसके दिल में हल्की-सी गुदगुदी होने लगी थी। घर की सीढ़ियाँ चढ़ते हुए वह सहसा खड़ी हो गई और घूमकर निर्मला का रास्ता रोक लिया।

"निर्मल, सच-सच बताना, मैंने बहुत बुरा गाया था?" और घबराकर बहन के चेहरे की ओर देखने लगी।

"तू तो इतना अच्छा गाती है, पगली कि मेरे पास तेरे-जैसी आवाज हो तो मैं किसी की भी परवाह न करूँ।"

"सच, निर्मल, मैं बहुत डर रही थी। एक बार तो मेरी आवाज फटने लगी थी।"

बातें करती हुई दोनों बहनें मुन्नी के कमरे की ओर आने लगीं। दरवाजे के पास मुन्नी फिर बहन का रास्ता रोककर खड़ी हो गई, "अच्छा, निर्मल, एक और बात बता तो, लड़का वही था जो ऐन मेरे सामने बैठा था?"

"हाँ, तो। पगली, तुझे इतना भी नहीं मालूम?"

"वही ऐनकवाला... ? ऐनक तो बड़ी मोटी लगाता है, पर कोई बात नहीं, आजकल सभी ऐनक लगाते हैं।" फिर अपने-आपसे जैसे बातें करती हुई बुदबुदाई, "मैं भी ऐनक लगा लूँगी तो उसे झेंप नहीं होगी।" यह कहते हुए मुन्नी का चेहरा लाल हो गया, "मैं बड़ी बेशर्मी से बातें करने लगी हूँ न निर्मल?"

प्रोफेसर

कॉलेज का लम्बा गलियारा लाँघकर प्रोफेसर वीरेन्द्र क्लास में पहुँचे ही थे कि उनकी नजर अपनी डेस्क पर पड़ी। डेस्क पर एक रेखाचित्र रखा था। प्रोफेसर साहब ने रेखाचित्र उठाया और बड़े ध्यान से उसे देखने लगे। वह हाथ का बना टैगोर का रेखाचित्र था, पाठ्य-पुस्तक में लगे उनके रेखाचित्र से हू-ब-हू मिलता हुआ और रेखाचित्र के नीचे लिखा था : कृष्णलाल सूरी, ग्यारहवीं जमात।

प्रोफेसर वीरेन्द्र तस्वीर देखकर मुस्कुराए। उनके दिल में खुशी की एक हिलोर-सी उठी। छात्रों के बीच अपनी लोकप्रियता का यह एक और प्रमाण था और प्रोफेसर के नाते अपनी सफलता का भी। छह महीने भी इस क्लास को हाथ में लिये नहीं हुए और यहाँ कोई लड़का तस्वीरें बनाने लगा था, कोई कविताएँ लिखने लगा था, कोई ढेरों नॉवलें पढ़ता था...उस्ताद का काम बीज डालना है, देखो तो कैसा अंकुर फूटा है!

उन्होंने नजर ऊपर उठाई।

"कहाँ है कृष्णलाल?"

एक साँवले रंग का दुबला-पतला लड़का पिछली पाँत में खड़ा हो गया। निहायत छोटी-छोटी आँखें, बदन पर काले रंग की वास्कट पहने था।

"वह तस्वीर तुमने बनाई है?"

लड़का सकुचा गया और धीरे से बोला, "जी।"

सभी लड़के मुड़कर कृष्णलाल की ओर देखने लगे।

"बहुत सुन्दर चित्र बनाया है तुमने। मुबारक हो! तुमने और भी बहुत-सी तस्वीरें बनाई होंगी, क्यों?"

एक लड़का उचककर बोला, "जी, रोज बनाता है, मगर किसी को दिखाता नहीं।"

"इधर आओ, बेटा!"

सकुचाता, अपने में सिमटता हुआ, कृष्णलाल चित्रों की कॉपी उठाए आगे बढ़ा। उसका स्वागत करने के लिए प्रोफेसर वीरेन्द्र डेस्क पर से हटकर लड़कों के डेस्कों के पास जा खड़े हुए।

"मुझे तुम पर गर्व है, कृष्णलाल! और मैं आशा करता हूँ कि किसी दिन सारे देश को तुम पर गर्व होगा।" फिर कृष्णलाल का हाथ अपने हाथ में लेकर, उसे एक मान्य अतिथि की तरह अपनी डेस्क के पास लिवा ले गए और चित्रों की कॉपी के पन्ने पलटने लगे।

"तुम रंगों से भी चित्र बनाते हो?"

"जी, कभी-कभी," वह सकुचाते हुए बोला।

"अधिक क्यों नहीं?"

"जी, मेरे पास रंग नहीं हैं।"

प्रोफेसर वीरेन्द्र ने अधिक सवाल करना मुनासिब नहीं समझा। टैगोरवाला चित्र हाथ में लेकर बोले, "इसे मैं रखूँगा, इजाजत है?"

"जी, मैं आप ही को देना चाहता था," लड़के ने झेंपते हुए कहा।

"तुम्हारे हाथ में बड़ी सफाई है। किताब की तस्वीर और तुम्हारे हाथ की बनी तस्वीर में कोई फर्क नजर नहीं आता। आँखों की पलकें तक मिलती हैं। खूब, वाह, बड़े होनहार हो! मुझे सचमुच तुम पर गर्व है। बस, मैं एक ही नसीहत तुम्हें करूँगा, बेटा! इसे छोड़ना मत। प्रतिभा शब्द की परिभाषा क्या है, जानते हो?" उन्होंने क्लास को सम्बोधित करते हुए कहा, "निन्यानबे प्रतिशत श्रम और एक प्रतिशत प्रेरणा। अगर लगन से चित्र बनाते रहोगे तो एक दिन तुम्हारा नाम रौशन होगा।"

एक बार फिर प्रोफेसर साहब ने लड़के के साथ हाथ मिलाया, गहरी सहृदयता के साथ मुस्कुराए और चित्रों की कॉपी लौटा दी।

क्लास में कृष्णलाल के प्रति ईर्ष्या की लहर दौड़ गई। कई लड़कों ने मन-ही-मन प्रण किया कि वे भी तस्वीरें बनाया करेंगे।

इसके बाद प्रोफेसर वीरेन्द्र ने कलर की महानता और कलाकार की लगन पर एक छोटा-सा व्याख्यान दिया कि किस प्रकार गरीबी और मुफ़लिसी में रहते हुए भी कलाकार अपनी कला का अनन्य सेवक बना रहता है और इसी प्रशंसा-सराहना के बीच घंटी बज गई।

"आज के दिन पढ़ाई तो नहीं हो पाई, पर इससे भी बढ़कर जरूरी काम हुआ है—एक प्रतिभा की खोज हुई है। आज का दिन हम सबके लिए बड़ी खुशी का दिन है, बड़े गर्व का दिन है।"

क्लास में बैठे पन्द्रह-पन्द्रह, सोलह-सोलह वर्ष के तरुण छात्र, दत्तचित्त होकर उनका व्याख्यान सुनते रहे और उनके एक-एक वाक्य को वेद-वाक्य मानकर ग्रहण करते रहे।

इस घटना के पाँच-छह दिन बाद प्रोफेसर वीरेन्द्र अपने मंत्रमुग्ध श्रोताओं के सामने कविता-सुमन बाँट रहे थे, जब क्लास के बाहर गलियारे में उन्हें किसी का साया-सा डोलता हुआ नजर आया। प्रोफेसर वीरेन्द्र ने गौर से देखा, एक ऊँचे

कद का काला-सा आदमी, सिर पर बड़ी-सी पगड़ी बाँधे और बन्द गले का कोट पहने हाथ में छड़ी लिये खड़ा था।

प्रोफेसर साहब क्लास छोड़कर बाहर आए।

"आप ही प्रोफेसर वीरेन्द्र हैं?"

"जी, फरमाइए।"

"मुझे आपसे थोड़ा काम है।"

"अभी घंटी बजनेवाली है। आप स्टॉफ-रूप में तशरीफ रखिए, मैं अभी हाजिर हुआ।"

और घंटी बजने पर प्रोफेसर साहब सीधे स्टॉफ-रूम में पहुँचे और वहाँ से उस बुजुर्ग को अपने कमरे में ले गए।

"फरमाइए।"

"मैं कृष्णलाल का मामा हूँ," उस आदमी ने बैठते हुए कहा, "वह पिछले तीन दिन से कॉलेज में नहीं आ रहा है, आप जानते हैं, क्यों?"

उस आदमी के तेवर चढ़े हुए थे। अपना परिचय देते समय उसके होंठ भी एकाध-बार काँप गए थे। प्रोफेसर वीरेन्द्र का माथा ठनका।

"कृष्णलाल नाम के तो बहुत-से लड़के हैं, क्लास बहुत बड़ी है।"

"कृष्णलाल सूरी को आप अच्छी तरह जानते हैं। कुछ ही दिन पहले आपने उसकी पीठ ठोकी थी कि वह तस्वीरें बहुत अच्छी बनाता है।"

"जी, जानता हूँ, बड़ा होनहार लड़का है।"

"आप उसकी जिन्दगी बरबाद कर रहे हैं और मैंने निश्चय किया है कि उसे कॉलेज में से उठा लूँ।"

प्रोफेसर वीरेन्द्र चुप रहे।

"वह लड़का दिन-भर तस्वीरें बनाने लगा है। पहले मेरे डर से लुक-छिपकर बनाया करता था, अब जब से आपने बढ़ावा दिया है, वह दिलेर हो गया है। मैं मना करता हूँ तो मुझे आँखें दिखाता है। आप क्या समझते हैं, वह तस्वीरों से अपना या अपनी माँ का पेट पालेगा?"

प्रोफेसर वीरेन्द्र फिर भी चुप रहे।

"मैं उसे तालीम इसलिए दे रहा हूँ कि अपने पाँवों पर खड़ा हो सके। मेरे पैसे मुफ्त में नहीं आए हैं कि वह फेल होता जाए और मैं उसकी फीस भरता रहूँ।"

प्रोफेसर वीरेन्द्र समझ गए कि चूक हो गई है, जोश में आकर बढ़ावा दे दिया है। उन्होंने कनखियों से कृष्णलाल के मामा की ओर देखा। खतरनाक आदमी जान पड़ता है। वह आदमी कॉलेज के गलियारे में खड़ा होकर शोर मचा सकता है, दस आदमियों के सामने बेइज्जत कर सकता है, प्रिंसिपल के सामने जाकर शिकायत भी कर सकता है, बहुत बड़ा बखेड़ा खड़ा कर सकता है।

वह आदमी कह रहा था, ''आप लोगों का तस्वीरों से क्या काम ? आप किताब पढ़ाइए, इम्तिहान की तैयारी करवाइए। मैंने सुना है, आप क्लासों में बहुत ऊल-जलूल बोलते हैं। एक-एक बात पर व्याख्यान झाड़ने लगते हैं। लड़के क्या पढ़ेंगे, खाक ?''

प्रोफेसर वीरेन्द्र ने स्थिति समझ ली और आश्वस्त होकर बैठ गए। लेकिन कृष्णलाल के मामा का पारा तेज़ होता जा रहा था।

''मैं चाहता हूँ कि वह एफ.ए. पास करे और कहीं पर छोटी-मोटी नौकरी करे और अपनी माँ को लेकर अलग जाकर रहे।''

''जी,'' प्रोफेसर साहब ने धीरे से कहा, ''मगर वह कॉलेज में पढ़ने क्यों नहीं आता ? क्या आपने उसे अभी से बिठा लिया है ?''

''मैंने उसे अँधेरी कोठरी में बन्द कर रखा है। जब तक वह कान को हाथ लगाकर तौबा नहीं करेगा, मैं उसे छोड़ने का नहीं, चाहे भूखों पड़ा-पड़ा मर जाए।''

''तो फिर आप मेरे पास क्यों आए हैं ?'' प्रोफेसर वीरेन्द्र ने धीरे से कहा, ''अगर आप समझते हैं कि मार-पीट से उसके शौक को कुचल सकते हैं तो वह भी कर देखिए।''

वह चुप हो गया। दोनों के बीच एक प्रकार का मौन-सा छा गया। दोनों अपनी आँखों से एक-दूसरे को तौल रहे थे।

फिर प्रोफेसर वीरेन्द्र तनिक आगे की ओर झुके और उस आदमी की कलाई पर हाथ रखकर, धीरे से बोले, ''लालाजी, जब कोई लड़का कविता लिखकर मेरे पास लाता है तो मैं उसकी पीठ ठोकता हूँ। इसका यह मतलब नहीं कि मैं समझता हूँ कि वह बड़ा होकर जरूर कवि बनेगा। मैं पिछले पन्द्रह वर्ष से साहित्य पढ़ रहा हूँ। मेरा कोई शागिर्द अभी तक कवि नहीं बना, न कोई गवैया बना है और न कोई चित्रकार। लेकिन मैंने सबकी पीठ ठोकी है।''

लालाजी प्रोफेसर साहब के चेहरे की ओर देखने लगे।

''मैंने सबकी पीठ ठोकी है, क्योंकि पीठ ठोकने से बच्चे का मन खुलता है, उसमें आत्म-विश्वास जागता है। हर आदमी शेक्सपियर नहीं बन सकता।'' प्रोफेसर वीरेन्द्र ने अपनी किताब में से वह रेखाचित्र निकाला जो कृष्णलाल ने बनाया था, ''यह देखिए, यह तस्वीर कृष्णलाल ने बनाई है। क्या मैं नहीं जानता कि यह नकल है, यह मौलिक रचना नहीं है ? लड़का ड्राइंग अच्छी कर लेता है, बस।''

लालाजी अब भी प्रोफेसर वीरेन्द्र के चेहरे की ओर देखे जा रहे थे।

''अफसोस इस बात का है कि आदमी अपने बचपन के शौक भूल जाते हैं,'' प्रोफेसर वीरेन्द्र ने स्थिर धीमी आवाज में कहा, ''लेकिन आप भी जानते हैं और मैं भी जानता हूँ कि सौ में से नब्बे लड़कों के शौक समय के साथ अपने-आप झड़ जाते हैं।''

लालाजी चुप-से हो गए। प्रोफेसर वीरेन्द्र को भी एक बात का भास होने लगा कि उनकी वाणी का असर हो रहा है। लालाजी आए तो थे छड़ी उठाकर, गम और

गुस्सा दिखाने के लिए, लेकिन वह सोचने लगे कि ये पढ़े-लिखे लोग ज्यादा ढंग से बात करना जानते हैं। इतनी बड़ी-बड़ी बिल्डिंगों में जो बैठकर बच्चों को पढ़ाते हैं तो कुछ जानते ही होंगे।

प्रोफेसर साहब कह रहे थे, ''मेरा कहा माफ कीजिए। आप बुजुर्ग हैं, जिन्दगी का कहीं ज्यादा तजुर्बा रखते हैं। मैं सोचता हूँ कि अगर बच्चे की रुचियों का रुख मोड़ना हो तो उसे धैर्य से समझाना चाहिए।''

''मैं तो प्रोफेसर साहब, चाहता हूँ, यह किसी तरह इम्तिहान पास कर ले। मेरे दफ्तर का साहब रिटायर होनेवाला है। उसने कहा है कि वह कृष्णलाल को नौकर रख लेगा। रिटायर होने से पहले ही काम करवा लिया तो करवा लिया वरना बाद में कोई नहीं पूछेगा।''

प्रोफेसर साहब ध्यान से सुन रहे थे।

''आप इसका यह ऐब छुड़ा दें, प्रोफेसर साहब! मैं आपका बड़ा अहसान मानूँगा। लड़का अपने पाँवों पर खड़ा हो जाए तो मैं चैन की साँस लूँगा।''

कुछ देर बाद जब लालाजी उठे तो बार-बार प्रोफेसर साहब का शुक्रिया अदा कर रहे थे। प्रोफेसर साहब भी कॉलेज के फाटक तक उन्हें छोड़ने गए। बात खत्म हो गई, यजमान का गुस्सा ठंडा पड़ गया और प्रोफेसर वीरेन्द्र अपनी वाणी के प्रभाव से सन्तुष्ट अपने कमरे में लौट गए।

उसी शाम कृष्णलाल शहर की लम्बी सड़क पार करता हुआ, प्रोफेसर वीरेन्द्र के घर की ओर जा रहा था। मुँह पर जगह-जगह सूजन, आँखों के नीचे नीली सलवटें, बाल उलझे हुए। वही काली वास्कट पहने था और बगल के नीचे तस्वीरों की कॉपी दबाए था। कोठरी में बन्द करने से पहले मामाजी ने सचमुच उसे धुन दिया था। उसकी आँखों में से चिनगारियाँ निकल रही थीं और गला रुँध-रुँध जाता था।...'मैं मर जाऊँगा, लेकिन तस्वीर बनाना नहीं छोड़ूँगा...वह समझते क्या हैं...मैं घर से भाग जाऊँगा...'

घर पर प्रोफेसर साहब देशी पोशाक पहने, अपनी सदाबहार मुस्कान के साथ मिले और मिलते ही कृष्णलाल को छाती से लगा लिया और उसे घर के अन्दर लिवा ले गए।

''मुझे तुम पर गर्व है, कृष्णलाल! तुम चरित्र के पक्के हो।'' उसे कुर्सी पर बिठाते हुए बोले, ''यह गुण तुम्हारे लिए जीवन में चट्टान का काम करेगा।''

कृष्णलाल सिर झुकाए, काँपते हाथों में कॉपी पकड़े खोया-खोया-सा बैठ गया।

प्रोफेसर वीरेन्द्र ने आगे झुककर बड़े स्नेह से अपना हाथ उसके घुटने पर रखा। हाथ रखने की देर थी कि कृष्णलाल फफक-फफककर रोने लगा। तीन दिन कोठरी

में बन्द रहने पर भी जो आँसू नहीं आए थे, वे प्रोफेसर साहब के स्पर्श-मात्र से फूट पड़े। प्रोफेसर वीरेन्द्र के लिए यह प्रतिक्रिया नई नहीं थी। कई लड़के जब अपनी समस्याएँ लेकर उनके पास आते थे तो रो पड़ते थे। एक बार एक छात्र किसी लड़की से प्रेम करने लगा था। उसके बाप ने भी उसे धुन दिया था और बाद में उसका 'ऐब छुड़ाने' के लिए प्रोफेसर साहब के पास भेज दिया था। वह इसी तरह फूट-फूटकर रोया था।

प्रोफेसर वीरेन्द्र अपने नगर में अजीब भूमिका अदा कर रहे थे। साहित्य के प्रोफेसर के नाते वह प्रेम, कला और साहित्य की महिमा गाते। करुण छात्रों की कल्पना के सामने जीवन के असीम प्रसार खुलने लगते। पर जब किसी लड़के को सचमुच अनुराग हो जाता तो उसका ऐब भी वही निकालते। उनकी स्थिति उस आदमी की-सी हो रही थी जो चूजों की पिटारी का ढकना तो उठा देता है, लेकिन जब चूजे बाहर भागने लगते हैं तो उन्हें पकड़-पकड़कर फिर पिटारी में बन्द करता रहता है।

"मैं मर जाऊँगा लेकिन चित्र बनाना नहीं छोड़ूँगा।"

"शाबाश! मुझे तुमसे यही आशा थी।" प्रोफेसर वीरेन्द्र ने कहा और लड़के की पीठ थपथपाई, "मैं चाहता हूँ कि तुम समझो कि तुममें एक हुनर है और उस हुनर से तुम देश और कला की सेवा करोगे।"

फिर प्रोफेसर साहब कुछ देर तक कृष्णलाल की पीठ पर हाथ रखे बैठे रहे, जब तक कि वह सँभल नहीं गया। फिर बोले, "पर एक बात के लिए मैं तुम्हें सावधान कर दूँ। हमारे समाज में कला की कोई कद्र नहीं है—कम-से-कम अभी तक तो नहीं। अपने मामाजी को ही देख लो। उनके विचार कला के बारे में मेरे और तुम्हारे विचारों से बहुत भिन्न हैं।"

कृष्णलाल को यह सुनकर सन्तोष हुआ। उसकी नजरों में मामा एक दैत्य बना रहता था, अब वह तुच्छ और नगण्य-सा व्यक्ति नजर आने लगा, जो कला के बारे में कुछ भी नहीं जानता था।

"मैं चाहता हूँ, तुम्हारे दिल में इस कला के प्रति अगाध प्रेम हो, श्रद्धा हो, भक्ति हो। तभी तुम कुछ कर पाओगे।"

"जी," कृष्णलाल ने श्रद्धा से सिर हिलाया और आँखें उठाकर प्रोफेसर साहब की ओर देखने लगा। उसके तपते दिमाग और जलती आँखों पर जैसे चन्दन का लेप होने लगा। एक-एक शब्द शीतल, निर्मल और सर्वथा उसकी आकांक्षाओं के अनुकूल।

"कृष्णलाल, तुम क्या सोचते हो? कला की सेवा तुम कैसे करोगे? तुम इसे पेशे के रूप में अपनाओगे या शौक के रूप में?"

"जैसे आप कहेंगे," कृष्णलाल ने जवाब दिया।

इस सरलता से अभिभूत हो प्रोफेसर साहब कुछ देर तक मौन बैठे रहे, मानो उनका मन द्विविधा में पड़ गया हो। फिर बोले, ''देखो बेटा, यह एक बहुत बड़ा सवाल होता है और यही समय है उस पर धैर्य से विचार करने का। पहले तो तुम एफ.ए. पास करोगे न?''

''जी।''

''उसके बाद?''

''जी, मैं आर्ट स्कूल में पढ़ना चाहता हूँ। आप मामाजी से कहें कि एफ.ए. के बाद वह मुझे आर्ट स्कूल में दाखिल करवा दें।''

''बड़ी अच्छी बात है,'' प्रोफेसर वीरेन्द्र ने धीरे से कहा, ''लेकिन यह जरूरी नहीं है कि आर्ट स्कूलों में से ही कोई कलाकार बनकर निकले। शेक्सपियर बहुत बड़ा लेखक था, लेकिन वह किसी कॉलेज या यूनिवर्सिटी में नहीं पढ़ा था। सच पूछो तो मुझे तो आर्ट स्कूल में कोई विश्वास नहीं है। ये तो अमीरों के चोंचले हैं। आर्ट स्कूल में कलाकार की अपनी मौलिकता मर जाती है, वह आजाद होकर अपनी प्रेरणा के मुताबिक काम नहीं कर सकता।''

''जी,'' कृष्णलाल दत्तचित्त होकर प्रोफेसर साहब का एक-एक शब्द सुन रहा था।

''मैं सोचता हूँ, कलाकार बनने के लिए अगर सबसे अधिक किसी चीज की जरूरी होती है तो वह है आजादी की। और मुझसे पूछो तो जितनी जल्दी तुम आजाद होकर अपने पाँवों पर खड़े हो सके, उतना ही अच्छा है।''

बात कृष्णलाल की समझ में नहीं आई। वह एकटक प्रोफेसर साहब के मुँह की ओर देखने लगा।

''पराश्रयता में कला का दम घुटता है,'' प्रोफेसर साहब कहने लगे, ''मेरा मतलब समझते हो? सच्चा कलाकार सूखी रोटी के टुकड़ों पर जीना पसन्द करेगा, लेकिन किसी का आश्रित बनकर रहना नहीं। जितनी जल्दी हो सके, एफ.ए. पास करके अपनी माँ को लेकर अलग घर बनाकर रहो।''

बात को बिना समझे कृष्णलाल ने सिर हिलाकर कहा, ''जी।''

''अगर कलाकार आजाद नहीं तो उसकी कला पनप नहीं सकती। बन्धन के वातावरण में इनसान कलाकार नहीं बन सकता। घर में इस वक्त तुम्हें कोई आजादी नहीं है। तुम अपने वक्त के मालिक नहीं हो। रंगों तक के लिए तुम्हें पैसे नहीं मिलते। तस्वीर बनाते हो तो मामाजी कोसा-कोसी करते हैं।''

''जी।''

''जब नौकरी में मजबूती से जम जाओ तो ढेरों चित्र बनाओ। यह तस्वीर बनाने का हुनर भगवान की देन होता है। यह तुममें उम्र-भर रहेगा। आज नहीं तो दो साल बाद भी इसे पकड़ सकते हो।''

''जी।''

"एक अंग्रेज उपन्यासकार हुआ है, तुम मानोगे नहीं। उसने सैंतीस साल की उम्र में लिखना शुरू किया और वह संसार के सर्वश्रेष्ठ कलाकारों में से एक बना। अजीब बात है कि नहीं? जो सच्चे कलाकार होते हैं, वे जिन्दगी की सभी जिम्मेदारियों को भी निभाते हैं और कला की सेवा करते हैं। एक प्रसिद्ध कलाकार ने बयालीस साल की उम्र में बुत बनाने शुरू किए थे, इससे पहले उसने मिट्टी को कभी छुआ तक नहीं था और चार्ल्स लैम्ब का नाम तो तुमने सुना ही होगा? उसने सारी उम्र क्लर्की की और महान लेखक भी बना। यह तस्वीर बनाने का हुनर तुम किसी वक्त भी पकड़ सकते हो। कला मरती नहीं, अपना अवसर ढूँढ़ती रहती है..."

प्रोफेसर वीरेन्द्र को फिर अपनी वाणी के प्रभाव का भास मिलने पर कृष्णलाल की आँखें ही बताने लगी थीं कि तर्कों का एक-एक तीर निशाने पर बैठ रहा है।...मैं कभी भी तस्वीरें बनाना शुरू कर सकता हूँ, कृष्णलाल सोच रहा था, क्या है जी, मजे में आजादी से रहेंगे। अब जब भी घर जाओ, मामा डंडा लिये खड़ा होता है। फिर हम किसी की परवाह नहीं करेंगे और कृष्णलाल की कल्पना में आजाद जीवन के दृश्य उभरने लगे—सबसे पहले तो मैं एक साइकिल लूँगा और जहाँ मन चाहेगा, घूमूँगा...चमचमाते बूट पहनूँगा...मेरा भी अपना अलग कमरा होगा और इसी तरह के हरे शेडवाला लैम्प मैं भी टेबल पर रखूँगा...और...

घंटे-भर अमृतवाणी का रसपान करने के बाद जब कृष्णलाल प्रोफेसर साहब के घर से निकला तो सबसे पहले उसने चित्रों की कॉपी को फाड़ा और उसकी गेंद बनाकर हवा में उछाला और नीचे से लात जमाई और फिर जेब में हाथ डाल, वह सीटी बजाता हुआ घर की ओर जाने लगा।

कठघरे

मैं चालीस की उम्र पार कर चुका हूँ, और जीवन के उस चरण में पहुँच चुका हूँ, जब इनसान की रुचियाँ और भावनाएँ बहुत-कुछ स्थिर हो चुकी होती हैं। मैंने सदा नपा-तुला जीवन व्यतीत किया है। कभी किसी सीमा का उल्लंघन नहीं किया। कभी परम्परागत आचार के नियम नहीं तोड़े। कुछ डरकर, कुछ जानते-समझते हुए एक समतल रास्ते पर चलता रहा हूँ। पर हाल में ही एक छोटी-सी घटना ने मेरे दिल को जैसे खरोंच दिया है और मेरे मन में तरह-तरह के सवाल उठने लगे हैं।

कुछ रोज हुए, मुझे अपने किसी काम से कसौली जाने का इत्तफ़ाक हुआ। कसौली शिमला जाते हुए बड़ी सड़क से हटकर थोड़ी दूरी पर एक पहाड़ी नगर है। किसी जमाने में वहाँ बड़ी चहल-पहल हुआ करती थी। अब बहुत-से घर खाली पड़े हैं। मेरे साथ मोटर में एक और सज्जन भी जा रहे थे और रास्ते में हमारी जान-पहचान हो गई। रात को हम एक होटल में ठहरे। वह आदमी मेरी उम्र का रहा होगा। सुबह-ही-सुबह वह उठकर घूमने निकल गया और जब लौटा तो दिन के दो बज रहे थे। उसकी खोपड़ी पर घास के तिनके लग रहे थे और पतलून पर जगह-जगह मिट्टी लगी थी।

''मैं आज एक पेड़ की तलाश में निकल गया था।'' कुर्सी खींचकर मेरे पास बैठते हुए उसने कहा, ''मुझे उम्मीद न थी कि मैं उसे ढूँढ़ पाऊँगा। मैं पूरे बारह बरस के बाद आया हूँ, लेकिन मैं चलता हुआ सीधा उस तक जा पहुँचा।''

''क्या कोई खास पेड़ था?'' पूछा।

इस पर वह सहसा झेंप-सा गया। फिर वह धीरे से कहने लगा, ''बाईस साल पहले मैं अपनी प्रेमिका से जब पेड़ के नीचे मिला करता था,'' कहकर वह मुस्कुरा दिया, मानो उसे इस बात का भास होने लगा हो कि यह बतानेवाली बात नहीं थी। ''उन दिनों इस पेड़ के नीचे हम घंटों बैठे रहते थे। अब भी लगता है, जैसे यह पेड़ मेरा है—मेरा और पुष्पा का।'' उसने बड़ी आत्मीयता के भाव से जोड़ा।

उस अजनबी की बात पर पहले तो मैं मन-ही-मन मुस्कुरा दिया, लेकिन बाद में, मैं उद्विग्न हो उठा और देर तक उसका यह वाक्य कि 'अब भी लगता है, जैसे

वह मेरा पेड़ है, मेरा और पुष्पा का,' मेरे मन पर छाया रहा। मुझे किसी अभाव का, अपने अन्दर किसी गहरी खाई का भास होने लगा। मेरे जीवन में कोई ऐसा पेड़, कोई ऐसा स्थल नहीं था, जिसके साथ मेरी स्मृतियाँ और भावनाएँ जुड़ी हों, जिसे मैं अपना कह सकूँ। मैं उसी यौवनसुलभ प्रेम से वंचित रहा था, जिसकी स्मृतियाँ मेरे उस साथी को बाईस साल के बाद भी एक पेड़ के खोजने पर विवश कर रही थीं। मेरी आँखों के सामने बरसों पहले के वे दृश्य घूम गए, जब मेरा ब्याह हुआ था, जब पहली बार मेरे जीवन में नारी ने प्रवेश किया था।

मेरी शादी दरअसल मेरी माँ ने करवाई थी। मुझे याद है, मैं उन दिनों बी.ए. में पढ़ता था और हम स्यालकोट की एक गली में रहा करते थे। पिताजी चाहते थे कि मैं बी.ए. पास कर लूँ और दुकान पर बैठ जाऊँ। पिताजी को दुकान से फुरसत नहीं मिलती थी, इसलिए मेरे लिए बहू ढूँढ़ने का काम माँ पर छोड़ रखा था। उन्होंने बाजार में घूमनेवाले किराने के एक दलाल से भी कह रखा था कि कहीं कोई अच्छा घर नजर से गुजरे तो उन्हें खबर दे। वे आते-जाते दोस्तों से भी इसकी चर्चा किया करते थे, लेकिन मुख्यत: माँ ही मेरी शादी के लिए दौड़-धूप कर रही थी। दोपहर को, रसोई उठाने के बाद, वह रोज घर से निकल जाती और बिरादरी के घरों का चक्कर लगाया करती। मैं नहीं जानता, माँ कैसी लड़की की खोज में घर से निकल ज़ाती थी, कौन-सी कसौटी को वह बगल में दबाए हर दोपहर को चली जाती थी और उस पर लड़कियों को परखती फिरती थी। एकाध लड़की की खबर वह रोज़ लेकर आती थी। रात के वक्त जब हम भाई-बहन सो जाते, तो घर के बड़े कमरे में पिताजी पीठ पीछे हाथ बाँधे टहलते, माँ पलंग पर बैठ जाती और दोनों मेरे ब्याह के मनसूबे बाँधा करते। पिताजी चाहते थे कि पहले मेरी शादी हो और उसके बाद मेरी बहन की। उनका विचार था कि इससे बिना अपनी जेब से कुछ भी खर्च किए, दो बच्चे ठिकाने लग जाएँगे।

उस वक्त तक लड़कियों के साथ मेरा कोई सम्पर्क नहीं रहा था। प्रेम की कहानियाँ जरूर पढ़ी थीं और फ़िल्में भी देखी थीं, पर वह भी लुक-छिपकर, क्योंकि नगर के अन्य घरों की भाँति हमारे घर में 'प्रेम' शब्द को मुँह पर लाना पाप माना जाता था।

शादी के दिन मुझे कल की तरह याद हैं—मैं अपने अन्दर किसी स्फूर्ति या उत्साह का अनुभव नहीं करता था। मेरे मुँह का स्वाद बकबका और सिर भारी हो रहा था। डोली के घर आ जाने के बाद जब वह हमारे रिश्ते की स्त्रियों से घिरी बैठी थी, तो साथवाले कमरे में मेरा एक मित्र मुझे शादी के बारे में हिदायतें दे रहा था। उसका ब्याह मुझसे पहले हो चुका था और वह मुझे स्त्रियों को बस में करने का गुर समझा रहा था।

'झिझकना मत। अगर तुम पीछे हट गए तो वह तुम्हें दब्बू समझेगी।'

मैं उसकी बातें थके, निरुत्साह मन से सुने जा रहा था।

काफी रात गए घर की स्त्रियों के इसरार करने पर, मैं अपने कमरे में गया। बहू लाल रंग का जड़ाऊ रेशमी सूट पहने, सिर झुकाए पलंग पर पहले से चुपचाप बैठी थी। उसका घूँघट उसके घुटनों को छू रहा था। कमरे में घुटन थी। हवा दहेज के कपड़ों, फूलों के गजरों, मिट्ठियाँ और दर्जनों लोगों के श्वास के कारण, जो दिन-भर वहाँ बैठे रहे थे, बोझिल हो रही थी। एक लड़की को अकेली अपने कमरे में पाकर मुझे अजीब-सा लग रहा था। मैं थोड़ी देर तक दीवार के साथ खड़ा, निष्प्रयोजन ही दहेज के कपड़ों की ओर देखता रहा फिर चुपचाप उसके सामनेवाले पलंग पर जा बैठा।

बहू अभी भी ज्यों-की-त्यों सिर झुकाए पलंग पर बैठी रही और अपने पैरों की उँगलियों को मसलती रही। वह भी मेरी तरह थकी हुई, घबराई हुई जान पड़ती थी।

मैंने फिल्मों में देख रखा था कि शौहर ही बीवी का घूँघट खोलते हैं। पर मेरा मन चाहता था कि अपने बिस्तर पर पीठ फेरकर पड़ रहूँ। मेरे अनुभवी मित्रों की सीख मेरे कानों में गूँज रही थी, 'दब्बू मत बने रहना वरना बीवी इज्जत नहीं करेगी। रूखापन मरदानगी की निशानी होता है, घबराना नहीं...'

बोझिल पाँव के साथ मैं उठकर उसके पलंग की बाँही पर जा बैठा। अपने को फिर से दुविधा में पड़ने का मौका दिये बिना मैंने दोनों हाथ उठाकर उसका घूँघट उठा दिया। बहू का सिर और भी गहरा झुक गया। उनके बालों में जगह-जगह हरे रंग के किलिप लगे थे। आज उन किलिपों का चलन नहीं रहा, लेकिन उन दिनों इनका बड़ा रिवाज हुआ करता था।

'तुम्हारा नाम पद्मा है न?' मैंने पूछा। इसके अतिरिक्त मैं उसके बारे में कुछ भी नहीं जानता था।

उसकी गर्दन और भी झुक गई और मुझे लगा, जैसे उसकी आँख से आँसू झरकर उसके हाथ की पीठ पर पड़ा हो।

'तुम रो रही हो?' मैंने हैरान होकर पूछा। मैं उस वक्त यह भूल गया था कि वह अपने घर के लोगों से पहली बार बिछुड़कर आई थी और मेरी ही तरह घबराई हुई थी। वह चुप रही और अपने घुटनों पर सिर रखे रही, जिससे उसका चेहरा और अधिक ओट में हो गया। मैं केवल उसके सिर के बालों को देख पा रहा था। उसकी माँग में बहुत अधिक सिन्दूर भरा था। जान पड़ता था, उसकी भी किसी उत्साही बहन ने उसे सुहागरात के लिए तैयार करके भेजा था।

इतने में पीछे की ओर से खट की आवाज आई। मैंने घूमकर देखा। किसी ने हमारे कमरे का दरवाजा बाहर से बन्द कर दिया था और अब उसमें ताली घुमा रहा था। मैं लपककर दरवाजे के पास गया और उसे खोलने की कोशिश की, लेकिन दरवाजा बन्द हो चुका था और दरवाजे के पीछे किसी के हटते कदमों की आवाज आ रही थी। बाद में मुझे मालूम हुआ कि मेरी माँ ने बाहर से ताला लगा दिया था।

दरवाजा बन्द हो जाने पर मेरा मन खिन्न हो उठा। यह एक तरह से मुझे चुनौती दी गई थी, मैंने सोचा। अगर मैं चूक गया, तो घर के लोग कल मेरा मजाक उड़ाएँगे, उलाहने देंगे, मेरी खिल्ली उड़ाएँगे।

कुछ देर तक मैं चुपचाप अपने पलंग के सिरहाने बैठा फर्श की ओर ताकता रहा, फिर सहसा मेरा मौन मुझे खाने लगा। मैं अपने को बड़ा हीन और अटपटा महसूस करने लगा। मैं झटके के साथ उठकर उसके पलंग पर जा बैठा और झटके के साथ ही उसका हाथ अपने हाथ में ले लिया। एक निःसत्त्व-सा, पसीने से तर हाथ मेरी हथेली पर पड़ गया। उसकी लघुता का, उसकी निरीहता का भास मुझे उस समय भी मेरे अर्द्धचेतन विक्षिप्त मन को हुआ। लेकिन हृदय में कोई स्फूर्ति नहीं आई, कोई स्पन्दन नहीं हुआ।

मेरी पत्नी—उस रात की उस छोटी-सी बालिका को पत्नी कहते हुए बड़ा अजीब-सा लगता है—कुछ नहीं बोली। उसकी घबराहट तो कम नहीं हुई, लेकिन मेरा साहस जरूर बढ़ गया। इस बीच पद्मा ने सिर को फिर से ढक लिया था। मैंने हाथ बढ़ाकर उसका पल्ला फिर से खींच लिया। एक बार फिर वह मुझे अजनबी लगी—बहुत दूर, पार की कोई लड़की, जिसके साथ मेरा कोई वास्ता न हो। मेरा माथा तपने लगा था और मेरी कनपटियों पर जैसे कोई हथौड़े पीट रहा था।

वह भयंकर रात थी। उसे याद करते घृणा और लज्जा से मेरा रोन-रोम काँप उठता है। बन्द दरवाजा, हाथ जोड़ती हुई पद्मा जो भागकर कभी कमरे के एक कोने में तो कभी दूसरे कोने में जा खड़ी होती थी। 'आज के दिन मुझे कुछ न कहिए!' वह त्रस्त काँपती आवाज में कहती। मैं केवल इक्कीस-बाईस बरस का, लेकिन इसके बावजूद वह मुझसे डर गई थी। वह चिल्लाती नहीं थी, ताकि उसकी आवाज बाहर नहीं जा पाए। जितनी ज्यादा वह मिन्नत-समाजत करती, उतना ही अधिक मेरा दम्भ बढ़ता जाता और मेरा व्यवहार उतना ही अधिक क्रूर होता जाता।

आखिर उसकी कलाई पकड़कर मैंने उसे कोने में से खींच लिया और चिल्लाकर कहा, 'अगर तू मेरी बात नहीं मानेगी तो मैं तुझे धक्के देकर घर से निकाल दूँगा।'

इस एक वाक्य ने जादू का काम किया। पद्मा ने अपनी बड़ी-बड़ी भयाकुल आँखें ऊपर उठाईं। पहली बार उसने सीधा मेरे चेहरे की ओर देखा और चुपचाप लौट आई। जाहिर है, उसे अपनी माँ का आदेश याद हो आया था कि अपने पति की कोई भी बात नहीं मोड़े। पद्मा सहम गई थी। वह आई और चुपचाप सिर झुकाए पलंग के पैताने बैठ गई। अपनी काँपती उँगलियों से उसने पलंग पर से अपना लाल दुपट्टा उठाया और सिर पर ओढ़ लिया, फिर सिसकी भरकर उसे स्वयं सिर पर से उतार दिया और हताश-सी होकर बैठ गई।

इस भाँति मेरा विवाहित जीवन शुरू हुआ था। यह था जीवन में स्त्री के साथ मेरा सम्बन्ध का सूत्रपात।

उस रात के बारे में, अपने विवाहित जीवन के पहले दिन के बारे में, हम कभी भी एक-दूसरे से चर्चा नहीं करते। पर जाहिर है, उस अभागी सुहागरात का घाव पत्नी के दिल में भी भरा नहीं है। बरसों पहले एक बार बात उठी थी, तो पत्नी ने बड़ी कटुता से कहा था, 'मुझे अपनी माँ का डर नहीं होता तो मैं तुम्हारा मुँह नोंच डालती, तुम्हारी आँखें निकाल लेती, तुम समझते क्या हो...'

कसौली के बाग में टहलते हुए उस रात का दृश्य क्यों मेरी आँखों के सामने घूम गया था, क्यों उस अजनबी की बात को सुनकर मेरे मन में एक चुभन-सी उठने लगी थी? क्या नारी के स्वाभाविक, सरल, स्वच्छन्द रूप से परिचय प्राप्त करते हुए उसे अपना जीवन-साथी बनाने का सचमुच मेरा कोई अधिकार था, जिससे मैं वंचित रहा था?

इस घटना को अब बरसों बीत चुके हैं। हमारा जीवन गृहस्थ के निश्चित ढर्रे पर गहरी लीकों पर चलता रहा है और चल रहा है, और इसी को हम स्वाभाविक मानने लगे हैं। शादी के फौरन ही बाद गृहस्थी की चक्की चलने लगी थी और इसमें हम दोनों ने अपनी-अपनी भूमिका अपना ली थी और पद्मा गृहस्थी के साँचे में ढलने लगी थी। गृहस्थी का कठघरा भी वैसा ही बाहर से बन्द और अनिवार्य था, जैसा सुहागरात का वह कमरा, जिसे माँ बाहर से बन्द कर गई थी। मुझे याद है, शादी के बाद माँ बाकायदा सास के आसन पर बिराज गई थी और रसोईघर के ऐन सामने खाट बिछाकर बैठने लगी थी।

'हाय बहू, तुझे दही बिलोना भी किसी ने नहीं सिखाया? हमारी कृष्णा तो सब काम कर लेती है।' माँ उलाहने के स्वर में कहती।

उन दिनों पद्मा अक्सर अपने कमरे में जाकर रो देती। हमारे बीच झगड़े भी उठते, जो अन्त में यौवन के उद्विग्न आलिंगनों में डूब जाते। हम इस कठघरे के सींखचों से टकराते हुए एक-दूसरे के अभ्यस्त हो रहे थे, एक-दूसरे के निकट आ रहे थे।

एक बार जब पद्मा ने रोकर कहा कि चलो, बाहर कहीं अलग दो कमरे लेकर रह लें, तो मुझे सचमुच लगा, जैसे पद्मा हमारे परिवार की एकता को भंग करने आई है। फिर बच्चे आए, किलकारियाँ भरते हुए और पद्मा की सारी भावनाएँ उन पर केन्द्रित होने लगीं। वह अपने दिल का सारा प्यार उन पर लुटाने लगी। जो हम एक-दूसरे से प्राप्त नहीं कर पाए थे, वह बच्चों से प्राप्त करने लगे। धीरे-धीरे हमारे जीवन में भी एक प्रकार की स्थिरता आने लगी, गृहस्थी की लीकें गहरी होती चली गईं और अब हमारी चिन्ताओं और आकांक्षाओं के केन्द्र हमारे बच्चे हैं। हमारी बड़ी बेटी—दिव्या—कॉलेज में पढ़ती है और बी.ए. के इम्तहान की तैयारी कर रही है। सबसे छोटा बच्चा—पप्पू—आठ बरस का हो चला है। घर

के छोटे-छोटे काम, बच्चों से लाड़-प्यार, किस बच्चे की शक्ल माँ पर गई है और किसकी बाप पर, बिरादरी में अमुक की सगाई है, क्या देना होगा, कौन-से कपड़े पहनकर जाऊँ, यह साड़ी फबती है या नहीं, बच्चों में से डॉक्टर कौन बनेगा और वकील कौन...नदी का वह किनारा बहुत दूर रह गया और धुँधला पड़ने लगा था। जब हम गृहस्थी की नाव में उतरे थे कि अचानक उस अजनबी की बातों से वे दिन याद हो आए।

कसौली से मैं वक्त से कुछ पहले लौट आया। मेरा काम खत्म हो चुका था और मैं सूरज डूबते घर पहुँच जाना चाहता था। वह सज्जन भी मेरे साथ कालका तक आए। हम घंटों एक-दूसरे के साथ तरह-तरह के विषयों पर बातें करते रहे थे। कालका से वह रेलगाड़ी में बैठकर अमृतसर की ओर रवाना हो गए और मैं बस में बैठकर पहले अम्बाला और फिर वहाँ से अपने घर पहुँचा।

कुछ घटनाएँ अचानक एक साथ घट जाती हैं और हम बाद में उनके आकस्मिक सम्बन्ध पर हैरान-से रह जाते हैं। सच पूछें तो उस अजनबी के साथ वार्तालाप का असर मेरे मन पर उतनी देर तक ही रहा, जितनी देर तक किसी अधेड़ उम्र के आदमी के मन पर रह सकता है। अम्बाला तक पहुँचते-पहुँचते मैं अपने दैनिक जीवन की चिन्ताओं में खोने लगा था। उसकी बात एक नगण्य-सी घटना बनकर मेरे मन पर से उतर जाती, यदि उसी दिन शाम को मुझे कुछ और देखना न बदा होता।

मैं घर पहुँचा। अक्सर पत्नी दरवाज़ा खोलती है, उस रोज मेरी मँझली बेटी ने दरवाजा खोला।

"माँ कहाँ है ?" मैंने पूछा। ललिता—हमारी मँझली बेटी घबराई हुई थी और उसका चेहरा जर्द हो रहा था। इशारा किया और दीवार के साथ लगकर खड़ी हो गई। मैं लपककर कोठरी की ओर गया। कोठरी के अन्दर से दबी-दबी आवाजें आ रही थीं। दरवाजा अन्दर से बन्द था।

सहसा मुझे दिव्या की—हमारी बड़ी बेटी की—चीख सुनाई दी और उसके बाद पत्नी के ऊँचा-ऊँचा बोलने की और चाँटों की आवाजें आने लगीं।

"दरवाजा खोलो, दिव्या की माँ, क्या बात है ?" मैंने जोर से दरवाजा खटखटाते हुए कहा। कुछ देर तक अन्दर चुप्पी छाई रही, फिर पत्नी ने दरवाजा खोला। दिव्या दीवार की ओर मुँह किए खड़ी थी। मेरे अन्दर आ जाने पर भी उसने मेरी ओर मुँह नहीं फेरा। पत्नी हाँफ रही थी। क्रोध और उत्तेजना के कारण उसका चेहरा पीला पड़ गया था।

"देखो अपनी शरीफजादी की करतूत!" और पत्नी ने मेरी ओर एक पत्र बढ़ा दिया।

मैंने लिफाफा पत्नी के हाथ से ले लिया। उस गोल-मोल अक्षरों में दिव्या का नाम लिखा था।

"ऐसी बेटी को तो जहर देकर मार डालना चाहिए। यह आज नहीं तो कल हमारे मुँह पर कालिख पोतेगी।" कहते हुए पत्नी का गुस्सा फिर भड़क उठा। उसने आव देखा न ताव, बढ़कर दिव्या की चोटी पकड़ ली और उसे खींचती हुई कमरे के बीच ले आई। "आ, मैं तुझे प्रेम करना सिखलाऊँगी। तेरा कॉलेज में जाना बन्द नहीं किया तो कहना! तेरी किताबों को आग लगा दूँगी! माँ-बाप शरीफ हों तो ऐसी ही औलाद मिलती है।"

"छोड़ो भी, क्या कर रही हो?" मैंने आगे बढ़कर दिव्या को छुड़ाते हुए कहा।

पत्नी ने उसकी चोटी छोड़ दी और हाँफती हुई बोली, "हमने भी जवानी देखी है। हमने तो ऐसी बेशर्मी की बातें कभी नहीं की थीं। यह नई आई है।" फिर मेरी ओर घूमकर कहने लगी, "बहुत पढ़ लिया, अब इसकी पढ़ाई छुड़ाओ और इसके ब्याह की चिन्ता करो...न जाने कलमुँही क़िस पर गई है! आजकल हवा में जहर घुला हुआ है। तुम्हीं इसे ज्यादा पढ़ाने के हक में थे, देख लिया?"

दिव्या के काटो तो खून नहीं। उसने आँख उठाकर ऊपर देखा, वह मुझे बेहद डरी हुई जान पड़ी। उसकी बड़ी-बड़ी त्रस्त आँखों में मुझे कुछ वैसा ही भाव नजर आया, जो आज से बीस बरस पहले, उस सुहागरात को, भागते-छिपते मेरी पत्नी की आँखों में रह गया था।

अपने-अपने बच्चे

माया का बेटा उसका सबसे बड़ा वैरी निकला। उम्र में केवल चार बरस का, चलता तो माया की धोती का छोर पकड़े हुए, बोलता तो तुतलाकर, मगर माया की रोजी में ऐसी लात मारता कि माया खड़ी-की-खड़ी रह जाती। न माया उसे छोड़ने की, न साथ रखने की। अव्वल तो जिस औरत के साथ चार बरस का दुमछल्ला लगा हो, उसे नौकरी मिलती भी कहाँ है! मालिक कहते हैं, औरत को तो दो वक्त रोटी और चाय दें, बच्चे को साथ में क्यों दें? पर जहाँ भी कहीं मिन्नत-समाजत से या अपनी दयनीय कहानी कहकर माया नौकरी ले पाती, तो निक्कू ऐसे साधन ढूँढ़ निकालता कि एक महीने से दूसरे महीने तक नौकरी का बने रहना मुश्किल हो जाता और माया फिर उसे उँगली पकड़ाए गलियों की खाक छानने लगती।

माया उसे बहुतेरा पीटती, कहती, 'जो अब कुछ किया, तो घूरे पर फेंक आऊँगी, टाँगें तोड़ दूँगी,' मगर न वह उसे घूरे पर फेंक पाई, न उसकी टाँगें तोड़ पाई, वह ज्यों-का-त्यों उसकी धोती का छोर थामे रहा।

साल-भर पहले यह बात न थी, तब निक्कू के पंख नहीं निकले थे। जहाँ माँ बिठाती, वहीं बैठा रहता था। तब उसका बाप भी घर में था। जो माया का घरवाला किसी दूसरी औरत को लेकर भाग न गया होता, तो आज माया अपने घर की गृहिणी होती, निक्कू एक चीज माँगता, तो दो-दो देती। मगर अब जो वह नौकरी करती फिरती है, तो निक्कू क्यों नहीं समझता कि वह उसी का पेट पालने के लिए कर रही है? क्यों वह उसे यों दर-दर का मोहताज किए हुए है? जो बेटा अपनी माँ के प्रति इतना निष्ठुर निकले, उसे पिछले जन्म का शत्रु ही समझना चाहिए।

आखिर कई दिन की भटकन के बाद आज जब माया को इन वकील साहब के घर नौकरी मिली, तो उसने बेटे को अलग ले जाकर पुचकारा, उसके सानने हाथ जोड़े, उसके कान भी मसले, डराया-धमकाया भी।

"खबरदार, जो कहीं उठकर गया तो! बोल, जाएगा?"

"नहीं जाऊँगा।"

“बेबी के कमरे में जाएगा?”

“नहीं जाऊँगा।”

“कलमुँहे, जो कुछ किया, तो घूरे पर फेंक आऊँगी!”

निक्कू ने ये वाक्य पहले भी सुने थे, सुनता रहा और पहले की तरह सिर हिलाता रहा।

पर नौकरी मिलने के ऐन दो घंटे बाद, निक्कू अपने सब वचन भूल गया। जब माया घर के कामों से व्यस्त हो गई, तो उसे भी मालूम नहीं पड़ा कि कब निक्कू का हाथ उसके छोर से फिसल गया है। निक्कू पहले तो सरकता-सरकता बेबी के कमरे के बाहर जा खड़ा हुआ और बेबी के पालने को देखने लगा, जिस पर बीसियों रंगदार खिलौने लटक रहे थे। फिर वहाँ से सरकता-टहलता ऐन साहब के कमरे के सामने जा खड़ा हुआ।

जब माया को निक्कू की याद आई, तो वह लपककर उसे ढूँढ़ने के लिए बाहर आई, पर उसी वक्त मालकिन ने आवाज देकर उसे अपने कमरे में बुला लिया और माया लाचार होंठ काटकर रह गई।

साहब उस वक्त सिगरेट के कश लेते हुए आरामकुर्सी में बैठे किताब पढ़ रहे थे। डील-डौल के बोझिल, किताबों के संसार में विचरनेवाले प्राणी थे। आँख उठाई, तो देखा, एक काला-कलूटा बालक सामने खड़ा हँस रहा है। गोल-गोल गाल, गोल-गोल आँखें, दोनों हाथों से निकर को थामे हुए, उसे बार-बार ऊपर उठाता हुआ, साहब को यों देख-देखकर हँस रहा है, जैसे बरसों की जान-पहचान हो! साहब से नजर मिलते ही आगे बढ़ आया।

“अंकल, आप नाक में से धुआँ निकाल सकते हैं?”

साहब मुस्कुराए। ‘अंकल’ के सम्बोधन पर हैरान हुए, कुछ खुश भी। लड़का चतुर और निडर जान पड़ता था, किताब रख दी और उसे सामने बुलाया।

“हाँ, निकाल सकता हूँ, दिखाऊँ?” और एक लम्बा कश लेकर दिखाया।

निक्कू ताली बजाकर नाच उठा, “आहाजी! मुँह में से भी धुआँ, नाक में से भी धुआँ! फिर करो अंकल!”

साहब ने फिर किया। निक्कू हँसना बन्द ही न करता था।

फिर दूसरे ही क्षण निक्कू और आगे बढ़ आया और साहब की कुर्सी का बाजू पकड़कर धीरे-धीरे झूलने लगा, जैसे लड़के अपने बाप से कुछ माँगने से पहले उनके सामने डोलते हैं। कमरे के चारों ओर नजर घुमाते हुए बोला, “अंकल, बाजा बजाओ।”

“यह बाजा नहीं है, रेडियो है।”

“नहीं, बाजा है। इसमें लड़की गाती है।”

“कौन लड़की गाती है?”

“मोटरवाली लड़की गाती है।”

साहब हँस पड़े, "कौन, मोटरवाली लड़की?"

"वही मोटरवाली लड़की।"

"नहीं, इस वक्त बाजा नहीं बजाते, बेबी सो रहा है।"

निक्कू चुप हो गया। मगर दूसरे ही क्षण उसकी नजर दीवार पर लगी एक लड़की की तस्वीर पर जा टिकी और वह चलता हुआ, दोनों हाथों से निकर को थामे, उसे ऊपर उठाता हुआ, उसके नीचे जा खड़ा हुआ।

"अंकल, इस लड़की को मैंने मारा था।"

साहब हँसे। चित्र एक फ्रांसीसी कलाकार का पिछली शताब्दी का बनाया हुआ था।

"कहाँ मारा था?"

"बाजार में। मैं कंकड़ मारकर भाग गया। फिर माँ ने मुझे थप्पड़ मारा।"

साहब ठहाका मारकर हँसे।

"तो तुम रोए?"

"नहीं, हम नहीं रोते। रोओ तो माँ मारती है।"

दीवार पर से लौटकर निक्कू फिर साहब की कुर्सी पर झूलने लगा।

"आप घूमने जाओगे, अंकल?"

"नहीं तो।"

"तो कपड़े क्यों पहने हैं?"

"शाम को जाऊँगा।"

"मैं भी जाऊँगा।"

"तुम कहाँ जाओगे?"

"करौल बाग, नानी के पास। हम मोटर चलाएँगे और गाँव में जाएँगे। गाँव में बाबा रहते हैं।"

निक्कू की कल्पना उड़ान भरने लगी थी। अब वह सहसा चुप हो गया और बिना कुछ कहे-सुने कमरे के बीच खड़ा-का-खड़ा रह गया। दरवाजे के बाहर, पर्दे की ओट में माया खड़ी थी। निक्कू को चुप देखकर साहब की नजर भी बाहर गई। बोले, "जाओ, तुम्हें माँ बुलाती है।"

लड़का ठिठका, फिर मुँह में उँगली रखे, सरकते हुए कमरे के बाहर हो गया।

माया निक्कू का हाथ पकड़े दबे पाँव उसे सीढ़ियों में ले गई। पहले बाएँ हाथ से निक्कू का मुँह भींच लिया, ताकि आवाज बाहर न जाए, फिर जैसे पीट सकती थी, पीटने लगी। कभी कान मसलती, कभी बाल खींचती, कभी घूँसे लगाती।

अब माया ने जितनी जोर से हो सकता था, निक्कू का मुँह भींच था। निक्कू को भी रोज चुपचाप पिटने की आदत थी, तो भी दो-एक सिसकियाँ उसकी निकल गईं, जो घर के शान्त वायुमंडल पर अपना प्रहार किए बिना न रहीं और वे सिसकियाँ

कमरे में बैठे साहब और पलंग पर लेटी मालकिन, दोनों ने सुनीं। दोनों दूसरे ही क्षण सीढ़ियों पर आए। साहब ने आगे बढ़कर निक्कू को ऊपर खींच लिया और मालकिन दोनों हाथ कमर पर रखे बोली, ''यहाँ यह नहीं चलेगा, आया! जो तू अपने बच्चे को यूँ बेरहमी से पीटती है, तो हमारे बच्चे से क्या सुलूक करेगी!''

माया का चेहरा तमतमाया हुआ था। असमंजस में पड़ गई और आँखें नीची किए जमीन को देखने लगी।

मगर साहब धैर्य और सहिष्णुता की मूर्ति के समान धीरे से बोले, ''जो बच्चे को पीटो, तो बड़ा होकर घर छोड़ जाता है। जो तुम नहीं सँभाल सकतीं, तो हमारे पास रहने दो। जाओ, तुम अपना काम देखो।'' कहते हुए निक्कू को अपने साथ कमरे में ले गए।

माया चुप हो गई और वहाँ से हट गई, मगर उसका दिल घबराने लगा। जहाँ कहीं वह गई थी, शुरू में सभी मालिक निक्कू को दुलारते थे, पर जितनी अधिक सहानुभूति मिलती थी, उतनी ही जल्दी नौकरी से हाथ धोना पड़ता था। आज सुबह माया की कहानी सुनकर मालकिन की आँखें भर आई थीं और उन्होंने कहा था, 'तू मेरा बच्चा पाल, मैं तेरा पालूँगी।' शुरू में सभी सहानुभूति दिखाते हैं, बाद में चिढ़ जाते हैं, उसकी सूरत देखना नहीं चाहते और निकाल बाहर करते हैं। माया चाहती थी कि बेटा उसी के पास रहे, वही उसे सँभाले। अब जो साहब उसे अपने पास ले गए हैं, तो न मालूम क्या गुल खिले!

पर जब खासी देर तक निक्कू साहब के कमरे में रहा, तो माया को धीरे-धीरे आशा बँधने लगी कि शायद यह मालिक औरों से अलग हों! शायद उनकी सहानुभूति अधिक स्थायी हो!

ग्यारह बजते-बजते एक और झोंका आया, जो माया के लिए भूचाल से कम न था, जिससे मालकिन की सद्भावना के पाँव तो बिलकुल ही उखड़ गए थे, मगर साहब ने फिर बढ़कर निक्कू को आश्रय में लिया और माया की आस्था साहब पर पक्की होने लगी और यों जान पड़ने लगा, जैसे सचमुच ही वह इस घर में टिक जाएगी।

ग्यारह बजे के लगभग, खाना खाने के कुछ ही देर पहले, मालकिन की बहन अपनी छोटी-सी बेटी को साथ लिये मिलने आई। बेटी के हाथ में एक गुड़िया थी, जिसे वह छाती से लगाए, माँ के पीछे-पीछे अन्दर चली आई थी।

उन्हें देखकर निक्कू, जो अब तक अपने को परिवार का अंग समझने लगा था, साहब के कमरे के बाहर आ खड़ा हआ। दोनों बहनें बैठक में चली गईं, मगर लड़की बरामदे में ही खड़ी रही। न मालूम निक्कू उस परी-सी लड़की के घुँघराले, हल्के सुनहरे बालों और सफ़ेद फूल-से चेहरे को देख रहा था या उसकी छाती के साथ चिपकी उतनी ही प्यारी गुड़िया को, मगर कितनी ही देर तक निक्कू वहाँ से हटा नहीं, एकटक उसे देखता ही रहा। फिर धीरे-धीरे उसके पास सरक-सरककर आने

लगा। लड़की ने गुड़िया को और भी जोर से छाती के साथ भींच लिया और पीछे हटने लगी। वह त्रस्त आँखों से निक्कू को देखे जा रही थी कि राक्षस यह न मालूम कब क्या कर बैठे। निक्कू नजदीक आया, तो उसने अपना परिचय कराया, ''हमारे पास इससे भी अच्छी गुड़िया है।''

नन्ही बेटी ने गुड़िया को और भी जोर से छाती से चिपटा लिया और बोली, ''यह गुड़िया मेरी है।''

निक्कू ने बात जमाई, ''यह गुड़िया गन्दी है।''

''नहीं, अच्छी है।''

''गन्दी है।''

''नहीं, अच्छी है।''

''गन्दी है!'' निक्कू ने जोर से कहा। गुड़िया देखकर उसकी आँखें चमक उठी थीं। आगे बढ़कर एक ही झपट्टे में गुड़िया छीन ली और भागकर मेज के पीछे जा खड़ा हुआ।

लड़की चीख उठी। दोनों बहनें भागती हुई आईं। एक ने लड़की को सँभाला, दूसरी निक्कू को घूरने लगी।

लड़की बिलखकर बोली, ''इसने मेरी गुड़िया छीन ली!''

निक्कू ने मालकिन की आँखें देखीं, तो चुपचाप मेज के पीछे से निकल आया और गुड़िया लड़की को दे दी।

''तू यहाँ क्या कर रहा था?'' मालकिन ने जोर से कहा।

''मैं तो इससे खेलता हूँ, यह खेलती नहीं।''

''तू इससे खेलेगा? जा, भाग यहाँ से! जा, आया के पास जाकर बैठ!''

और मालकिन दुलराती हुई लड़की को अन्दर ले गई।

माया ने जब लड़की की चीख सुनी, तो वह सिर से पाँव तक काँप उठी। भागती हुई किवाड़ की ओट में आ खड़ी हुई। कलेजा धक्-धक् करने लगा।

मगर उसी वक्त मालिक कमरे से आ गए और निक्कू से प्यार से बोले, ''छोटी बहनों से गुड़िया नहीं छीनते। यह तेरी छोटी बहन है। चल, आ तू मेरे पास, आ जा।''

और निक्कू का हाथ पकड़कर कमरे में ले जाने लगे।

माया दरवाजे की ओट में से आगे बढ़कर साहब के सामने आ गई और नजर नीची किए धीमे से बोली, ''साहब, इसे मेरे पास रहने दें, नहीं तो यह ऊधम मचाएगा।''

माया का जर्द चेहरा और काँपती देह को देखकर साहब बोले, ''चिन्ता न करो, बच्चे खेलते ही हैं। यह थोड़ा चंचल है। इसे मैं ठीक कर लूँगा।'' फिर निक्कू की तरफ देखते हुए हँसकर बोले, ''यह तो मेरा दोस्त है!''

बात टल गई। पर जब मालकिन की बहन चली गई, तो पति-पत्नी में आपस में बहस छिड़ गई।

"तुम तो इसे शह दे रहे हो, जी! यह पहले ही बिगड़ा हुआ है, घर सिर पर उठा लेगा, तो सँभालना मुश्किल हो जाएगा। यह अपनी जगह बैठे, इसे किसी से मतलब?"

जवाब में साहब धीरे से बोले, "क्या मैं यह नहीं जानता कि यह बिगड़ा हुआ है? मैं इसकी चंचलता को ठीक कर दूँगा।"

"ठीक हो या न हो, हमारा इससे वास्ता? क्या हमने यतीमखाना खोल रखा है? तुम पुचकारते हो, दुलारते हो, सुबह गिलास भरकर चाय दे दी, यह बिगड़ेगा नहीं तो और क्या होगा?"

साहब फिर ठंडे लहजे में बोले, "मैं तो इसे अब भी खाने को दूँगा, रोटी भी दूँगा, चाय भी, शाम को शरबत भी, उसे साथ घुमाने भी ले जाऊँगा।"

"इससे क्या फायदा होगा, जी? क्या यह अमीर हो जाएगा?"

"लाभ यह कि हम हर दूसरे रोज नौकर नहीं बदल सकते। पहले ही हम मुहल्ले-भर में इस बात के लिए नक्कू बने हुए हैं। मैंने निश्चय कर लिया है कि साल-भर तो इन्हें रखूँगा, फिर देखा जाएगा।"

पहली बार बाहर खड़ी हुई माया के होंठों पर मुस्कान दौड़ गई। घर की एक-एक चीज, एक-एक प्राणी उसे प्यारा लगने लगा। उसने भींचकर बेबी को छाती से लगाया और कमरे में लाकर पालने में लिटा, धीमी-धीमी आवाज में लोरी गा-गाकर उसे सुनाने लगी। उसका रोम-रोम खुशी से पुलकित हो उठा। साल-भर यहाँ रहे, तो उसका जीवन तर जाए। उसे ऐसा जान पड़ने लगा, जैसे साहब ने नहीं, भगवान ने निक्कू के सिर पर हाथ रखा हो!

इधर माया बेवी को सुला रही थी, उधर साहब निक्कू को शिष्टाचार के पहले सबक देने लगे। उसे हाथ से पकड़कर अपने कमरे के एक कोने में ले गए, जहाँ बूटों की अलमारी थी। फिर निक्कू के हाथ में एक मैला कपड़ा देकर बोले, "लो, बेटा, इन बूटों को इस कपड़े से पोंछ दो। बताओ, कैसे पोंछते हैं?"

निक्कू ने सोचा, कोई खेल खेलनेवाले हैं। चहकते हुए कपड़ा हाथ में लिया और बूटों पर फेरने लगा।

"शाबाश! अब दूसरा पोंछो।"

एक-एक करके सब बूट अलमारी के नीचे गिरने लगे। जब निक्कू काम में जुट गया, तो साहब धीरे से खानेवाले कमरे में से एक बिस्कुट उठा लाए। निक्कू को बिस्कुट दिखाते हुए बोले, "जब सब बूट साफ कर लोगे, तो यह बिस्कुट दूँगा।" और बिस्कुट को सामने मेज पर रख दिया।

निक्कू बूट पोंछते-पोंछते पसीना-पसीना हो गया। फर्श पर बूटों का ढेर लग गया। दो-तीन बार उसने साहब से बिस्कुट माँगा, मगर साहब जवाब में कहते, "माँगा नहीं करते, हम खुद देंगे। जो लड़के माँगते हैं, वे बुरे होते हैं।"

आधे घंटे बाद साहब ने निक्कू को बिस्कुट उठाकर दे दिया। फिर कमरे में इधर-उधर देखते हुए बोले, ''अब? अब तुम क्या करोगे? अब तुम कुर्सी को साफ करो, फिर मेज को, फिर दरी को, फिर करते जाओ।''

''फिर क्या दोगे, अंकल?''

''फिर, फिर, एक बिस्कुट और दूँगा।''

निक्कू इस काम में भी जुट गया। साहब निश्चिन्त हो अपनी किताब देखने लगे और एक बिस्कुट फिर निक्कू के सामने मेज पर रख दिया।

पर मालिक भूल में थे और माया झूठे आश्वासन में थी, यदि वे दोनों समझे बैठे थे कि निक्कू सुधर रहा है और अब कोई ऐसी हरकत नहीं करेगा, जिससे घर की शान्ति भंग हो।

इस घर में सोने का समय सबसे नाजुक और सबसे विकट था जब मालकिन दबे पाँव एड़ियाँ उठाकर चलती, हर आदमी मुँह पर उँगली रखकर इशारे से बात करता और जो कहीं किसी से हल्की-सी आहट भी हो पड़ती, तो मालिक-मालकिन दोनों उस पर बरस पड़ते।

अब बेबी के सोने का वक्त आ पहुँचा था। ऐन उसी वक्त जब साहब ने तीसरा बिस्कुट निक्कू को दिया, तो निक्कू ने थकी मगर उत्सुक आवाज में कहा, ''अंकल, हमें बेबी दिखाओ।''

''नहीं, नहीं, इस वक्त नहीं, इस वक्त बेबी सो रहा है। जब जागेगा तब दिखाऊँगा।''

''कब जागेगा?''

''चार बजे जागेगा, जब धूप ढल जाएगी।''

''नहीं अंकल, हम अभी देखेंगे।'' निक्कू ने धृष्टता की।

साहब भी निक्कू की निगरानी करते-करते थक गए थे और कुछ देर आराम करना चाहते थे। मगर निक्कू को फौरन किसी काम पर लगाना लाजिमी था। जो निक्कू इनके सोते हुए बेबी के कमरे में चला गया, तो बहुत बुरा होगा। साहब को एक तरकीब सूझी। निक्कू को अपने कमरे में बिठाकर बाहर आए। किचन में से एक गिलास ठंडा पानी लिया और उसमें दो चमचे चीनी मिलाकर कमरे में वापस आए, ''शरबत पिओगे, निक्कू?''

शरबत के नाम पर निक्कू की आँखें चमक उठीं और वह होंठों पर जीभ फेरने लगा।

''इधर मेरे साथ आओ।''

और निक्कू का बाजू पकड़कर उसे बरामदे में ले आए। बरामदे में उस वक्त एक तरफ की धूप थी। निक्कू को साये में, दीवार के साथ बिठाते हुए बोले, ''इधर बैठ जाओ,'' और शरबत के गिलास को सामने तिपाई पर रखते हुए बोले, ''जब यहाँ से धूप हट जाए, तो तुम शरबत का गिलास उठाकर पी लेना। उस वक्त बेबी भी जागेगा। मैं तुम्हें बेबी के पास ले जाऊँगा।''

निक्कू इस खेल को नहीं समझ पाया। खड़ा होकर बोला, "धूप कब जाएगी, अंकल?"

"अभी चली जाएगी। तब बेबी भी जागेगा।"

मगर जब निक्कू को फिर भी बात समझ में नहीं आई, तो साहब धूप की रेखा के पास जाकर खड़े हो गए।

"देखो, इधर धूप है, जब धूप इधर से हटती-हटती दीवार पर चढ़कर अपने घर चली जाएगी, तो तुम शरबत उठाकर पी लेना। तब बेबी जागेगा। मैं तुम्हें बेबी के पास ले जाऊँगा, और उसका एक खिलौना भी तुमको दूँगा।"

निक्कू उद्‌भ्रान्त-सा होकर बैठ गया और साहब कमरे में चले गए। जाते हुए फिर कहते गए, "जो शोर मचाया, तो शरबत उठा लूँगा और बेबी को भी नहीं दिखाऊँगा।"

निक्कू के लिए शिष्टाचार का सबक सीखना आसान न था। आँखें बार-बार शरबत के गिलास पर जातीं, फिर धूप की रेखा को देखने लगता, जो अपनी जगह पर बिलकुल निश्चल-सी पड़ी थी। कुछ देर तक तो वह पालथी मारे चुपचाप बैठा रहा, फिर उठा और धीरे-धीरे बेबी के कमरे के दरवाजे तक गया। पालने में बेबी सफेद जाली के नीचे सोया पड़ा था और उस पर दर्जनों रंग-बिरंगे खिलौने लटक रहे थे। निक्कू बड़ी देर तक अन्दर झाँकता रहा। फिर अपनी जगह पर आकर बैठ गया। उसके बाद कभी उठकर धूप की रेखा पर अपनी उँगली फेरने लगता, कभी फिर दीवार के साथ, जहाँ साहब ने बिठाया था, वहाँ जा बैठता।

एक बार माया किसी काम से बरामदे में आई। निक्कू को यों चुपचाप बैठे देखकर हैरान हुई और दिल-ही-दिल में साहब को धन्यवाद देती हुई वापस लौट गई। उनकी दया बनी रही, तो दोनों बच्चे एक साथ पल जाएँगे।

निक्कू बैठे-बैठे सो गया। उसकी नींद तब टूटी, जब धूप सचमुच दीवार पर चढ़ आई थी। हड़बड़ाकर उठ बैठा और सीधा भागकर तिपाई के पास जा पहुँचा और शरबत को उठा लिया। फिर गिलास उठाए, धीरे-धीरे चलता हुआ बेबी के कमरे के बाहर जा खड़ा हुआ। बेबी सचमुच जाग रहा था और उसकी हल्की-सी हूँ-हूँ करने की आवाज भी निक्कू ने सुनी। निक्कू फिर अपना वचन भूल गया और वह सरकता-सरकता बेबी के पालने के सामने जा खड़ा हुआ और एक हाथ से जाली को उठाकर बेबी को देखने लगा। बेबी ने निक्कू को देखा, तो वह मुस्कुराने लगा और हाथ-पाँव मारने लगा। निक्कू उसे मुस्कुराते देखकर उस पर झुक गया और उसका हाथ पकड़कर हँसने लगा। बेबी ने हल्की-सी किलकारी भरी।

मालिक और मालकिन अब भी आराम की नींद सो रहे थे और माया बच्चे के कपड़े धूप में डालने ऊपर की छत पर गई हुई थी।

सहसा घर के शान्त वातावरण को चीरता हुआ बेबी का चीत्कार सुनाई दिया। मालकिन को तो जैसे बिच्छू ने काटा हो, उछलकर उठ बैठी और भागी हुई बेबी के

कमरे की ओर लपकी। उधर साहब की भी नींद टूट गई और वह भी हैरान होकर निक्कू को ढूँढ़ते हुए बेबी के कमरे में आ गए। माया ने छत पर खड़े शोर सुना, तो उसके प्राण सूख गए। काँपती-दौड़ती वह भी नीचे भागी।

मालकिन अन्दर पहुँची, तो देखा कि निक्कू बेबी के पालने के पास खड़ा है और फर्श पर काँच का गिलास टूटा पड़ा है। रोते बेबी का मुँह और कपड़े सब पानी से सने पड़े हैं और काँच के टुकड़े सारे फर्श पर फैले हुए हैं।

मालकिन ने आव देखा न ताव, एक थप्पड़ जोर से निक्कू के रसीद किया और उसे धक्का देकर परे हटा दिया और फिर 'हाय, मेरे लाल!' कहती हुई रोते बेबी को उठा लिया।

इतने में काँपती-लड़खड़ाती माया भी आ पहुँची।

"तू कहाँ मर गई थी? देख, अपने बेटे की करतूत!"

और मालकिन बेबी के पानी-सने कपड़ों में बेबी का बदन बार-बार टटोल-टटोलकर देख रही थी कि कहीं चोट तो नहीं आई।

माया बेटे को कमरे से बाहर निकालने जा रही थी, जब साहब कमरे में पहुँचे। निक्कू जो थप्पड़ खाकर सहम गया था, साहब को देखते ही उसकी जान-में-जान आई, भागकर उनके सामने आ खड़ा हुआ और बोला, "बेबी शरबत नहीं पीता, अंकल, देखो, सारा शरबत गिरा दिया।"

साहब तीखी नजर से निक्कू को देखे जा रहे थे। निक्कू अंकल की ओर से कोई शब्द या मुस्कान या शाबाश न पाकर फिर बोला, "मैंने गिलास नहीं तोड़ा, अंकल, बेबी ने तोड़ा है।"

घंटे-भर बाद, बहुतेरी मिन्नत-समाजत के बावजूद जब मालकिन न पिघली, तो लाचार माया ने अपने दो कपड़े सँभाले, एक दिन की तनख्वाह मुट्ठी में बन्द की, फिर निक्कू का हाथ पकड़े घर से जाने लगी।

मालकिन ने सहानुभूति दिखाते हुए कहा, "ऐसे बेटे के साथ तू कहीं काम नहीं कर पाएगी, आया, यह समझ ले। जो इसे साथ न उठा लाई होती, तो बरसों यहाँ काम करती। झूठ नहीं बोलती, इस घर में एक नौकर दस-दस साल काम करके गया है।"

माया ने गर्दन झुकाकर सुना और चुपचाप बरामदा लाँघने लगी।

साहब इस वक्त गँवार के बेटे को सभ्य बनाने के विफल प्रयत्न पर मायूस, विक्षिप्त मन से अखबार पर नजर दौड़ा रहे थे।

बरामदा लाँघते हुए निक्कू ने फिर माँ का आँचल पकड़े-पकड़े, साहब के कमरे में झाँका और साहब से नजरें मिलते ही चहकती आवाज में बोला, "अंकल, हम जा रहे हैं।"

गीता सहस्सर नाम

दरवाजा खटखटाने की हिम्मत नहीं हो रही थी। फाटक खोलकर आँगन लाँघ आया था, यह भी बहुत बड़ी बात थी। शीशा लगे बड़े दरवाज़े के पीछे खड़ा मैं अन्दर झाँक रहा था। अन्दर एक सेटी के ऊपर बच्चों का एक अंग्रेजी रिसाला खुला पड़ा था। शायद हवा के कारण उसके पन्ने उलटते रहे थे, या कोई बच्चा अभी-अभी इसे पढ़ता छोड़ गया था। तिपाई पर पीतल की राखदानी सिगरेट के टुकड़ों से अटी पड़ी थी। घर की सज-धज में एक प्रकार का बोझिल सूनापन था। सामने दीवार के साथ लगी अलमारी के नीचे मुँह बाए, चमकते जूतों की कतार खड़ी थी। अलमारी का एक ताक खुला था। अमीर लोग घर को खुला क्यों छोड़ जाते हैं? क्या सचमुच इनके नौकर इनकी चीज़ें नहीं उठाते? सेटी के बगल में अन्दर की ओर जानेवाले दरवाजे के पीछे हरकत हुई। एक बड़ा-सा कुत्ता घर के अन्दर से आया और दरवाजे पर खड़ा हो गया, फिर धीरे-धीरे चलता हुआ सेटी के पास कालीन पर आकर, पंजों पर सिर रखकर लेट गया। एक बार उसने उनींदी आँखों से मेरी ओर देखा, फिर मानो उपेक्षा से आँखें बन्द कर लीं।

जी में आया, लौट चलूँ। बाद में खत लिख दूँगा कि आया था, मगर घर पर कोई नहीं था। मैं मुड़ा भी, पर चाची का ध्यान आने पर पाँव रुक गए। चाची को पता चलेगा, तो क्या सोचेगी! भतीजा शहर में आकर लौट गया, मिला तक नहीं! यों तो मेरा चचेरा भाई मुझसे छोटा है—मैंने फिर शीशे के दरवाजे में से अन्दर झाँकते हुए सोचा—लेकिन आदमी उम्र से भी कभी बड़ा या छोटा हुआ है? वह तो सदा पैसे से छोटा-बड़ा होता है या फिर रुतबे से।

धूप तेज़ हो रही थी। दिल में खीज उठने लगी। अपने पर गुस्सा आने लगा कि दरवाजा खटखटाने की भी हिम्मत नहीं तो आया ही क्यों? मैंने सिर घुमाकर सड़क के पार देखा। आसपास भी ऐसी ही निस्तब्धता छाई थी, जैसी इस घर के अन्दर। पेड़ों और झाड़ियों के पीछे छिपे बँगलों की कहीं-कहीं झलक मिलती थी। निकट ही एक साफ़-सुथरे बँगले के बरामदे में लगभग साठ वर्ष का एक वयोवृद्ध लकड़ी

के चौड़े-से झूले पर बैठा अखबार बाँच रहा था। झूला हौले-हौले हिल रहा था। रास्ते-भर सुब्रह्मण्यम्, श्रीनिवास, राघवन, गोपालन जैसे नामों के ही बोर्ड पढ़ता हुआ मैं यहाँ पहुँचा था। शहर में कोई पहचानता नहीं था, कोई मेरी भाषा नहीं समझता था। चाची का घर ढूँढ़ने में दो घंटे लग गए थे। कोई आदमी बात जो नहीं समझता था। दूर पंजाब से आई चाची यहाँ क्या करती होगी, किससे बात करती होगी?

सहसा कुत्ता उठ खड़ा हुआ और थोड़ा पीछे हटकर फिर कालीन पर लेट गया।

आखिर मैं क्यों यहाँ खड़ा हूँ? मैं किसी से कुछ माँगने तो नहीं आया! यह क्या मजाक है कि दरवाजा खटखटाने तक के लिए हाथ नहीं उठता? गुस्सा आने पर टूटता हुआ आत्मविश्वास कुछ स्थिर हो गया और मैं शीशेवाले दरवाजे को धकेलकर अन्दर चला गया। कुत्ते ने सिर उठाया, अधखुली आँखों से एक बार मेरी ओर देखा और फिर अगले पंजों पर सिर रख दिया।

बरामदा लाँघ चुकने पर मैंने अपने को एक खुले कमरे में पाया। यहाँ भी सज-धज थी और खामोशी, मूक निस्तब्धता। केवल कहीं से किसी नल के टपकने की आवाज आ रही थी। रेफ्रिजरेटर के सामने खाने की बड़ी मेज लगी थी।

अन्दर घुस आया, मैंने भूल की। अभी भी किसी को पुकार लेना चाहिए, वरना घर के नौकर-चाकर बुरा बोलेंगे।

"क्यों भाई, कोई है?" मैंने आवाज ऊँची करके पुकारा और स्वयं अपनी आवाज सुनकर सहम गया। मेरे पुकारने से लगा, जैसे कोई दीवार भरभराकर टूट गई है—चुप्पी की दीवार। मैंने तनिक आश्वस्त अनुभव किया। नल टपकने की आवाज हाथ धोनेवाले बेसिन की ओर से आ रही थी। मैंने आगे बढ़कर नल की टोंटी को कसकर बन्द कर दिया।

मैं रेफ्रिजरेटर की ओर लौट रहा था, जब मेरी नजर बाईं ओर की छोटी-सी अँधेरी कोठरी पर पड़ी जो खानेवाले कमरे में खुलती थी और मुझे लगा, जैसे वहाँ कोई बैठा है। मैं ठिठक गया। कोठरी के अन्दर अँधेरा था। उसके पीछे जेलखाने के सींखचों की तरह लोहे की जालीवाली ऊँची खिड़की में से मद्धिम-सी रोशनी कोठरी में पड़ रही थी।

"चाची!" मैंने उसे पहचान लिया।

चाची को मुझे पहचानने में देर लगी। कोठरी के ऐन बीचोबीच वह फ़र्श पर चौखट मारे बैठी थी और आँखों पर चश्मा लगाए कोई पोथी बाँच रही थी। उसने सिर ऊपर उठाया और मेरी ओर देखती रही। फिर धीरे-धीरे उसकी आँखों में पहचान की हल्की-सी चमक आई और होंठ भी मुस्कान में काँपे और मैं दूसरे क्षण चाची से लिपट गया। चाची की छोटी-सी काया मेरी बाँहों में सिमट आई। आज पन्द्रह साल के लम्बे अरसे के बाद भी उसके कपड़ों में घर के धुले कपड़ों की महक आ रही थी। चाची की छाती के अन्दर एक गहरी हूक-सी उठी, वैसे ही, जैसे सोए

बच्चे की छाती में से कभी-कभी उठती है और लोग कहते हैं कि उसे पिछला जन्म याद आ रहा है।

पर चाची का व्यवहार मुझे कुछ अनोखा-सा लगा। छाती से लगने पर वह सदा मेरा सिर चूमा करती थी, 'आओ, माँ कुरबान!' कहा करती थी और मुझे ये शब्द बड़े प्यारे लगते थे। केवल चाची ही मुझे ऐसा सम्बोधन करती थी। पर आज चाची ने ऐसा कुछ भी नहीं किया।

"चाची, मैं तो बाहर से ही लौटे जा रहा था। बड़ी हिम्मत करके अन्दर आया हूँ। प्रताप कहाँ है?"

"दौरे पर बाहर गया है। उसका दौरे का काम है। महीने में पच्चीस दिन दौरे पर रहता है। चार-पाँच दिन में लौटेगा।"

"और भौजाई कहाँ है?"

"वह भी काम करती है। शाम को लौटेगी।"

"तुम राजी-खुशी हो, चाची? कुछ नहीं तो पन्द्रह साल के बाद तुमसे मिल रहा हूँ। मद्रास घूमने आया था, मैंने सोचा, चाची से मिले बिना तो नहीं जाऊँगा। देखो, आज पहुँच ही गया।"

चाची ने चुपचाप हाथ जोड़ दिये, मुँह से कहा कुछ नहीं।

मैं चाची की ओर देखकर मुस्कुराया। चाची बुढ़ा गई थी। यह बात न थी कि वह पहले कभी जवान हुआ करती थी। पर अब केवल दो-तीन ही दाँत बच रहे थे, आँखों में जाला उतर आया था, भौंहें सफेद हो रही थीं।

चाची अँधेरी कोठरी में क्यों बैठी थी? बूढ़ा व्यक्ति जाने कैसे अपने-आप ही अँधेरी कोठरी में जा पहुँचता है! अँधेरे कमरे में कोई युवती बैठी हो तो कमरे में स्निग्धता आ जाती है। कोई वृद्धा बैठी हो, तो अँधेरा और भयानक हो उठता है। पर चाची की छाती में स्निग्धता थी। उसके नन्हे-नन्हे हाथों में, उसकी छोटी-सी काया में स्निग्धता थी। मन में आया, उसे फिर बाँहों में भर लूँ।

"प्रताप ठीक है? भौजाई ठीक है? अब तो राजीव खूब बड़ा हो गया होगा... ?"

चाची ने फिर चुपचाप सिर हिलाया और हाथ जोड़ दिये।

"यह क्या पढ़ रही हो, चाची?"

"गीता सहस्सर नाम है, बेटा!" चाची बोली।

"गीता सहस्सर नाम? मैंने तो इस किताब का नाम पहले कभी नहीं सुना।"

"बहुत पुरानी किताब है। मेरी माँ भी यही पढ़ा करती थी। मेरे नानाजी के वक्त की किताब है। हाथ से लिखी है।"

चाची के हाथ से पोथी लेकर मैं उसके पन्ने उलटने लगा। प्रत्येक पन्ने पर चारों ओर लाल रंग की लकीरों का हाशिया था, काली स्याही से मोटी-मोटी लिखावट। विराम चिह्न लाल स्याही में, पन्ने का अंक लाल स्याही में। किसी ने बड़ी श्रद्धा से

पुस्तक लिखी थी। एक-एक अक्षर, मानो मोती पिरोया हुआ था, लेकिन भाषा मुझे अपरिचित-सी लगी। लिपि तो ज़रूर देवनागरी ही थी, लेकिन शब्द समझ में नहीं आते थे कि किस भाषा के हैं।

सहसा मेरा बदन सुन्न-सा हो गया। जो मैं इसे नहीं पढ़ पा रहा, तो चाची कैसे पढ़ पाती होगी? चाची तो कभी स्कूल भी नहीं गई थी।

"यह कौन-सी किताब है, चाची?" मैंने फिर पन्ने उलटते हुए पूछा।

"गीता सहस्सर नाम है बेटा! बड़ी अच्छी पुस्तक है। इसमें सबकुछ है। मोती भरे हैं।"

"चाची, तुम यह सुबह-सुबह क्या ले बैठती हो!" मैंने पुराने दिनों की तरह लाड़ से कहा, "सुबह कहीं घूमने चली जाया करो, बाग की बेंच पर जा बैठा करो।"

"कभी-कभी जाती हूँ, बेटा! पर वे मेरी भाषा नहीं समझते, मैं उनकी भाषा नहीं समझती। हाँ, कभी साधु-सन्त कहीं आएँ, तो वहाँ चली जाती हूँ।"

"साधु-सन्तों की बात समझ लेती हो?" मैंने हँसकर कहा।

"बात तो नहीं समझती, पर साधु के वचन तो कान में पड़ते रहते हैं।"

चाची सठिया गई है। मुझे उससे भय लगने लगा था। किताब सामने रखे बैठी है, जो उसके पल्ले नहीं पड़ती। साधु का व्याख्यान सुनने जाती है, जिसका एक शब्द भी उसकी समझ में नहीं आता। मैंने आँख उठाकर चाची की ओर देखा। गहरे अँधेरे कुएँ में जैसे जल झिलमिलाता है, चाची की दो आँखें वैसे ही झिलमिलाती-सी मुझे लगीं। वह अपलक मेरी ओर देखे जा रही थी। चाची जरूर सठिया गई है। शायद बूढ़ों के लिए सठिया जाना अनिवार्य होता है। शायद उनके लिए हितकर भी हो!

"कुछ पढ़कर सुनाओ, चाची!" मैंने हँसते हुए कहा। चाची के अन्धविश्वास को देखकर मेरा मन सन्तप्त-सा हो उठा था।

चाची ने आँखों पर चश्मा ठीक किया, एक कान पर फ्रेम चढ़ाया, दूसरे पर धागा बाँधा। ठसाठस चीजों से भरे घर में चाची की टूटी ऐनक मुझे और भी अटपटी लगी। दोनों हाथों से किताब को पकड़े धीरे से गुनगुनाने लगी :

'या आतमदा बलदा यस्स
विशव उपासते...'

एक बार फिर मेरे सारे बदन में झुरझुरी होने लगी। ये तो वेदमंत्र हैं, गीता के श्लोक तो नहीं हैं। बीसियों वर्ष पहले कभी चाची ने इन्हें याद किया होगा। मन में आया, चाची के हाथ से पुस्तक लेकर पूछूँ, बताओ, कहाँ यह मंत्र लिखा है? पर चाची की दत्तचित्त मुद्रा देखकर ठिठक-सा गया। जब अपने ऊटपटाँग उच्चारण में चाची वेदमंत्र पढ़ चुकी, तो मैं खिलखिलाकर हँस पड़ा, "यह तो वेदमंत्र है, चाची! गीता का श्लोक कहाँ से आया?"

चाची के दिल को ठेस लगी। जीभ दाँतों-तले दबाकर बोली, "धर्म-पुस्तकों का अनादर नहीं करते, बेटा! इन्हीं से सुख-शान्ति मिलती है।"

"पर चाची, यह गीता सहस्सर नाम तो नहीं है और तूने संस्कृत कहाँ से सीखी है?"

"मैं कुछ नहीं जानती बेटा! मैं मूरख, अनपढ़, मैं क्या जानूँ!"

चाची को देखकर मुझे अपनी धृष्टता पर पछतावा होने लगा। किताब के पन्ने पर आँख लगाए चाची फिर बोलने लगी :

'या आतमदा बलदा यस्स
विशव उपासते...यस्स देवा
यस्स छाया अमर्तम...'

मुझे निश्चय हो गया कि पुस्तक का अवलम्ब लेकर चाची कंठस्थ किए मंत्र बोले जा रही है। मंत्र पढ़ चुकने पर चाची स्वयं ही उसकी व्याख्या करने लगी :

"मतलब कि हे सुखसरूप परमात्मा, मैं बार-बार तेरे चरणों में नमस्कार करती हूँ। हे भगवान, जितनी भी तेरी उस्तुति की जाए, थोड़ी है। तू देवों का देव है। जिस पर तेरा हाथ नहीं, वह जीता हुआ भी मरे बराबर है। हे भगवान, मैं अकेली नहीं हूँ, क्योंकि तेरा हाथ मेरे ऊपर है। हे सुखसरूप परमात्मा, मैं तेरे चरणों में बार-बार नमस्कार करती हूँ। जो कुछ मेरा है, मेरी यह खाट, मेरी दो चूड़ियाँ, मेरे ये दो कपड़े, मेरा यह सब शरीर, मैं तेरे चरणों पर रखती हूँ... ।"

चाची अपने ही अर्थ निकाले जा रही थी। मैं चाची की ओर चुपचाप देखे जा रहा था। चाची मंत्र पढ़ती है, जो किताब में नहीं। अर्थ निकालती है, जो मंत्र में नहीं। चाची ऐसा क्यों कर रही है? क्या यह रोज ही ऐसा करती है?

चाची ने पन्ना पलटा और अगला मन्तर पढ़ने लगी :

'हिरण्ण गरभा समवर्तागरे
भूतस्स जाता पतिरेक आसी...'

मैं फिर मुस्कुरा दिया। पर चाची ने उस तरफ कोई ध्यान नहीं दिया। पूरा मंत्र उसने नहीं पढ़ा, क्योंकि सारा मंत्र उसे याद नहीं था। फिर अपने-आप ही उसकी व्याख्या भी करने लगी, "तेरा ऐसा सुन्दर गर्भ है, हे भगवान, सुन्दर, चमकीला, दमकीला। ये चाँद, सितारे, सूरज, ये फूल, रंगारंग के पौधे—ये सब तेरे गर्भ में से निकले हैं। कितना सुन्दर है तेरा यह संसार! आँख हटाए नहीं हटती। देख बेटा, इधर पीछे एक झाड़ी है। सुबह-सवेरे एक पंछी इस पर आकर गाता है। ईश्वर की उस्तुति करता है। यह भी भगवान के गर्भ से ही निकला है न... !"

चाची का चेहरा दमकने लगा था। मुझे लगा, चाची बहुत-कुछ बदल गई है। पहले से कहीं ज्यादा अनोखी बातें करने लगी है।

चाची ने पुस्तक को गोद में रखकर फिर हाथ जोड़ दिये :

''हे सुखसरूप परमात्मा, मैं बार-बार तेरे चरणों में नमस्कार करती हूँ। तू इन्दर राजा है। तू सबको भोजन देता है। मुझे रोटी देता है। सोने के लिए खाट देता है। हम सब तो तेरे निमित्त मातर हैं। पता नहीं, तेरे मन में क्या है, तू क्या बनाता-तोड़ता रहता है! हम सोचते हैं, हम कर रहे हैं, पर असल में कर वही रहा है। जब मैं यहाँ आने लगी, तो मेरी पड़ोसिनें कहने लगीं, 'परदेस नहीं जा द्रौपदी, मर जाएगी। बेटा तेरा काम पर रहेगा, बहू तुझे जूती बराबर समझती है, आसपास तेरी कोई बोली नहीं समझेगा। तू वहाँ अकेली पड़ी-पड़ी मर-खप जाएगी।' पर मैं चली आई। पहले कुछ दिन तो मैं बड़ी व्याकुल हुई। तुझे क्या बताऊँ! भगवान ने मेरे बड़े-बड़े इम्तहान लिये हैं। एक दिन रात को मेरे सिर में दर्द होने लगा। मैं बड़ी छटपटाई। बार-बार चिल्लाऊँ, पर कोई सुने ही नहीं। 'परमात्मा के बन्दो, कोई मेरे पास आओ। देखो, मैं कैसे तड़प रही हूँ!' पर कोई जवाब ही नहीं मिला। मेरा सिर फट रहा था। मैं चिल्लाई, 'देखो, कोई मुझ पर तरस खाओ!' पर कोई सुनता ही नहीं था। दिन के थके हुए लोग नींद की गोद में बेहोश पड़े थे, हे भगवान, मैं किसे जगाऊँ? इतने में मेरे अन्दर से ही आवाज आई, 'अरी मूर्ख, भगवान तो तेरा इम्तहान ले रहा है। अभी से रोने-कुरलाने लगी है!' बस, बेटा, मेरा रोना-चिल्लाना बन्द हो गया। हाय, सचमुच भगवान मेरी परीक्षा ले रहा है। वह मुझे देखकर क्या सोचता होगा? मैंने माथे पर दुपट्टा कसकर बाँध लिया, आँखें बन्द कर लीं और हाथ जोड़कर गायत्री का जाप करने लगी। पहले तो मैं बड़ी व्याकुल हुई, मन बार-बार उचट जाए। मन में आए, चिल्लाकर बेटे को आवाज दूँ, पर धीरे-धीरे मेरी आँख लग गई। भगवान ने अपना हाथ मेरे सिर पर रखा। इसमें भी कोई भेद रहा होगा, बेटा! उसकी वही जाने, वह बड़ा कारसाज है। फिर बेटा, मैंने अपने मन को समझाया—पगली, तू तो निमित्त मातर है, करनेवाला तो भगवान है। उसने कहा—तुझे अब दाना-पानी जंगल-बियाबान में दूँगा, तेरे शहर में नहीं दूँगा। तुझे यहाँ भगवान ही तो लाया है। क्या वह भगवान की दुनिया नहीं है? वह क्या कहेगा? सुबह-शाम मेरे आगे सिर नवाती है और फिर रोने-बिलखने लगती है। तब मैं समझ गई। अब बेटा, जब मैं भगवान के दरबार में जाती हूँ, तो हाथ बाँधे रहती हूँ। भगवान पूछता है 'तुझे क्या चाहिए, माँग, क्या माँगती है?' तो मैं कहती हूँ, 'भगवान, तेरा दिया मेरे पास सबकुछ है, मुझे कुछ नहीं चाहिए।'''

''तू भगवान के साथ बातें भी करती है, चाची?''

''भगवान से बातें नहीं करूँ, तो किससे बातें करूँ? वही तो हर वक्त मेरे पास होता है। वही तो मेरी बात सुनता है...''

मैं चाची की बातें सुन रहा था कि पीछे खटका हुआ। मैंने घूमकर देखा, नौ-दस साल का एक लड़का रेफ्रिजरेटर को खोल उसमें से खाने की चीजें निकाल रहा था। उसके माथे पर पसीना चू रहा था। यही प्रताप का बेटा होगा। मैं उठकर उसके पास गया।

"गॉश, आई एम हंगरी।" उसने बिना मेरी ओर देखे कहा। फिर आस्तीन से माथा पोंछकर मेज की ओर लपका और एक केला उठाकर खाने लगा।

"आई एम युअर अंकल," मैंने उसके पास जाकर कहा।

"आर यू?" लड़के ने एक बार आँखें उठाकर मेरी ओर देखा, फिर रेफ्रिजरेटर में से एक सेब निकालकर बाहर भाग गया। मैं अपना-सा मुँह लेकर चाची के पास आ बैठा।

मैं पहले से भी अधिक खिन्न और अटपटा महसूस करने लगा। घर का ठंडा, जमा हुआ वातावरण, उस पर चाची का दर्शनशास्त्र, आत्मप्रवंचना...

पर चाची कहे जा रही थी, "मैं पापिन हूँ, बेटा! मैंने बड़े पाप किए हैं। उनकी गिनती भगवान के दरबार में होगी। उनके आदमी लिखते रहते हैं, सारा वक्त लिखते रहते हैं। पोथे-के-पोथे उन्होंने भर दिये हैं।" फिर सहसा चाची की आँखें चमक उठीं, "तुझे बताऊँ? भगवान कभी-कभी खुद मेरे पास आते हैं, तीन बार आ चुके हैं। नीले रंग के वस्त्र पहने, सिर पर मुकुट चमकता है, ऐसे लिश्कारे उठते हैं कि कोठरी में रोशनी-ही-रोशनी फैल जाती है। मेरे माथे पर हाथ रखते हैं, और कहते हैं, 'द्रौपदी, मैं तेरे पास हूँ...हर वक्त तेरे पास हूँ। धीरे-धीरे तेरी व्याकुलता कम हो रही है, तू मेरे पास आ रही है...।' मैं हाथ जोड़ देती हूँ और कहती हूँ, 'हे महाराज, मुझे शान्ति दो। हे परवरदिगार, मैं एक ही बात की भीख माँगती हूँ, मुझे शान्ति दो...'"

चाची अपनी रौ में बहे जा रही थी। मैंने बात काटकर कहा, "हाँ, चाची, तो आगे कौन-सा मंत्र है?"

चाची फिर पोथी की ओर देखने लगी और उसने चश्मे को आँखों पर ठीक किया।

"भजन भी गाती हो, चाची?"

"नहीं, यहाँ आसपास के लोग बुरा मानते हैं।"

पर वह अगला 'मन्तर' पढ़ने जा रही थी, जब मैं उठ खड़ा हुआ।

"अब चलूँगा, चाची!"

चाची की बातों का ताँता टूट गया। वह ठिठक गई, जैसे उसे बहुत बड़ा धक्का लगा हो! वह मेरी ओर देखती रह गई। कुछ बोलने को हुई पर जैसे अपने को रोक लिया और हाथ जोड़ दिये।

जब मैं चलने को हुआ, तो मेरा मन यह देखकर क्षुब्ध हो उठा कि चाची ने एक बार भी रुकने के लिए नहीं कहा। उसने नहीं पूछा, घर में तुम्हारे बाल-बच्चे कैसे हैं। जैसे उनके साथ उसका कोई वास्ता न हो! मुझसे पानी तक के लिए नहीं पूछा। सारा वक्त अपनी पोथी बाँचती रही थी।

मैं बाहर आ गया। कुत्ता अभी भी कालीन पर लेटा हुआ, दोनों अगली टाँगों पर सिर रखे सुस्ता रहा था। अलमारी के नीचे जूतों की पाँत चमक रही थी। हवा के झोंकों में 'पत्रिका' के पन्ने फड़फड़ा रहे थे। घर में छाई निस्तब्धता का मुझे फिर

भास होने लगा। बाहर शीशे के दरवाजे के पास पहुँचकर मेरे पाँव ठिठक गए। न जाने कौन-सी निर्मम वृत्ति मुझे चाची के पास वापस जाने को बाध्य करने लगी! क्या मैं उसकी मान्यताओं को झूठा सिद्ध करना चाहता था? उसकी आत्म-प्रवंचना को तार-तार करना चाहता था? क्या मैं सचमुच एक बार फिर उससे बगलगीर होकर उससे विदा लेना चाहता था?

मैं उल्टे पाँव कोठरी की दहलीज तक जा पहुँचा, पर आगे नहीं बढ़ पाया। चाची की पोथी फर्श पर औंधी पड़ी थी। चाची दोनों हाथों से दुपट्टे के छोर से आँखों को दबाए बिलख-बिलखकर रोए जा रही थी। उसके हाथ अब भी जुड़े हुए थे, मानो भगवान के दरबार में बार-बार अपनी हिचकियों द्वारा शान्ति की भीख माँगे जा रही हो!

सुनहरी किरण

दुनिया में यथार्थ नाम की कोई चीज नहीं है, देवेन ने इस बारे में पूरा सिद्धान्त गढ़ रखा है। अगर है, तो उसके धूसर ताने-बाने में रंगीन धागे इतनी अधिक संख्या में उलझे रहते हैं कि उन्हें अलग नहीं किया जा सकता।

"राह चलते किसी खिड़की में खड़ी युवती सहसा अप्सरा-सी क्यों नजर आने लगती है? नीले पर्दों के पीछे हम किसी अलौकिक जीवन की कल्पना क्यों करने लगते हैं?" वह कहता है।

देवेन जब जोश से बोलने लगता है, तो उसकी पतली-पतली उँगलियाँ, जिन पर सिगरेटों की पीलिमा चढ़ी रहती है, काँपने लगती हैं। माथे पर बाल छितरा जाते हैं और उसके कान लाल हो जाते हैं।

"मैं तुम्हें अपनी बात बताऊँ," वह आगे झुककर कहने लगा, "मेरी बहन की एक सहेली—तीन बच्चों की माँ—मुझे कभी सुन्दर नहीं लगी थी। लेकिन एक दिन जब वह मेरी बहन के आग्रह पर सितार बजाने बैठी, तो मेरी आँखों के सामने उसका रूप ही बदल गया। वह मुझे अत्यन्त कोमल, भावुक और प्रिय लगने लगी। मुझे लगा, जैसे उसके सारे व्यक्तित्व को कोई सुनहरी किरण छू गई है..."

हम उसकी बातें सुनते जाते, सिर हिलाते जाते और मन-ही-मन हँसते जाते थे।

"और केवल देखने में ही चीजें ऐसी लगती हों, यह बात नहीं। कुछ ही रोज पहले..." वह कहता गया, "इंडिया गेट के पास एक हादसा हुआ। एक युवक मोटर-साइकिल चलाते-चलाते एक खम्भे के साथ टकराकर बुरी तरह जख्मी हो गया। वह मोटर-साइकिल पर तरह-तरह के करतब कर रहा था। मैं भी वहाँ खड़ा था। वह लड़का मेरी जान-पहचान का था। कभी वह लेटकर उसे चलाता, कभी हाथ छोड़कर। उसने दर्शकों की अच्छी-खासी भीड़ जमा कर रखी थी। पर जानते हो, हादसा क्यों हुआ? वह सब करतब एक लड़की को रिझाने के लिए कर रहा था और लड़की भी वह, जिसे वह जानता तक नहीं था। एक बार जब वह गद्दी

पर से उतरकर, एक पैडल पर सारा बोझ डालने जा रहा था, तो उसे लड़की नजर नहीं आई। लड़की अपनी सहेलियों के साथ मुड़कर दूसरी ओर जाने लगी थी। उस युवक के भावावेश को तुम क्या कहोगे? सपना? यथार्थ? यथार्थ नाम की कोई चीज संसार में है भी या नहीं, मैं नहीं जानता। भावना है, सपने हैं, दर्द हैं। पर यथार्थ क्या है, मैं नहीं जानता।''

देवेन शराब नहीं पी रहा था, वरना हम कहते कि वह बहक गया है।

''हमारी सभी धारणाएँ सपने नहीं तो क्या हैं?'' वह माथे पर से बालों की लट हटाते हुए बोला, ''भगवान की धारणा सपना है या यथार्थ? भगवान की भक्ति सपना है या यथार्थ? प्रेम सपना है या यथार्थ? जिसे तुम यथार्थ कहते हो, उसमें हममें से कोई भी नहीं जीता। मैं दफ्तर में काम करता हूँ, दिन-भर चिट्ठियाँ टाइप करता हूँ, घर के लिए गेहूँ-दाल लाता हूँ। पर ये सब ऊपरी क्रिया-कलाप हैं। वास्तव में मैं सारा वक्त कहीं डूबा रहता हूँ। हर व्यक्ति सारे वक्त कहीं डूबा रहता है। पृथ्वी की ऊपरी परत पर—उसकी पपड़ी पर—जंगल और खेत हैं, नगर और गाँव हैं, पर नीचे अथाह जल-राशि है। जिन्दगी की ऊपरी परत पर क्रिया-कलाप हैं, काम-धन्धे हैं, जिस पर तुम रोजी कमाते हो, बच्चे पालते हो। पर उसके नीचे सब सपने-ही-सपने होते हैं और फिर बाहर झाँककर कोई क्या देखे? जो कुछ तुम देखते हो, उस पर मेरी आँखें नहीं टिक पातीं। जो मैं देखता हूँ, उस पर तुम्हारी आँखें नहीं टिक पातीं!...''

बात शुरू हुई थी तीन बैलगाड़ियों से, जो एक रोज पौ फटते वक्त देवेन के घर के सामने से गुजरी थीं। देवेन उस समय प्रभात के झुरमुट में अपने घर के छज्जे पर खड़ा था। एक के पीछे एक, तीन बैलगाड़ियाँ बड़ी सड़क की ढलान पर से उसके घर के सामने से गुजरी थीं और बाईं ओर सीधे पार्क की ओर बढ़ गई थीं। देवेन का कहना है कि उनमें बैठे लोग गा रहे थे, हालाँकि यह उसका भ्रम है।

देवेन ने उनकी ओर देखा और हल्की-सी स्फुरन उसके दिल में उठी। कौन हैं? कहाँ से आए हैं? कहाँ जा रहे हैं? कौन कहाँ का वासी? सभी चलते राही। छाती में छोटा-सा धड़कता दिल लिये, सभी चलते रहते हैं।...हल्का-सा वैराग्य-भाव उसके मन में जागा था। देवेन की आँखों के सामने जैसे जिन्दगी के सफर की एक झाँकी-सी गुजर गई थी।

''अब भी कभी वह धीमा-सा शोर मुझे सुनाई दे जाता है, जैसे वे आ रहे हैं,'' वह कहता है, ''जैसे क्षितिज की लालिमा की ओर से आ रहे हैं और सायंकाल के झुटपुटे में क्षितिज की बुझती लालिमा की ओर ही गाते हुए चले जाएँगे!...''

कुछ देर बाद देवेन घूमने के लिए निकला। सभी-कुछ वैसा ही था, जैसा रोज होता है। रग्घू मोची एड़ पर पानी छिड़ककर सूर्य-नमस्कार कर रहा था और नुक्कड़ पर केलेवाला दिन चढ़ते ही चिल्लाने लगा था। देवेन चौक पार कर, पार्क की ओर

जा रहा था, जब वही बैलगाड़ियाँ उसे फिर नजर आईं। वह ठिटक गया। उस वक्त तक उजाला हो चुका था। वह जाग चुका था। कहीं कोई तिलिस्म का मकान नहीं था। कहीं कोई नीली धुन्ध नहीं उड़ रही थी। पर देवेन कहता है, फिर एक बार उसके दिल में वैसी ही स्फुरन उठी।

पार्क के बाहर बाएँ हाथ, जहाँ पीछे की ओर कुम्हार का झोंपड़ा है, जमीन के एक टुकड़े पर तीन बैलगाड़ियाँ थोड़े-थोड़े फासले पर खड़ी थीं। उनके बैल खोल दिये गए थे और बैलगाड़ियों के इर्द-गिर्द एक छोटी-सी बस्ती ने जन्म ले लिया था।

''मुझे लगा, जैसे बैलगाड़ियों के मोटे-मोटे चक्के सैकड़ों-हजारों मील का सफर तय कर चुके हैं। बैलगाड़ियों के तख्तों पर बाहर की ओर पीतल के कील और पतरियाँ जड़ी थीं, शायद सजावट के लिए। उनका गठन भी अनोखा-सा था। पीछे से चौकोर और आगे से तिकोना। बनजारे रहे होंगे, मैंने सोचा।'' और देवेन मंत्र-मुग्ध-सा उन्हें देखता रह गया।

बैलगाड़ियों के आसपास हरकत थी। एक बैलगाड़ी के सामने, सड़क की ओर एक छोटी-सी कोयलों की भट्ठी सुलगने लगी थी और उसमें से चिनगारियाँ निकल रही थीं। उसके पास एक साँवले रंग की औरत—धूप में तपा चेहरा—विचित्र-सा लिबास पहने, बैठी धौंकनी चला रही थी। एक आदमी हाथ में हथौड़ा लिये, जमीन में एड़ जमा रहा था। पास में एक बूढ़ा आदमी जमीन पर बैठा था, जिसकी आँखें, देवेन को लगा, जैसे खोहों में से झाँक रही थीं। बैलगाड़ियों के आसपास कुछ बच्चे और कुछ झबरैले कुत्ते भी घूमने लगे थे।

आसमान अभी भी लाल हो रहा था, जब एक बैलगाड़ी में एक युवती अँगड़ाई लेकर उठ बैठी। एक बार फिर देवेन का दिल अनूठी-सी भावना से उद्वेलित हो उठा। लड़की ने इधर-उधर देखा मानो नए शहर को पहचानने को कोशिश कर रही हो, फिर गाड़ी की दीवार का सहारा लेकर, नीचे कूद आई।

''उसे भी सुनहरी किरण छू गई होगी।'' हममें से एक ने चुटकी ली।

''उसकी सारी काया हो अनूठी थी,'' देवेन कहने लगा, ''कुछ-कुछ लम्बूतरी-सी, चेहरा भी लम्बूतरा, आँखें कानों की ओर खिंची हुईं, गर्दन भी लम्बूतरी-सी, तन भी नीचे की ओर मुड़े हुए, लम्बूतरे-से।...''

देवेन की आँखों में अभी स्मृतियों और भावनाओं की धूमिल इच्छाओं के साये तैर रहे थे।

इसके बाद देवेन वहाँ से हट गया और पार्क में घूमने चला गया। देवेन का कहना है कि वह पार्क में टहलते हुए अपने विचारों में खोया रहा, उन्हें लगभग भूल गया।

पर जब लौटा और फिर पार्क का फाटक पार कर बाहर निकलने लगा तो वही युवती उसे फिर नजर आई। पानी के झरने के पास खड़ी थी उस नाले के पास,

जिसका पानी पार्क के पेड़-पौधों को दिया जाता है और उसमें से पानी लेने के लिए वहाँ खड़े चौकीदार से उलझ रही थी। ''वही साँवला तपा हुआ चेहरा, खिंची-खिंची आँखें। देखते-ही-देखते उसने गोरखे चौकीदार को धकेलकर परे हटा दिया, और झुककर अपनी डोलची भर ली। अपनी खरज-सी आवाज में ऊँचे-ऊँचे जाने क्या बोलती रही! फाटक के पास पहुँचकर उस लड़की ने मुड़कर देखा और हँस दी, फिर बल खाती हुई बैलगाड़ियों की ओर चल दी।

''उस लड़की की कोशिश रही हो या बैलगाड़ियों की वह छोटी-सी अनोखी बस्ती। अब मैं तुम्हें क्या बताऊँ कि वह यथार्थ था या सपना? मुझे तो लगता है, जैसे वे किसी दूसरी दुनिया के जीव हों, जो अचानक हमारे बीच आ गए हों। औरतों का पहनावा अजीब-सा था। पीठ नंगी, कुर्ता ऐसा बना रहता, जो शरीर को केवल सामने से ढँके रहता। उसी के बीचोबीच लगे फीतों को वे पीठ पर बाँध लेतीं। ये लोग शायद घुमक्कड़ लोहार थे, क्योंकि शीघ्र ही मैंने देखा कि वहाँ एक-दूसरी से कुछ हटकर छोटी-छोटी तीन भट्ठियाँ सुलग रही थीं और प्रत्येक के पास एक औरत बैठी धौंकनी चला रही थी और मर्द खड़ा एड़ पर लोहे के प्रहार कर रहा था। उनमें से एक औरत टाँगें फैलाए बैठी थी, जिन पर एक बच्चा पेट के बल लेटा था। वह बच्चे को शौच भी करवा रही थी और कुर्ता एक ओर से खोलकर स्तनपान भी करा रही थी, और भट्ठी में धौंकनी भी चला रही थी। फिर मेरे देखते-ही-देखते औरत ने बच्चे को घुटनों पर से धकेल दिया। बच्चा लुढ़ककर मिट्टी में जा गिरा और वहीं पड़ा रहा।

''मुझे उनकी हर बात अनूठी लगती थी। उनकी औरतों ने आँखों के कोनों के पास खुदाई करवा रखी थी। हमारे यहाँ तो तुमने देखा होगा, माथे के बीचोबीच या ठुड्डी के बीचोबीच बिन्दी-सी खुदवा लेती हैं, पर कनपटियों पर या कमर पर ये औरतें छोटे-छोटे मोर-से खुदवाए रहती हैं, जिनकी पूँछ ऊपर को उठी रहती है...।''

''तुम कहना क्या चाहते हो, देवेन?''

''मैं कुछ भी नहीं कहना चाह रहा। केवल यही कि उन्हें देखते ही मन में जाने कैसे-कैसे भाव उठते! मुझे उनकी स्वच्छन्दता का भास होने लगता। तारों के नीचे सोनेवाले, अनन्त राहों पर चलनेवाले लोग। आज यहाँ हैं, कल कहीं और जा पहुँचेंगे। ऐसा मुझे क्यों नजर आया? मैं रोज उधर से गुजरता और रोज ही उन बनजारों के—वास्तव में वे राठौर थे—स्वच्छन्द जीवन का कोई-न-कोई पहलू मुझे नजर आता। सुबह के वक्त जाओ या दोपहर के वक्त, प्रत्येक गाड़ी के सामने छोटी-छोटी भट्ठियाँ जल रही होतीं और प्रत्येक के सामने एक-एक आदमी हाथ में हथौड़ा उठाए, एड़ पर ठोंक-पीट रहा होता, औजार गढ़ रहा होता। पसीने से तर, बदन पर लाली, मानो उसका शरीर भी किसी भट्ठी में तप रहा हो! उसे देखकर लगता कि विशाल क्षितिज के आगे वह इनसान खड़ा हथौड़ा चला रहा है। जीवन

को क्षितिज की पृष्ठभूमि के आगे देखो तो उसकी विशिष्टता नजर आती है। बहुत नजदीक से देखो, तो सभी चीजें एक-सी नजर आती हैं।...मैंने उन्हें खिली चाँदनी में देखा, पौ फटते समय देखा, दोपहर की धूप में देखा...उनकी जीवनचर्या की कितनी ही झाँकियाँ देखीं। एक बार मैंने उस लड़की को उसके प्रेमी के साथ भी देखा। उसी की जात का कोई रहा होगा। एक पत्थर पर दोनों बैठे थे...।''

''क्षितिज के आगे?'' मेरे साथी ने फिर चुटकी ली।

''हाँ, क्षितिज के आगे। मैं सोचूँ, वे क्या बातें करते होंगे? प्रेमी प्रेमिका से क्या कहता होगा? कौन-सी कसमें खाता होगा? एक नई बैलगाड़ी बनवाएँगे और दूर कहीं निकल जाएँगे। इससे ज्यादा वह क्या कहता होगा? न घर, न जमीन और न ही इन्हें अपना बनाने की इच्छा। जैसे सम्पत्ति की भावना ही न हो। कोई नगर इनका अपना नहीं। केवल प्रकृति के पाँच तत्त्व ही इनके अपने हैं और कुछ नहीं!...

''इसी बीच एक दिन घूमने जा रहा था, जब बनजारों के डेरे की ओर से गाने की आवाज आई। तालियों की लय और स्त्री-कंठ में गाने की आवाज।...शादी हो रही थी। कोई सजावट न थी। न कहीं झंडियाँ, न फूल। उन्हें इन दिखावे की चीजों की जरूरत भी क्या है? एक बैलगाड़ी के पीछे कुछ औरतें खड़ी, तालियाँ बजा-बजाकर गा रही थीं। मैं भी वहाँ जा पहुँचा। आसपास के बहुत-से लोग वहाँ खड़े थे। उस वक्त मुझे बेहद कोफ्त हुई। काश कि मैं इनकी भाषा के कुछ ही शब्द समझ पाता! न जाने किन लम्बे रास्तों का, जंगलों और पहाड़ों का इनमें जिक्र हो! मैंने अन्दर झाँककर देखा। जमीन पर एक पतला-छरहरा युवक नंगे बदन पत्थर पर बैठा था। सारे जिस्म पर उसने हल्दी मल रखी थी। पास में खड़ी एक बूढ़ी औरत, जो शायद उसकी माँ थी, डोल में से टीन का डिब्बा भर-भरकर, उसके बदन पर डाल रही थी। वही दूल्हा था। आसपास कीचड़-ही-कीचड़ हो गया था।

'' 'बारात कहाँ जाएगी?' पास खड़ी एक औरत से मैंने धीरे से पूछा।

''जवाब में वह ऊँची आवाज में बोली, 'बारात उस बैलगाड़ी में जाएगी।' फिर हँसकर बत्तीसी दिखाती हुई बोली, 'अरे बारात क्या जाएगी! लुगाई तो वह सामने खड़ी है।'

'' 'कौन-सी?'

'' 'वह सामने, पीले कुर्तेवाली।'

''मैंने देखते ही उसे पहचान लिया। वही लम्बूतरी साँवली-सी युवती थी। अन्य स्त्रियों के साथ खड़ी वह भी ताली बजा-बजाकर गाए जा रही थी।

'' 'देखो तो, कैसे गाए जा रही है!' उस औरत ने हँसकर कहा और वहाँ से हट गई।

''लड़की की उनींदी अलसाई आँखें लड़के पर जमी थीं। चेहरा पसीने से तर। बालों की लटें कनपटियों से चिपटी हुई।

"स्नान के बाद जब लड़का गीले शरीर पर कपड़े चढ़ाने लग, तो सभी औरतें वहाँ से हट गईं और उसी तरह गाती हुई दूसरी बैलगाड़ी की ओर जाने लगीं।

"अब दुल्हन को नहलाने ले जा रही थीं।"

"वहाँ तुम नहीं गए, देवेन?" हमारे साथी ने पूछा।

देवेन चुप रहा। फिर धीरे से कहने लगा, "ब्याह के दो ही दिन बाद युवक भी भट्ठी के सामने खड़ा, हथौड़ा चला रहा था और उसकी दुल्हन, रंगीन कपड़ों में लिपटी, धौंकनी चला रही थी। बीच-बीच में दोनों हँस-हँसकर एक-दूसरे से बतियाते।"

"वहाँ कभी रात के वक्त भी गए थे, देवेन?"

"हाँ, गया था।"

"क्या देखने गए थे?"

"उनकी जिन्दगी को देखने गया था। और क्या? खुले आकाश के नीचे, तारों के नीचे वे लोग कैसे रहते-बसते हैं, यह देखने।"

"और यह भी कि खिली चाँदनी में वह लम्बूतरे स्तनोंवाली लड़की कैसी नजर आती होगी," हमारे साथी ने जोड़ा।

देवेन क्षुब्ध हो उठा। वह एकटक हमारे साथी के चेहरे की ओर देखने लगा, मानो वह ऐसे अशिष्ट लोगों की मजलिस में आ बैठा हो, जो उसकी बात को समझ पाने की योग्यता नहीं रखते।

"तुम स्त्री को क्या समझते हो?" वह धीरे से बोला, "स्त्री की नन्ही-सी काया में सृष्टि का समस्त सौन्दर्य सिमट आया है।"

हम चुप रहे।

"हमने यों ही पूछा, देवेन, क्योंकि वहाँ रात को साँप-बिच्छू भी निकल आते हैं, और तो कोई बात नहीं। तुम अपनी कहो। फिर क्या हुआ?"

"फिर एक दिन वे सब लोग वहाँ से चले गए। डेरा उठ गया। एक दिन सुबह मैं घूमने निकला। बैलगाड़ियों के पास से गुजरा, तो मुझे हल्का-सा खटका हुआ कि कुछ होने जा रहा है, क्योंकि उस डेरे की ही एक बूढ़ी औरत बैलगाड़ियों के आसपास विचलित-सी मँडरा रही थी। पर मैंने विशेष ध्यान नहीं दिया और पार्क में टहलने चला गया। काफी देर बाद लौटा तो जमीन खाली पड़ी थी। बैलगाड़ियाँ जा चुकी थीं। मैं चूक गया था। मैं यह नहीं देख पाया कि बनजारे लोग कैसे अपना डेरा उठाते हैं।

"मैं देखना चाहता था कि नई यात्रा पर कैसे रवाना होते हैं। शायद वे छोटी-मोटी रस्म भी करते होंगे। शायद बस्ती का बूढ़ा कुछ दूर लाठी लेकर आगे-आगे चलता होगा और बस्ती से निकलकर वे लोग कोई गाना छेड़ देते होंगे और फिर प्रकृति के विशाल आँगन में बढ़ जाते होंगे।

"पर वहाँ जमीन खाली पड़ी थी। भट्ठियों की राख, बनजारों की अनन्त यात्रा के पद-चिह्न, कुछ टूटे हुए बर्तन, कुछ रंग-बिरंगी थिगलियाँ, और बस। अगर वे राख के छोटे-छोटे ढेर न होते तो मैं समझ लेता कि मैं स्वप्न देखता रहा था। बैलगाड़ियों का काफिला कहाँ गया, किस ओर गया, कौन जाने! मुझे लगता है कि जैसे अतीत के धुँधलके से निकला और भविष्य के धुँधलके में खो गया।..."

देवेन चुप हो गया। हम भी चुप थे। इतने में हमारे साथी की आवाज सुनाई दी, "तुम एक छोटी-सी तफसील बताना भूल गए, देवेन!"

"क्या?" देवेन ने आँखें फैलाकर उसकी ओर देखा।

"वह बुढ़िया औरत, जो वहाँ मँडरा रही थी, जैसा कि तुम कहते हो, क्या तुम्हारी उससे कोई बात हुई थी?"

देवेन चुप रहा।

"क्या वह देर तक पेट पर जोर-जोर से हाथ मार-मारकर चीखती-चिल्लाती नहीं रही थी? मैंने सुना है कि उन्हें वहाँ से जबरदस्ती उठा दिया गया था और जमीन के इर्द-गिर्द कँटीले तार लगा दिये गए थे।"

"इससे क्या?" देवेन खीजकर बोला।

"कुछ नहीं। मैंने तो सुना है कि लोग इकट्ठे हो गए थे और वह औरत खासकर तुमसे बार-बार कहती रही थो, 'तुम तो हमारा अन्दर का हाल जानते हो। रोज यहाँ चक्कर काटते रहे हो, हमारी कुछ मदद करो।' "

"मैं क्या कर सकता था? क्या मैं अधिकारियों से उलझता?"

"और मैंने सुना है कि बैलगाड़ियों का काफिला बहुत दूर तक नहीं जा पाया—क्षितिज तक तो बिलकुल नहीं, क्योंकि इन्हीं जाड़ों में डेरे का बूढ़ा किसी सड़क के किनारे मरा पड़ा मिला था और बुढ़िया नजदीक ही सड़क पर वैसे ही पेट पर हाथ मार-मारकर भीख माँगती है। बच्चे और झबरैले कुत्ते?...उनके बारे में मैं कुछ नहीं जानता, क्योंकि शहर के असंख्य बच्चों और झबरैले कुत्तों में उन्हें पहचानना कठिन है। पर तुम्हारा कहना ठीक है, देवेन! यथार्थ नाम की सचमुच कोई चीज नहीं। यह तो अपनी-अपनी नजर की बात है। जिस चीज पर आँख टिक जाए, उसी को हम यथार्थ मानने लगते हैं।"

साये

"तुम क्या समझती हो, मैं खाली बैठा रहता हूँ?"

"नहीं, तुम्हें तो सिर उठाने की फुरसत नहीं, खाली तो मैं बैठी रहती हूँ।" मेरे मुँह से निकल गया।

इस पर वह पहले से भी ज्यादा जोर से चिल्लाया और कलम मेज पर पटककर बोला, "तुम मुझे जीने भी दोगी या नहीं? दो मिनट चैन से नहीं बैठने देती हो।"

मैंने हाथ जोड़ दिये, "तुम जो कहते हो, ठीक है। मैं बहुत बुरी हूँ। अब और कुछ न कहो।"

अगर पप्पू वहाँ न होता, तो मैं सिर पीट लेती, अपने बाल नोंच लेती। अगर पप्पू वहाँ न होता तो वह कलम मेज पर पटकने के बजाय दीवार पर पटकता। मैं पप्पू को बाहर ले जाने के लिए कपड़े पहना रही थी।

हर बार, हममें से किसी की भी आवाज ऊँची उठने पर पप्पू मुँह से कुछ भी बोलता नहीं, कभी मेरी ओर तो कभी अपने पिता की ओर एकटक देखता रहता है।

मोजा पहनाते हुए मैं रो पड़ी और बिलखकर बोली, "आज के दिन भी तुम कड़वा बोलोगे, मुझे नोचोगे...।"

वह एक क्षण के लिए ठिठका, मोटे-मोटे चश्मों के पीछे से मेरी ओर देखता रहा, फिर कुछ कहने जा ही रहा था कि मैंने फिर हाथ जोड़ दिये और पप्पू का हाथ पकड़कर उठ खड़ी हुई।

"अब बख्श दो। न मैं बदल सकती हूँ, न तुम बदल सकते हो।"

और पप्पू का हाथ थामे मैं बाहर आ गई।

वह मेज पर से नहीं उठा। मैं जानती थी, वह कलम उठाकर अपना काम करने लग जाएगा और मेरी पीठ मुड़ते ही सबकुछ भूल जाएगा। बरामदे में आकर मैं दीवार के साथ लगकर निढाल-सी खड़ी हो गई। मेरा दिल रो-रो उठा। पप्पू मेरे पास खड़ा आँखें फैलाए मेरी ओर देखता रहा। फिर जब मैंने आँसू पोंछे, आगे बढ़कर उसका हाथ पकड़ा तो वह धीरे से बोला, "आज तेरा जन्म-दिन है, माँ?"

मैं कुछ नहीं बोली और उसका हाथ पकड़े सीढ़ियाँ उतर आई।

नीचे पहुँचकर पप्पू ने मेरी ओर देखकर कहा, "देखा माँ, आज मैं नहीं रोया।"

"तुम बहुत अच्छे हो पप्पू!" मैंने उसका हाथ दबाते हुए कहा।

"पापा तुमसे कुछ कहा करें, तो तुम आगे से जवाब नहीं दिया करो माँ! तुम बोलती हो तो उन्हें गुस्सा आ जाता है।"

मैं चुप रही, पर पप्पू की बात मुझे बुरी लगी। बच्चे भी बाप का ही पक्ष लेने लगे हैं। मर्द कितने कुटिल होते हैं, बच्चों को अपनी ओर खींच लेते हैं! पिसती-मरती माँ है, लेकिन बच्चे फिर भी पिता का पक्ष लेते हैं। मैदान में बहुत-सी औरतें अपने-अपने बच्चों को लिये घूम रही थीं। मैं सबसे दूर रहना चाहती थी। मैं नहीं चाहती थी कि मेरी भीगी आँखें कोई देखे। मुझे सबकुछ बुरा लग रहा था। मैं अलग से जाकर एक बेंच पर जा बैठी।

हवा में खुश्की थी। मौसम तेजी से बदल रहा था। मैदान में जैसे पतझड़ की धूल उड़ रही थी। घास सूखकर कड़ी हो गई थी। जमीन पर बैठो तो काँटे-से चुभते थे। मैदान के किनारे-किनारे लगे पौधे ठिठुरन से लाल हो रहे थे। कुछेक अभी से रुंड-मुंड हो चले थे। ठंडी हवा का झोंका उठता और मेरी पीठ पर सिहरन-सी दौड़ जाती।

पप्पू क्षण-भर के लिए मेरे निकट ठिठका रहा, फिर भाग गया। मुझे यह भी बुरा लगा। पहले हमारे बीच झगड़ा होता, तो वह मेरे पास बना रहता था, भले ही चुप बैठा रहे। लेकिन उसकी चुप्पी में भी मुझे सहानुभूति की सान्त्वना मिलती थी। बाद में मुझसे कुरेद-कुरेदकर झगड़े का कारण पूछा करता, नसीहत दिया करता। अब मुझे रोता देखकर भी वह भाग खड़ा होता है। उसके चले जाने पर मैंने पीठ मोड़कर आँसू पोंछे और देर तक मुँह में दुपट्टे का छोर ठूँसे अपनी हिचकियाँ दबाने की कोशिश करती रही। इस बीच मुझे लगा, जैसे कोई औरत चलती हुई आई है और बैंच के पास पहुँचकर घूम गई है। शायद मुझे रोता देखकर घूम गई है। मैंने गरदन घुमाई है। गुलनार की माँ थी। सचमुच ही मेरे पास बैठने आई होगी और मुझे रोता देखकर चली गई होगी।

मैंने आँख उठाकर देखा, पप्पू दूर मैदान के बीचोबीच अलग-अलग खड़ा था और बीच-बीच में झुककर घास में से न जाने क्या उटा रहा था! गोल पत्थर, ढिबरियाँ, लोहे के टुकड़े, लकड़ी की छोटी-छोटी खपच्चियाँ, जाने क्या-क्या जेबों में भरता रहता था! उसके पास ही दो लड़के, अभी से जाड़ों के कपड़े पहने, आपस में गुत्थम-गुत्था हो रहे थे। उन लड़कों को देखकर मेरे मन में फिर टीस उठी। क्या मेरा मन नहीं चाहता कि मेरे बच्चों के भी हाथों में नए दस्ताने हों, वे भी ऊँचे बूट पहनें? इसे अपने काम से फुरसत ही नहीं मिलती। 'जाओ, खुद ले आओ। नहीं हैं पैसे, जाओ, खुद कमा लो।' वह भभककर कह देता है। ऐसा कड़वा बोलता है, जी

चाहता है, गले में रस्सी डालकर मर जाऊँ। क्या मैं तुमसे अपने लिए कुछ माँग रही हूँ? बच्चे मेरे हैं, तो तुम्हारे नहीं हैं क्या? मेरी आँखों में फिर तीखी सुइयाँ चुभने लगीं और सिर भारी होने लगा।

इधर पप्पू बिगड़ रहा है। दिन-ब-दिन ज्यादा हठी और सिरकश होता जा रहा है। माँ-बाप लड़ते रहेंगे, तो बच्चे बिगड़ेंगे नहीं, तो क्या होगा?

दूर खड़ा पप्पू अब उन दो लड़कों के सामने बुत बना खड़ा था। अभी से उसमें पुरखों के लक्षण नजर आने लगे थे—बुत-का-बुत बने सामने ताकने रहना और मुँह से कुछ न कहना। कैसा गुमसुम खड़ा है—न हूँ, न हाँ! न बोलता है, न खेलता है! या फिर पत्थर और खपच्चियाँ उठा-उठाकर जेब में भरता जाता है। वह दौड़े-भागेगा नहीं, तो इसे नीचे लाने का क्या लाभ?

पप्पू थोड़ी देर तक वहाँ ठिठका रहा, फिर वहाँ से हट गया। मैंने देखा, वह धीरे-धीरे टहलता हुआ एक ओर जाने लगा था।

गुलनार की माँ मैदान में से लौटकर आई और मेरे पास आकर बैठ गई। उसने मेरी आँखों में आँसू देख लिये थे, पर बोली कुछ नहीं। औरतें एक-दूसरे के दर्द को समझ जाती हैं। दिन-भर वह भी काम में उलझी रहती है। उसके घर में कोई नौकरानी टिक नहीं पाती और उसकी तो पीठ में भी दर्द उठता है। कपड़ा निचोड़ने के लिए या कुछ भी उठाने के लिए झुकती है तो दर्द उठता है। दिन-ब-दिन दुबली होती जा रही है। इधर पिसो, उधर गालियाँ खाओ। पहले पति की, फिर अपने बच्चों की भी।

"इतने बुरे आलू बाजार में आए हैं कि तुमसे क्या कहूँ! पाँच किलो आलू लाई हूँ। घर आकर देखा तो आधे खराब," वह कह रही थी।

पप्पू दूर चला गया था। मुझमें इतनी ताकत नहीं कि उसके पीछे भागूँ। बिगड़ता है तो बिगड़े। मैं गुलनार की माँ की बातें तो सुनती जा रही थी, लेकिन मेरी नजर पप्पू पर ही बनी रही।

सहसा मुझे डर लगने लगा। मैं भी कैसी पागल हूँ! बच्चे को घुमाने लाई और उसे भुला दिया और यहाँ बैठी घर का रोना सुने जा रही हूँ। मैं हड़बड़ाकर उठ बैठी। मासूम बच्चे को किसी कीड़े ने काट खाया तो? मैंने आँख उठाकर देखा, पप्पू मैदान में नहीं था। दोनों लड़के अभी भी वहीं पर खेल रहे थे। पप्पू उनके निकट नहीं था। कुछ ही देर पहले जब मेरी नजर पप्पू पर पड़ी थी तो वह मैदान के ऐन कोने में बच्चों के स्कूल की दीवार के पास खड़ा था। अगर उस वक्त भी मुझे होश आ गया होता तो मैं उसे अपने पास बुला लेती। धुँधली-सी आँखों से मैंने उसे देखा था। वहीं से पप्पू अब कहीं चला गया था। बच्चे कितने बेरहम होते हैं! जानते हुए भी कि माँ तड़पेगी, वह कहीं भाग गया है।

मैंने गुलनार की माँ से छुट्टी ली और भागती हुई पप्पू के पीछे जाने लगी।

मैदान में चारों ओर घूम-घूमकर देखा, पप्पू कहीं नहीं था। स्कूल के पास से मोड़ काटकर मैं मकान के पिछवाड़े गई, जिस तरफ स्कूल है। सारी सड़क सुनसान पड़ी थी। वहाँ पर भी पप्पू नहीं मिला। मैं भागती हुई बड़ी सड़क की ओर गई। मोटर-लारियों का खयाल आते ही मेरे होश गुम हो गए। पप्पू बड़ी सड़क के किनारे पटरी पर भी नजर नहीं आया। नाई की दुकान के सामने से होकर मैं रेस्तराँ के दरवाजे तक जा पहुँची। यह जानते हुए भी कि पप्पू वहाँ नहीं हो सकता, मैं रेस्तराँ के अन्दर घुस गई। एक-एक मेज को नीचे-ऊपर झाँक-झाँककर देखा। वहाँ से निकली तो दिल छटपटा रहा था। अब जाऊँ तो कहाँ? अपने को कोसने लगी और भागती हुई फिर मैदान की ओर गई।

मैं स्कूलवाला मोड़ काटकर स्कूल की ओर जा रही थी, जब स्कूल की छोटी-सी दीवार के पीछे से पप्पू निकलता नजर आया। अपने में खोया हुआ, बेसुध। मेरी जान में जान आई।

"तुम यहाँ क्या कर रहे हो, पप्पू?" मैंने उसकी ओर लपकते हुए कहा, "मुझसे कहकर क्यों नहीं आए? क्यों तुम सब मुझे सताने पर तुले हुए हो?"

मुझे देखते ही पप्पू खड़ा हो गया और दोनों हाथ पीठ पीछे कर लिये। यह एक नई हरकत थी। पप्पू पहले कभी भी कुछ छिपाता नहीं था।

"क्या उठाया है, पप्पू?"

पप्पू कुछ नहीं बोला। चुपचाप मेरी ओर देखता रहा।

"कोई चोरी की है तो बता दे, मैं कुछ नहीं कहूँगी।"

पप्पू अभी भी आँखें फैलाए मेरी ओर देखता रहा।

"नहीं माँ, मैंने चोरी नहीं की।"

मैंने धीरे से उसके बाजू पर हाथ रखा और उसे साथ ले चली। अँधेरा बढ़ रहा था और मैं नहीं चाहती थी कि वह ज्यादा देर घास पर खड़ा रहे। वह धीरे-धीरे पैर घसीटता मेरे पीछे-पीछे आने लगा।

लड़का ढीठ हो रहा है। मैं बिलकुल नाकामयाब रही हूँ—पत्नी के नाते भी और माँ के नाते भी। न वह मेरी बात सुनता है, न बच्चे सुनते हैं।

सीढ़ियाँ चढ़कर मैंने घंटी बजाई और बोझिल थके मन से इन्तजार करने लगी कि न जाने दरवाजा खुलने पर कौन-सा कांड होगा। मेरी टाँगें बोझिल हो रही थीं और सिर मन भर का हो रहा था।

वही हुआ, जिसकी मुझे आशा थी। दरवाजा खुलते ही पप्पू भागकर अपने बाप के पास जा पहुँचा। जाने इसकी टाँगों में सहसा कहाँ से इतनी स्फूर्ति आ गई थी! मैं देखती रह गई, फिर होंठ काटकर कपड़े बदलने के लिए अपने कमरे में चली गई।

मैंने जूते अभी उतारे ही थे और दुपट्टा एक ओर फेंक कपड़े बदलने जा ही रही थी, जब मैंने देखा कि पप्पू अपने बाप का हाथ पकड़े उसे खींचता हुआ मेरे कमरे की ओर ला रहा है।

"चलो पापा, चलो, चलो न!"

बाप एकाध कदम बढ़कर रुक जाता, पप्पू उसे फिर खींचने लगता।

मेरे ऐन सामने पहुँचकर पप्पू ने पीठ पीछे से दूसरा हाथ आगे बढ़ाया और पीले और सफेद छोटे-छोटे जंगली फूलों का नन्हा-सा गुच्छा दिखाते हुए बोला, "तुम दो पापा!"

मैंने आगे बढ़कर उसे छाती से लगा लिया। उसकी नन्ही-सी काया फिर एक बार लरज-लरज गई।

✿✿✿